NADIA NOOR

TITANIA
Argentina • Chile • Colombia • España
Estados Unidos • México • Perú • Uruguay • Venezuela

1.ª edición Julio 2017

ISBN: 978-84-16327-33-1
E-ISBN: 978-84-16990-60-3
Depósito legal: B-11.583-2017

Fotocomposición: Ediciones Urano, S.A.U.
Impreso por Romanyà Valls, S.A. – Verdaguer, 1 – 08786 Capellades (Barcelona)

Impreso en España – *Printed in Spain*

A Cristian,
por ser una persona especial que levanta pasiones.

1

Valencia, enero de 2017

—¡Cristian! ¡Cristian! ¿Nos puedes atender un momento? —Una avalancha de periodistas se abalanzó hacia el coche, que se vio obligado a aminorar la marcha. El futbolista levantó el pulgar y saludó sonriente desde el interior, sin llegar a detenerse. Definitivamente, no podía atender a la prensa las veinticuatro horas del día. Cristian resopló aliviado cuando consiguió dejar a los reporteros atrás y se dirigió hacia la salida de la Ciudad Deportiva de Paterna. Divisó un grupo de personas esperándole y su estado de ánimo empeoró. No quería desairar a nadie, pero no podía pasarse la vida entera firmando autógrafos.

«Si paro, no podré atenderlos a todos y quedaré mal. Si paso de largo, quedaré mal igualmente», pensó el futbolista antes de decidir que saludaría desde el coche, sin pararse. Cuando llegó donde estaba la gente, bajó la ventanilla, esbozó una de sus mejores sonrisas y pasó de largo. Con el rabillo del ojo, miró por el retrovisor y vio a un niño de unos seis años, llorando desconsolado. Sin dudarlo, Cristian pisó el freno y paró el motor. Los niños eran su debilidad y, para más inri, ese tendría la edad de Júnior. Se acercó a él y le tendió la mano. El niño abrió muchísimo los ojos y se quedó paralizado por la impresión.

—Amigo, ¿pensabas que no iba a saludarte? —Cristian le abrazó tras soltar su mano —. ¿Cómo te llamas?

—Andrés —contestó sobrecogido por verse tan cerca de su ídolo.

El futbolista abrió el maletero de su coche y sacó una camiseta firmada —siempre llevaba alguna para ocasiones especiales— y se la regaló a Andrés, que se marchó contento con su padre. Después se acercó a sus fans y se dejó fotografiar. Minutos más tarde, abandonó la Ciudad de Paterna y se dirigió hacia su casa.

Un cuarto de hora después, detuvo el coche delante de una mansión imponente, abrió la puerta con el mando a distancia y avanzó en el interior de la propiedad. Paró el motor, salió del coche y admiró orgulloso su garaje, donde, en fila y ordenados pulcramente, descansaban doce impresionantes vehículos, cada uno con su historia y su encanto. Los coches eran su debilidad y ya tenía visto el modelo que se iba a convertir en el número trece. Con estos pensamientos rondándole por la cabeza, subió los escalones que comunicaban el garaje con la casa y, nada más abrir la puerta, una vocecita le dio la bienvenida desde el salón:

—¡Papi, has llegado!

—Sí, campeón, ya estoy en casa —dijo acercándose al sofá donde su hijo de seis años pintaba concentrado en su cuaderno—. ¿Me has echado de menos? —le preguntó cariñosamente mientras le revolvía el pelo con la mano.

—¡Pues claro! Aunque solo un poco... Yo también acabo de llegar. —Luego, sin mirar a su padre, añadió mordiéndose el labio—: Hoy no he tenido un gran día. Tengo una nota de Pilar en la mochila.

—¿Y eso? ¿Ha pasado algo en el colegio? ¿Te han vuelto a decir algo malo sobre mí?

Tener como padre a un futbolista famoso, odiado y querido a partes iguales, no era fácil; y no sería la primera vez que Júnior llegase a casa llorando. A veces los niños le decían barbaridades solo porque sus padres estaban descontentos con el juego de Cristian o porque simpatizaban con un equipo rival. Su hijo era lo más preciado de su vida, pero no podía encerrarlo en una jaula de oro para protegerlo, así que ambos tenían que acostumbrarse a esos inconvenientes. Le sonrió con dulzura y le animó a seguir.

—Sí y no —soltó el niño tras un suspiro—. Me han dicho que... Mejor te doy la nota de Pilar.

El pequeño salió corriendo en busca de su mochila cuando, de repente, se detuvo y regresó para abrazar a su padre.

—Se te olvidó el abrazo, papá —le regañó cariñosamente.

Luego, salió disparado para traer la nota. Cristian se dejó caer en el sofá de cuero y esperó preocupado el regreso de su hijo. Un escalofrío le recorrió la espalda y pensó que el sofá no era nada cómodo. Tomó nota mental de que habría que cambiarlo. Un estado de ansiedad se apoderó de él, por lo que inspiró con avidez, buscando calmarse. No había motivos para angustiarse: tenía treinta años, su carrera estaba en un gran momento, se encontraba en plena forma física, poseía fama y dinero, y lo mejor de todo, tenía a Júnior.

El niño regresó, se sentó a su lado y le entregó la nota.

Estimado Señor Cros:

Sentimos avisarle de que hoy hemos abierto un parte a Cristian Jr. por haberse pegado con otro niño en el recreo. Para hablar sobre el tema le citamos mañana, día 12 de enero, a las 16:00 en el despacho del director. Es imprescindible que hable con su hijo, es un tema delicado.
Le rogamos confirme la asistencia a lo largo de la mañana.

Gracias.

Nada más leer la nota, Júnior preguntó:

—¿Yo soy un niño normal, papá?

—¿Qué pregunta es esta, Júnior? ¿Tiene que ver con la nota de Pilar? —Cristian se sintió confundido.

—Mario, un niño de otro curso que va conmigo a karate, se ha burlado de mí diciéndome que no soy normal, porque me has fabricado en un laboratorio. Ha dicho que no soy como los demás niños, porque no tengo mamá. Y yo me he enfadado y le he pegado. —Tomó una pausa mordiéndose el labio con nerviosismo y volvió a preguntar—: Ya sé que siempre me dices que no necesitamos a una mamá, que tú me quieres como cuatro papás y cuatro mamás juntos, pero ¿por qué no tengo una mamá, papi?

Cristian miró a su hijo con incredulidad y sintió que había madurado de golpe. Sus ojos amables y grisáceos se habían oscurecido, y su mirada exigía respuestas más allá de las que había sabido darle hasta entonces.

Por primera vez en su vida, Cristian no sabía cómo abordar un tema relacionado con su hijo. La historia del nacimiento de Júnior era complicada de contar a un niño de solo seis años. No se sentía preparado para hablar sobre esa cuestión pero, muy a su pesar, comprendió que no tenía alternativa.

—Primero, campeón, quiero que sepas que eres un niño normal. Escúchame bien, *completamente* normal. Cuando decidí ser padre, no tenía pareja, pero tenía muchas ganas de tenerte en mi vida. Primero pensé en buscar una novia buena, simpática y divertida para ser tu mamá, pero en aquel momento no encontré ninguna.

El niño miraba con interés a su padre mientras sus ojos pedían más explicaciones.

Cristian sabía que ahora venía la parte más difícil: tenía que adaptar la historia a la edad de su hijo para que la comprendiera.

—Mira, los papás no tienen suficientes vitaminas en el cuerpo y no pueden tener bebés.

— ¿Tú no tienes vitaminas, papá? —preguntó el niño preocupado.

—Sí, sí, yo tengo muchas, pero no tengo vitaminas de mamá. Y para hacer un niño se necesitan vitaminas de papá y de mamá, ¿sabes? Así que busqué una clínica donde van personas que las regalan para que otros papás y mamás las puedan utilizar y tener bebés. Hablé con los médicos, les conté que tenía muchas ganas de tenerte, buscaron vitaminas de una mamá sana, joven y fuerte, las mezclaron con las mías y ¡tachán! ¡Aquí estás tú!

Los grandes ojos del niño se llenaron de lágrimas y estalló en llanto. Salió corriendo y se encerró en su habitación. Cristian se fue tras él, desconcertado.

—Júnior, campeón. ¿Qué pasa? —le dijo en voz baja, tocando con los nudillos la puerta.

—¡Vete! —le gritó sollozando—. Mario tiene razón, no soy normal, me hicieron unos médicos, y él dice que los niños los hacen los papás y las mamás. Además, también dice que no tengo un nombre normal, que todos me llaman Júnior y que eso no es un nombre de verdad.

Llantos y más llantos salían de la habitación del nuevo Júnior que ya no quería ser Júnior. Cristian se sentó en el suelo, al lado de la habitación de su hijo. Por primera vez en mucho tiempo, el «todocontrolador» y organizado Cristian Cros se había quedado sin un plan de acción.

Después de casi una hora, la puerta de la habitación se abrió. Júnior salió despacio y le dijo a su padre:

—Algunos niños del cole se ríen de mí, dicen que Júnior quiere decir *pequeño* y que, si siguen llamándome así, no voy a crecer.

A Cristian se le rompió el corazón al ver a su hijo destrozado por algo que, inconscientemente, había provocado él. Nunca se había parado a pensar que llamar a su hijo Cristian Júnior podría llegar a afectarle de este modo...

—Campeón —le dijo tomándole de las manos—, te prometo que aunque te llamemos siempre Júnior vas a crecer, pero, si lo prefieres, vamos a decirle a todo el mundo que te llame Cristian, ¿de acuerdo?

—¿De verdad no voy a quedarme pequeño si seguís llamándome Júnior?

—De verdad. —La inocencia de su hijo lo enternecía.

—Bueno, pues prefiero que me sigáis llamando Júnior, para no llamarnos los dos igual.

—Como tú quieras. Si cambias de opinión, solo tienes que decírmelo. ¿De acuerdo? —El niño aceptó la mano que le tendía su padre y sellaron el trato—. ¿Ahora, quieres que termine de contarte de dónde vienes?

El niño asintió con la cabeza y su padre le hizo una señal con la mano para que se sentara a su lado. Le dio un beso en la frente, se aclaró la voz y dijo:

—Es verdad que fueron los médicos los que mezclaron las vitaminas, pero estás hecho de un papá y de una mamá, como todo el mundo. La única diferencia es que tu mezcla de vitaminas la pusieron en la barriga de otra mujer... —¿Cómo podía ser tan complicado contarle todo aquello a su hijo? Cristian estaba más tenso que ante el partido más difícil de toda su carrera—. Es un poco complicado de entender, pero, como los papás no podemos hacer crecer los bebés en nuestra barriga y la mamá que nos dio sus vitaminas no nos podía dejar su barriga, te pusimos en otra. —Cristian hizo una pausa y suspiró aliviado al ver que su hijo no preguntaba por qué la donante no les había dejado también «la barriga»—. Estuviste allí nueve meses, como cualquier otro niño, hasta que te hiciste un bebé regordete y precioso, y pude tenerte en mis brazos.

— Ah... —respondió el niño sin mucha convicción—. ¿Y quién me tuvo en su barriga?

Por fin una pregunta que tenía respuesta fácil, pensó Cristian aliviado.

—Daryna, tu niñera. Yo le pedí que te dejara crecer en su barriga y que luego me ayudara a cuidarte.

El niño, de repente, pareció comprenderlo. Su cara se iluminó y una sonrisa floreció en sus labios cuando dijo:

—Entonces... ¡Daryna es mi mamá!

Cristian miró el techo, quizá no se había explicado tan bien como pensaba.

—No exactamente, campeón. Podríamos decir que Daryna es solo tu «mamá barriga». Ella te hizo crecer en su vientre, pero no tienes nada de ella en tus genes, ella no puso las vitaminas, ¿lo entiendes? Es como si Daryna fuera el horno en el que se cocieron los ingredientes para hacer un fabuloso ¡«pastel de Júnior»!

Cristian sonrió aliviado al ver que su hijo reía con la explicación. Pero, de repente, este se puso en pie de un salto y dijo con entusiasmo:

—¡Ya lo entiendo! Mi mamá es la mujer que regala vitaminas, ¿verdad? Papi, ¡yo la quiero conocer!

2

Minerva lanzó una mirada suplicante a su madre y se preparó con estoicismo para el sermón, que no tardó en llegar:

—No puedo permitir que lo hagas... ¡Irte sola a Madrid! Además no tenemos dinero para mantenerte y pagarte un alquiler, y los libros... Esa carrera es para gente con dinero. Aquí en casa podríamos arreglarnos: podrías comenzar a estudiar Enfermería y luego trabajarías y podrías seguir estudiando, pero no puedes irte a Madrid. Papá y yo estamos muy orgullosos de ti, de verdad, pero no puede ser.

Sin embargo, sí pudo ser. Minerva tenía buenas notas para el acceso, ilusión y, sobre todo, ambición.

Sabía que le faltaban los medios, es decir, el dinero, pero estaba decidida a cumplir su gran sueño: ser médica. Solo necesitaba mantener la confianza. En cuanto llegase a Madrid, encontraría trabajo y una habitación de alquiler, comenzaría las clases, trabajaría de día y estudiaría por las noches.

—¿Así de fácil? —le preguntó su madre antes de irse.

—¡Así de fácil! —respondió ella.

Una semana después, se presentó en Madrid con una maleta pequeña, algo de ropa y trescientos cincuenta euros. Era todo lo que sus padres le habían podido ofrecer.

Tras llamar a todos los anuncios que había encontrado pegados en las paredes de la facultad, alquiló una habitación en un piso compartido que le costó doscientos euros. Una pequeña fortuna que se llevó más de la mitad de sus ahorros. Al día siguiente comenzó a buscar trabajo. Pero, poco a poco, el optimismo inicial fue menguando al ver que en todas partes le pedían experiencia y referencias. Después de tres semanas de búsqueda sin resultado, llegó a darle la razón a su madre: no bastaba con querer, el camino era más complicado, y ya se veía regresando a casa como una perdedora.

Cuando les dijo a sus tres compañeras de piso que debía dejar la habitación y volver a casa, Sandra, una veterana de quinto de Filología, le hizo ver la luz:

—Hay muchas maneras de conseguir dinero rápido. Eres muy joven y estás sana. No fumas, no te drogas y, con un poco de arreglo, hasta puedes ser guapa. Si no fueras por ahí con esos pantalones holgados y esta cola de caballo horrorosa...

Al día siguiente, Sandra le dio la dirección de una clínica privada de reproducción asistida:

—La clínica Klass es elitista, para gente con dinero —le dijo su compañera de piso—. Si te aceptan como donante, ofrecen una buena compensación. Vamos, llama y pide cita. ¡Y arréglate esos pelos!

Dos días más tarde, Minerva se presentó llena de optimismo en la clínica. Nada más entrar, una chica vestida con bata blanca le dio un formulario y, cuando terminó de rellenarlo con sus datos, la llevaron a otra sala. Allí vio a otras mujeres sentadas, esperando. Algunas hojeaban revistas con desinterés, parecían veteranas en aquel mundo. Otras, similares a ella, parecían asustadas y hasta se percibía un cierto ambiente hostil. A Minerva le asaltaron las dudas, como si aquello no estuviera bien, pero al recordar su grave situación económica se tragó el orgullo y tomó una revista de la que no llegó a leer ni una palabra.

Una hora más tarde, cuando la llamaron, dio su consentimiento para que le realizaran unas pruebas médicas.

—Si superas la prueba de la sangre, pasas al siguiente nivel de selección —le dijo una enfermera en un tono profesional—. Para compensar las molestias de someterte a las pruebas del nivel dos y tres, recibirás cuatrocientos euros. Si las superas, te aceptaremos como donante y se te compensará con una suma superior. Todo lo que pones en el formulario está muy bien: no fumas, no bebes, no te drogas... pero falta demostrar que sea verdad. Todas sois estudiantes de Medicina, ¡por Dios!

Minerva no comprendió la desconfianza de la enfermera y le mostró su carnet de estudiante, pero la mujer ni se molestó en mirarlo.

—Deja, no hace falta. La gente trae carnets de todo. ¿Tienes alguna pregunta?

—No, gracias —respondió Minerva molesta, guardándose el carnet en la cartera—. Quiero empezar cuanto antes con las pruebas.

La enfermera asintió y le tomó las muestras de sangre en seis tubos de diferentes tamaños. Minerva pensó en la mala alimentación que llevaba desde que había llegado a Madrid y rezó en silencio para que la analítica saliera bien. Le faltaba calcio y vitamina B_6, pero por lo demás, todo estaba perfecto. Así que pasó al siguiente nivel; iban a hacerle el chequeo más completo de toda su vida: electrocardiograma, control de la tensión, audiometría, espirometría y... ¡examen ginecológico! Claro, ¿cómo no había pensado en ello? Minerva estaba preocupada, no lo había puesto en el formulario por temor a que no la aceptaran, pero era virgen, ¿y si la rechazaban por ese motivo? Pensó en buscar a alguien, para solucionar ese «problema». Pero, ¿a quién? Y, además, era incapaz. Era una chica más bien solitaria, sin mucho desparpajo...

Segundo nivel, superado. Minerva estaba exultante, su virginidad no había supuesto ningún problema.

En el tercer nivel le hicieron una serie de tests y una entrevista con un psicólogo, Juan Sánchez, un hombre atractivo y encantador, que le comunicó que había sido aceptada como donante, le contó los pasos a seguir a partir de ese momento y le ofreció su ayuda para cualquier duda o inquietud que pudiera surgirle. A Minerva le pareció que su ofrecimiento era sincero y no pudo reprimir una sonrisa de agradecimiento y tristeza cuando, antes de abandonar la consulta, él la detuvo y le dijo:

—Minerva, la extracción es un proceso generalmente sencillo y la recuperación es rápida, pero venga acompañada. Siempre es más agradable volver a casa con alguien y, además, no va a poder conducir durante unas horas.

Parecía que él hubiese podido leer en su mente toda la soledad y desesperación de las últimas semanas, pero Minerva decidió centrarse en las buenas noticias y, una hora más tarde, abandonaba la clínica

Klass contenta, con un contrato firmado, la medicación que debía tomar durante los próximos días y, lo más importante, el primer pago tras haberse sometido a las pruebas del segundo y tercer nivel.

Al cabo de unas semanas, y tras algunas pruebas más, fijaron la fecha de extracción. Si todo iba bien, saldría de allí con un cheque que le permitiría pagar algunos meses más de alquiler, buscar trabajo tranquilamente y tener algo de tiempo para poder asentarse y preparar su futuro. El viento frío y húmedo le azotaba la cara, pero Minerva lo percibió como una caricia de la mejor brisa de verano.

El día de la extracción acudió sola a la clínica. Aunque el psicólogo le había advertido de que fuera acompañada, no tenía la confianza suficiente con ninguna de sus compañeras de piso para pedírselo.

La intervención en sí fue rápida: la sedaron y, al recobrar la conciencia, ya había terminado todo. Cuando le dieron permiso para marcharse, tomó su cheque y salió a la calle. No sabía si aún seguía virgen, en ningún momento se le había ocurrido preguntarlo ni nadie le informó de ello, pero los músculos internos le dolían mucho y se imaginó que le habían roto el himen. No le importaba la virginidad, pero sintió una sensación de pérdida que no supo explicar y pensó con amargura que jamás tendría la posibilidad de ser especial para alguien. Había hecho los primeros sacrificios para lograr su sueño. ¿Valdría al final la pena?

Al salir de la clínica, se encontró con el psicólogo que la había entrevistado. La miró con preocupación al tiempo que la agarraba del brazo con gesto protector:

—Minerva, ¿no ha venido con nadie?

—No —contestó ella—. Me encuentro bien, puedo irme sola.

—¿No le dije que viniera acompañada?

—Sí, lo dijo, pero no tengo a nadie en Madrid. Solo vivo aquí desde el mes de octubre y...

Minerva paró de hablar, ¿por qué le contaba su vida a aquel hombre?

—Venga, yo la llevo. Tengo el coche allí mismo.

Y la acompañó hasta su casa.

3

Madrid, agosto de 2009

—¡Quiero tener un hijo! —declaró Cristian evitando la mirada asesina de su representante.

—¿Pero sales con alguien? —preguntó Marcos sorprendido.

—No. Quiero tener un hijo solo mío, con inseminación artificial y vientre de alquiler.

—Cristian, ¿pero a qué viene esto ahora? Solo tienes veintitrés años. Diviértete, sal con chicas... La vida seguirá su curso y los hijos vendrán. Además, ¿te das cuenta de lo que supone? No te dejarán tranquilo, te acusarán de inmaduro o dirán que eres impotente o gay. Y luego la chica, la madre de alquiler, no sé, puede ir a la prensa, imagínate, es una exclusiva muy golosa. Y, ahora que lo pienso, ¡ni siquiera es legal en España!

—He encontrado un bufete de abogados que se encarga de todo en el extranjero. Tengo a la candidata perfecta para el vientre de alquiler y no contará nada; por eso no te preocupes.

—Cristian, piénsalo bien, un hijo no es un coche que compras y luego tienes aparcado en el garaje. Primero será un bebé y no hará preguntas, pero luego crecerá y querrá saber de su madre. ¿Qué vas a decirle?

Marcos intentó hacerle desistir, pero Cristian estaba decidido. Ya tenía el contacto con los abogados que tramitarían todo el papeleo para la maternidad subrogada y se encargarían de todos los problemas legales; ahora solo le faltaba encontrar a la donante perfecta.

Varios días después, Cristian se presentó en una de las mejores clínicas de Madrid.

—Muy bien, señor Cros, después de la donación de esperma y de que haya rellenado el formulario con sus requisitos, buscaremos en nuestra base de datos para ver si hay coincidencia. Si no la hay, no se preocupe, esperaremos hasta que la haya. Los datos estarán informatizados y el ordenador nos avisará cuando esto ocurra. La mujer gestante, ¿quién sería? ¿Conoce usted la ley española en este sentido para poder...?

—Está todo arreglado a nivel legal —le cortó Cristian. No le apetecía volver a escuchar lo complicado que sería poder tener un hijo solo suyo. Iba a tenerlo y nadie se lo impediría—. La gestante será una de mis empleadas de total confianza, dará a luz en Ucrania y un bufete especializado se encargará de todo el papeleo —aclaró mientras se movía inquieto en la silla—. Ahora, si me permite, estoy muy ocupado y debería irme pronto. ¿Podría hacer la donación hoy mismo?

—Por supuesto, señor Cros. El procedimiento también requiere que tenga usted una cita con nuestro psicólogo.

—Tengo un psicólogo al que veo regularmente —apuntó Cristian con determinación—. Ya hablamos sobre el tema y no voy a ver a otro. Espero que lo entienda.

—Desde luego —se apresuró el médico en contestar—. Como prefiera.

A continuación le hicieron pasar a una sala llena de imágenes de mujeres sugerentes y ordenadores con vídeos explícitos. Todo el ambiente le excitó sin proponérselo y pronto estuvo listo para poner el primer granito de arena para su futuro hijo. Después pasó a otra sala y se dispuso a anotar lo que buscaba en la madre de su hijo.

Edad: No más de 21 años

Raza: blanca

Color de ojos: claros

Color del cabello: castaño

Altura aproximada: 170 cm

Peso aproximado: 65 kg

Otros: Que sea deportista. Coeficiente intelectual superior a la media.

Nacionalidad española.

Cristian contempló satisfecho sus requisitos. Después del momento pasado en la sala de donación, estaba excitado. En ese mismo momento se hubiera acostado con la mujer de su lista. Sería una chica joven, alta, de piel y ojos claros, lista, deportista y muy sana.

¡Qué fácil había sido! En teoría, claro. ¿Existiría una chica así que acudiese a la clínica para ser donante?

Con el paso de los días, la idea de ser padre fue cobrando protagonismo en su vida. Miraba a los hijos de sus compañeros y deseaba que llegara el momento de tener el suyo. Sin embargo, al cabo de unas semanas sin noticias de la clínica, decidió llamar para informarse del estado del proceso. Quizás había sido demasiado exigente con los requisitos de la donante.

—Lo sentimos, señor Cros —le dijo el médico encargado de su caso—. Hasta ahora, la mejor candidata solo cumple cinco de sus condiciones, faltan cuatro puntos para completar su lista. Tenga paciencia, es un proceso lento, intentaremos encontrar alguna de mayor coincidencia.

Cristian decidió no obsesionarse con su futura paternidad, así que se concentró en mantenerse en buena forma y en sus compromisos, y hasta empezó a salir con una chica, una conocida actriz llamada Elena, que le gustaba bastante. Al cabo de unos meses recibió una llamada:

—Señor Cros, lo llamamos de la clínica Klass, tenemos buenas noticias. Hemos encontrado una donante que reúne ocho de sus nueve requisitos.

—¿De la clínica? —contestó Cristian sorprendido. Hacía tanto que esperaba esa llamada que no podía creer que finalmente hubiese llegado el momento—. Ha pasado tanto tiempo que... ¿Cuál es la cualidad que la donante no reúne?

—No es deportista —apuntó el médico.

—Vaya —se lamentó Cristian—. Es algo fundamental. Como comprenderá, yo soy futbolista profesional y necesito que...

—Señor Cros —le cortó el médico con brusquedad—, si ha cambiado de opinión o prefiere esperar a la donante que reúna todos sus requisitos, no hay problema, solo tiene que decirlo.

—No, no. No es eso... Es solo que... —Cristian se dio cuenta de que era el momento de decidir qué era lo más importante para él—. ¿Estáis totalmente seguros de que no es portadora de ninguna enfermedad?

—Evidentemente. Además, esta chica tiene una particularidad que no está en su lista, ni en la de nadie, tiene solo dieciocho años y es la primera vez que es donante.

A Cristian la idea le gustó al instante y decidió ir adelante con su plan y tener a su hijo. La chica cumplía sus exigencias.

—De acuerdo. ¿Qué tengo que hacer ahora?

—En primer lugar, tiene que venir aquí para firmar el contrato y dejar en orden todo el papeleo —le informó el médico—. Luego tendrá que venir con la madre subrogada, la portadora, para hacerle una analítica y que el tocólogo le dé las instrucciones pertinentes.

Las siguientes semanas fueron frenéticas: citas, médicos, contratos, abogados... A principios de enero, Daryna, su asistenta de más confianza, estaba oficialmente embarazada de su hijo y, a finales de septiembre, un poco antes de término, programaron el parto en la más lujosa clínica de Kiev y vino al mundo un precioso niño llamado Cristian Jr. Cros.

4

Valencia, febrero de 2017

—Cristian, ¿pero tú has perdido el juicio?—preguntó su representante en tono irritado.

—Escucha, Marcos...

—No, de verdad —le cortó este—. Te he pasado por alto muchas tonterías en los años que llevamos juntos como jugador y representante. Siempre te he permitido hacer las cosas a tu manera, aun cuando sabía que saldrían mal y me tocaría arreglarlo. Lo del niño te dije desde el principio que sería una bomba de relojería. Me equivoqué en lo de que era un capricho, lo admito, ya sabes que pienso que eres un gran padre, pero esto es demasiado. ¿No te acuerdas por todo lo que pasamos y cuántas tonterías dijo la prensa sobre ti? ¿Recuerdas la de habladurías que hubo sobre Elena? Por suerte, las aguas volvieron a su cauce y ya nadie habla del tema y nunca ha salido una supuesta madre reclamando al niño y hablando por la tele, ¿verdad?

—Verdad —contestó Cristian como un robot.

—¡¿Y qué es lo que quieres ahora?! —preguntó Marcos dando vueltas sin rumbo por la habitación—. Sacar a la luz todo lo que te has asegurado de tener oculto para siempre. Buscar a la madre donante del niño. Entonces, ¡¿para qué te has gastado tanto dinero y has perdido el tiempo en inseminaciones y contratos, cuándo lo que pretendes ahora es sacarla del anonimato?! ¡Vas a despertar a la bestia!

La palabra «bestia» tuvo el efecto deseado. A Cristian le asaltaron las dudas. ¿Y si Marcos tenía razón? ¿Debía intentar buscar a la madre de su hijo y tener algún tipo de relación con ella por el bien de su hijo o, por el contrario, sería un grave error?

Lo había hecho todo para que nadie le pudiera reclamar nunca nada. El contrato con Daryna era impecable y en la clínica le aseguraron que las donantes firmaban un contrato en este sentido.

Se preguntó qué tipo de mujeres donaban sus óvulos. Según le habían contado en la clínica, las donantes recibían dinero, pero solo para compensar la dedicación y el tiempo requeridos para completar la donación, ya que la comercialización de ovocitos estaba prohibida por ley, así que imaginaba que serían jóvenes altruistas... Probablemente la donante era una buena persona que aceptaría ver al niño para cumplir su deseo de conocer a su madre biológica, y confiaba en que a su hijo le bastara con ello.

Otra opción sería encontrar una chica a la carta y presentarla a su hijo como la madre donante de vitaminas. Pero no quería más mentiras.

—Vale, tienes razón —admitió Cristian—, pero entiéndeme, el niño está afectado.

—¿El niño está afectado? —repitió Marcos, pausado—. ¿Qué niño, el que tengo delante o el de seis años? Me parece a mí que el afectado eres tú. ¿Qué pasa? ¿Te estás aburriendo?

—No es eso. Reconozco que, ahora que él ha abierto la caja de Pandora, tengo curiosidad por saber quién es, pero de verdad que lo hago por él. No sabes la crisis que padeció el otro día; hasta tuvo un problema en el cole. Se lo debo. Dime que la vamos a encontrar, por favor. Si no me ayudas tú, contrataré a un detective privado. Sabes que lo haré, ¿verdad?

—No pienso poner piedras sobre tu tumba, no lo voy a hacer. Y, además, ¿tú te crees que esto es fácil? En la clínica firmaron un contrato de confidencialidad; no pueden revelarnos su identidad. ¡Esto no es un juego, joder!

Marcos le miraba enfadado intentando hacerle entrar en razón, pero Cristian no tenía ninguna intención de ceder.

—Lo sé; si fuese fácil no te hubiera dicho nada. Hace unos días llamé a la clínica para averiguarlo por mí mismo.

—¡¿Que hiciste qué?! —le gritó su representante—. Estamos perdidos; la prensa se entera de todo, Cristian, te vas a meter en un lío. Pienso dejar de ser tu representante. En este momento lo pienso de verdad y algún día lo haré —le espetó señalándole con el dedo índice—. ¡Algún día lo haré de verdad!

—No te alteres —le tranquilizó Cristian en tono bajo, tocándole el hombro—. ¡Solo fue una llamada! Pregunté si podían facilitarme información sobre la donante y me dijeron que solo podían decirme la edad, el grupo sanguíneo, el color de ojos y pelo, la altura y nada más. El resto está prohibido por ley.

—¡¿Ves?! —exclamó Marcos, crispado y levantando los brazos en alto—. «Prohibido por ley», alabado sea Dios, por fin unas palabras sensatas. Si está prohibido, por algo será. Deja la bestia dormir, no la despiertes, hombre.

—No sigas, estoy cansado. He aguantado con estoicismo todo tu sermón. Ahora ve, tira de tus contactos y encuentra a la chica, por favor. Sabes que sufro ansiedad. Para que te tranquilices, te prometo una cosa: tú encuéntrala y tráeme información sobre ella y, en función de lo que descubras, decidiremos si despertamos o no la bestia. ¿De acuerdo?

—Claro, «encuentra a la chica»— explotó Marcos—. ¿Y cómo te crees que voy a burlar la ley? Además, puede que esté muerta, o que sea una drogadicta, o que tenga marido e hijos, o que haya emigrado a otro país.

—¡O puede que no! —le dijo Cristian con entusiasmo, levantando en alto el pulgar de la mano derecha.

—Vale, contigo no se puede razonar, estás cada vez más cabezota y no me haces caso. Lo intentaré, pero que conste...

—Deja de quejarte y de perder el tiempo —le cortó Cristian—. Busca información sobre ella y no me escondas nada..., que nos conocemos.

—Dame un punto de partida —claudicó Marcos —. ¿Qué sabemos sobre ella?

—Clínica Klass, Madrid. Sé que la donante tenía solo dieciocho años, por lo que ahora tendrá unos veinticinco. Aquí tienes mi lista de características deseadas y, a excepción de deportista, me aseguraron que las cumplía todas. Así que ve a Madrid y encuéntrame a una chica más lista que la media, de metro setenta, unos sesenta quilos de peso, pelo castaño, ojos claros, que no fuma ni toma nada raro y que no hace deporte. Y si está buena, mejor que mejor.

—¡Sí, hombre! Tú pide por esa boquita. La chica no será la misma que hace seis años y pico, puede que haya engordado, que se haya teñido el pelo, o que tenga familia e hijos. En fin... —se resignó Marcos—. ¿Algo más?

—Sí. Tengo un dato importante: el día exacto de la donación de óvulos. Lo vi por casualidad en una ficha. Pregunté qué significaba aquella fecha y me dijeron que era la de la extracción, diez de diciembre de 2009. ¿Qué te parece?

—¿Que qué me parece? No me hagas hablar...

Cristian sabía que Marcos, a pesar de su cara de pocos amigos, ya había aceptado su encargo. Así que añadió divertido:

—No sé su nombre, pero de momento la llamaremos «La Bestia». Venga, ve a despertarla y, si está buena, recuerda que es la madre de tu ahijado. Nada de miraditas de más. ¿Estamos?

Marcos sonrió por primera vez en todo el encuentro. Como siempre, llegaba con una idea y se iba a casa con otra totalmente diferente. Sabía tratar a las estrellas, lidiar con sus genialidades, y estaba acostumbrado a sus excentricidades, pero el tema de la donante era muy delicado. Comprendió que debía intentar solucionar el asunto él solo. Cuantas más personas estuviesen al tanto, más posibilidades existían de que se enterara la prensa. Cristian ya no era un jovencito, en unos meses cumpliría treintaiún años y, para el fútbol, eso significaba el principio del fin. No se podía permitir ningún escándalo; tendría que seguir un comportamiento ejemplar para seguir donde estaba, en la primera línea de los más grandes.

Al día siguiente, Marcos comenzó la búsqueda por la vía fácil. Se fue a Madrid y se entrevistó con el director de la clínica Klass, un hombre mayor, frío y, como pudo comprobar, muy conservador. No quiso escucharle. Una vez entendió por dónde iba la entrevista, le cortó en seco.

—Señor, no siga, por favor. Está prohibido por ley, tanto para una parte como para la otra. Si hiciéramos ese tipo de concesiones, mi clínica no duraría ni un día. ¡Ni uno! Su representado haría bien en decidir qué es lo quiere en la vida. Ahora, si me disculpa, tengo asuntos más importantes que atender.

Marcos no se sorprendió, de hecho se lo esperaba, pero lo había hecho para tantear el terreno y para elegir alguna posible ayudante en este asunto. Y la encontró pronto: una enfermera madurita con cara de desesperada. Marcos tenía un atractivo innato, a sus cincuenta y tres años lucía un cuerpo atlético, y tenía mucha mano para las mujeres. Su mirada de color azul intenso era irresistible. Le sonrió y entablaron conversación. Tal como sospechaba, la mujer estaba divorciada, así que quedaron para tomar un café al cabo de unas horas, cuando ella terminara su turno en la clínica. Tomó nota para cobrarle muy caro a Cristian aquello. Le esperaba un largo camino por delante. Y todo, ¿para qué?

Ana, la enfermera de la clínica, se quedó mirándolo con incredulidad cuando Marcos le contó que el niño estaba gravemente enfermo y necesitaba encontrar a la madre para ver la compatibilidad de ambos.

—Para estos casos se pueden obtener permisos especiales; si quieres lo consulto mañana y te digo dónde hay que acudir para hacer todo el papeleo.

—Por desgracia, no hay tiempo —se lamentó Marcos apenado, pidiendo perdón en silencio a su ahijado por inventarse aquel disparate. Se sentía mal por contar mentiras, pero de momento no tenía otra idea mejor. La enfermera le miraba con los ojos muy abiertos y le dijo en tono comprensivo:

—Aun queriéndote ayudar, es imposible. Klass es una clínica de mucho nivel y tiene un sistema de seguridad muy sofisticado. Los empleados, por lo general, no tenemos acceso a esa información.

Marcos pensó que «la bestia» estaba muy bien protegida. ¿Qué iba a hacer ahora? Se quedaba sin opciones... Tanto el plan A como el plan B le habían fallado. ¡Habría que pensar en un plan C!

—Ana, esto es de vital importancia y mi cliente te estará muy agradecido si nos pudieras ayudar un poco. No hace falta que me des el nombre que figura en el expediente, ya veo que es imposible. Pero, ¿me podrías dar los datos de las chicas que fueron a donar óvulos en un día concreto? ¿Eso lo ves complicado?

Ana le contestó con otra pregunta:

—Cuando dices que tu cliente estará agradecido, ¿cómo de agradecido estaría? —Y haciendo una corta pausa, continuó—: ¿Tanto como para arriesgarme a quedarme sin empleo?

—Sí, podría estar así de agradecido. Entréganos los nombres y verás el agradecimiento —le dijo Marcos en tono convincente, sacando una de sus seductoras sonrisas—. Además, ¿quién nos asegura a nosotros que se utilizaron los óvulos de aquel día? Es solo una corazonada; iremos a la aventura porque estamos desesperados.

—Eso es verdad —dijo ella, complacida por el rumbo de la conversación—. La fecha de extracción y la de implantación no son nunca la misma, no veo por qué pensáis en esta fecha en concreto. En todo caso, estaré vulnerando la Ley de Protección de datos y...

—Te prometo que se te compensará por ello, tú no te arrepentirás y nosotros no haremos ningún mal uso de los datos que nos facilites. De verdad. ¿Cuántas intervenciones se hacen en un día? —quiso saber Marcos para sacarle más información.

—Depende, de tres a cinco. En casos muy especiales, seis. Mañana tengo turno de tarde. Tú dime el día y lo intentaré, aunque no te prometo nada.

Al día siguiente, Ana le entregó los datos. Habían tenido suerte, aquel día se habían hecho el mínimo de intervenciones. La información obtenida era escueta pero suficiente: nombre, DNI y fecha de nacimiento. Solo una de las candidatas tenía dieciocho años en el momento de la donación, así que, a través de un amigo que era investigador privado y tenía acceso a muchos sitios restringidos de búsqueda, Marcos averiguó lo más importante sobre ella y llamó a Cristian:

—Abre el correo electrónico, te acabo de mandar la información que esperabas.

—¡Lo sabía! Sabía que podía confiar en ti. ¡Eres el mejor! —respondió Cristian en cuanto se hubo recuperado de la noticia—. Te dejo, voy a mirarlo enseguida.

—Bueno, pues nada, luego llámame y lo comentamos. No hagas nada sin informarme —dijo Marcos para sí mismo, dado que el otro ya le había colgado.

Cristian abrió su cuenta de correo. Estaba nervioso. Parecía absurdo, pero hacía tiempo que no esperaba algo con tanta ansia y, al mismo tiempo, no se atrevía a mirar. Todavía no. Quería mantener un poco más la ilusión de encontrar algo que valiera la pena. Por su hijo y también por sí mismo. Últimamente encontraba pocas emociones en su vida, y la búsqueda de la madre biológica de Júnior era una de ellas.

No acostumbraba a beber alcohol, pero decidió que la ocasión lo merecía y se sirvió una copa de *brandy*. Cuando el líquido le quemó la garganta y le creó la disposición necesaria, dejó la copa sobre la mesa y abrió el archivo adjunto al correo de Marcos: Minerva Martín.

Minerva le pareció un nombre de persona mayor y él estaba ansioso por encontrar a la chica maravillosa que cumpliera los nueve requisitos de su lista. En la pantalla apareció una mujer seria, tal como su nombre predecía. Vestida en colores oscuros y con la mirada baja. Pero había nacido en 1991, por lo que coincidía que en la fecha de la donación tuviera solo dieciocho. ¡Era ella!, ¡la había encontrado! Empezó a leer su ficha con creciente interés.

Minerva vivía en Madrid, aunque había nacido en Alicante. Tenía un hermano menor que vivía con su madre en Denia. Su padre había fallecido unos años atrás. Trabajaba a tiempo parcial en una clínica médica privada desde hacía un tiempo y ganaba unos quinientos euros brutos al mes. Había terminado Medicina hacía poco más de un año y acababa de hacer el examen del MIR, por lo que, en cuanto salieran los resultados, empezaría su residencia en algún hospital. Vivía en un piso de alquiler con otras dos chicas, estaba soltera y no tenía propiedades a su nombre, solo un Seat Córdoba. Marcos le había conseguido también su teléfono.

Cristian quedó impresionado, tanto por el trabajo de su representante como por la ficha de Minerva. Le pareció demasiado bueno para ser verdad. No tenía la certeza de que fuera la madre biológica de su hijo, pero los datos cuadraban y tenía el presentimiento de que no se estaba equivocando. Era una buena candidata para presentarle a su hijo. No le veía bien la cara en la foto, pero su porte le daba confianza.

Visualizó mentalmente su agenda de la semana. No iba a poder viajar a Madrid para conocerla hasta el domingo y estaban a miércoles, ¿cómo iba a aguantar tantos días?

Entonces, le entraron las dudas: ¿Y si ella no quería conocerle? ¿Y si no quería saber nada del niño? No podía presentarse sin más para reclamarle a una mujer que conociera a un hijo que legalmente no lo era y que no sabía ni que existía.

Pero ¿qué mujer en su sano juicio no iba a querer quedar con él?, se dijo para darse confianza. Cuando la secretaria le dijera a Minerva que el mismísimo Cristian Cros la citaba para un asunto importante, acudiría a la cita sin pensarlo siquiera. Seguro.

¿Y luego? ¿Y si la chica venía a Valencia y decidía quedarse? ¿Qué haría él si entonces ella quisiera ejercer de madre de Júnior? ¿Y si era una mala persona?

A Cristian empezó a dolerle la cabeza; aquello era una locura. De momento solo estaba pensando en conocerla y, si no le gustaba, no tenía por qué decirle la verdad; bastaba con dar media vuelta para Valencia y punto.

Con esta idea en mente, buscó su *smartphone*, guardó su número de teléfono y entró en el WhatsApp para ver alguna otra foto suya.

Como esperaba, su número tenía WhatsApp, pero en la foto de perfil salía una playa solitaria y en el estado no ponía nada gracioso ni divertido, solo «disponible».

—Seria y sosa. Vamos a ver qué sale en Google. —Y a continuación, Cristian tecleó su nombre en el buscador.

Salían algunas páginas de Facebook y de Twitter, pero ninguna parecía ser suya. Había hasta un grupo de música llamado «The

Howard Sisters» donde, al parecer, una de las integrantes se llamaba así, pero tampoco era ella. De repente la reconoció en una foto pequeña y borrosa. Era un trabajo sobre los microorganismos biológicos que, por lo visto había publicado junto con otra chica llamada Vanessa García. Intentó leer algo, pero desistió enseguida. Siguió buscando, sin éxito: no había nada más sobre ella. Tomó otro sorbo de *brandy* pensando que era muy raro no encontrar información sobre una persona en Google. En pleno siglo XXI, ¿quién no está presente en las redes sociales? Podría tener cuenta con un seudónimo, pero lo dudaba.

Cristian estaba acostumbrado a poner su nombre en el buscador y ver millones de coincidencias de vídeos y fotos, páginas suyas, Facebook, Twitter, Instagram o su propia web. Le parecía inconcebible poner un nombre en un buscador y no encontrar prácticamente nada. La madre donante de Júnior, si es que era ella, era una persona muy discreta.

Le mandó un WhatsApp a Cristina, su secretaria:

Te paso el teléfono de Minerva Martín. Llámala mañana, preséntate y dile que la cito el domingo a las 20:00 en el restaurante del hotel Hilton. Dile que no sabes más detalles, pero que es un asunto importante. En cuanto tengas la confirmación, me dices algo. Resérvame un vuelo para el domingo, a partir de las 11:00, y una suite en el Hilton hasta el lunes. La vuelta para Valencia, el lunes por la tarde. No quiero llegar más tarde de las 23:00, el martes tengo entreno. Prepáralo todo para que en el aeropuerto pueda salir por la puerta de atrás, no quiero publicidad ni revuelo, viajo por un tema personal. Gestiónalo rápido. Gracias.

Después de unos minutos recibió la respuesta de Cristina:

Ok. Me encargo. Pronto tendrás noticias. Ten en cuenta que en Madrid hace frío en esta época del año. Para el domingo la previsión es de 8 ºC de mínima y 15 ºC de máxima.

No pudo evitar entrar de nuevo en el perfil de Minerva y vio que su estado había cambiado a «ocupado». ¿Y si tenía novio?

Terminó la copa de *brandy* y se sintió culpable por habérsela tomado. Estaba frustrado, irritado, inquieto y de mal humor. Verificaba a cada minuto su estado en el WhatsApp y, después de una hora, cuando por fin en su perfil volvío a aparecer «disponible», se relajó, se fue a la cama y se durmió al instante pensando en el pelo color trigo de la madre de su hijo.

6

Minerva se despertó temprano; tenía el turno de mañana en la clínica y no podía llegar tarde. No había dormido bien; últimamente nunca lo hacía. El estrés del último tramo de su carrera le pasaba factura. Sin embargo, había valido la pena. Durante el último año se había preparado a conciencia para el examen en el que se lo jugaba casi todo. Sabía que le había ido bien y que, probablemente, no iba a tener problemas para escoger plaza y especialidad. Y esto último lo tenía claro: quería ser pediatra. Lo que no sabía era si quedarse en Madrid de forma definitiva o regresar a su Denia natal. Nada la ataba especialmente a ninguna parte, salvo en Denia, donde vivían su madre y su hermano, aunque este llevaba una temporada en Alicante. Envidiaba a algunas de sus compañeras que iban adonde sus parejas. Ella no tenía pareja. Había mantenido un breve noviazgo con el psicólogo Juan Sánchez, al que conoció en la clínica Klass, pero hacía tiempo que lo habían dejado. Él la había acompañado a casa el día de la intervención y, unos días más tarde, la llamó para interesarse por su estado. Comenzaron a quedar para cenar o para ir al cine y, al principio, a Minerva le había gustado tener a alguien que se preocupaba por ella y, como él era mucho más mayor, se sentía protegida. No había sentido mariposas en el estómago, ni fuegos artificiales, ni quemaduras en los labios, cosas que había oído que la gente sentía al enamorarse, pero Juan le decía que su amor era objetivo, digno de dos personas con la cabeza bien amueblada como ellos. Según Juan, la gente culta e inteligente amaba de una manera terrenal, es decir, con los pies en la tierra; y los lunáticos, los soñadores, amaban de manera alocada, con la cabeza en las nubes.

La primera vez que habían hecho el amor fue horrible para Minerva: ella era la virgen «no virgen», sin nada especial que ofrecer, y él no se parecía en nada a los príncipes de los cuentos; era demasiado serio y mayor, y tampoco le dio nada especial. Intentó pensar que no le importaba y se comportó como si no fuese su primera vez, pero su alma lloró por lo que nunca podría tener.

Él no se dio cuenta de nada y ella fingió que todo iba perfecto, pero sabía que faltaba algo. No podía ser que el amor estuviese tan sobrevalorado en libros, canciones y películas.

Minerva necesitaba sentirse especial en la vida de otra persona, sentirse diferente del resto. Había madurado muy deprisa, primero por la enfermedad de su padre y después por las penurias económicas: su padre enfermó de cáncer muy joven, por lo que tenía una pensión muy pequeña, y su madre, auxiliar de enfermería, tenía que arreglárselas todos los meses con un salario que no llegaba ni a mil euros, para cubrir gastos y pagar facturas. Aprendió a ser mayor para sostener a su madre, que tenía dos niños por criar, un marido enfermo y las cuentas sin cuadrar. Quería darle la impresión de que había crecido y la ayudaba en todo, pero en el fondo era una niña enfundada en un traje de mayor. Su madre volcó todo el cariño en su hermano, el más frágil y pequeño de la familia, así que ella nunca tuvo el tratamiento de alguien especial. Tal vez cuando era muy pequeña, pero no lo recordaba.

Decidió estudiar la carrera de Medicina porque, al ver a su padre tanto tiempo entre médicos y hospitales, se dio cuenta de lo mucho que le gustaba esa profesión, que le permitiría ayudar a otros, y también se sintió atraída por la autoridad que transmitía un médico. Al abrir la boca, todo el mundo callaba y acataba sus órdenes al pie de la letra. Un médico era algo especial. Sabía que no podría contar con la ayuda de sus padres, pero quería intentarlo por su sueño y por ser una boca menos en casa, una por la que su madre ya no debería preocuparse. El primer mes fuera de casa había sido el más difícil de toda su vida y había estado muy cerca de fracasar, pero al final encontró su rumbo y allí estaba, lista para recoger los frutos de sus esfuerzos.

Su padre estaría muy orgulloso de ella, no en vano le había puesto Minerva, diosa de la sabiduría según los romanos. Era un nombre digno de llevar, pero a veces la gente percibía su peso y la catalogaba enseguida de persona seria y mayor.

Había roto con Juan al cabo de poco más de un año. Los dos estuvieron de acuerdo en dejarlo, puesto que la relación no avanzaba; más que novios eran amigos. Minerva le quería mucho, pero no le amaba. Él le decía, bromeando, que por el momento se contentaba con el puesto de mejor amigo, pero que tenía intención de casarse con ella algún día.

De repente su teléfono vibró y empezó a sonar.

—Buenos días, ¿señorita Minerva Martín? —preguntó una voz estridente.

—Sí —contestó ella—. ¿En qué la puedo ayudar?

—Soy Cristina, la llamo de parte del señor Cristian Cros.

—Lo siento, no sé de quién me habla —dijo ella, extrañada—. ¿En relación a qué me llama?

—El señor Cros necesita reunirse con usted el próximo domingo a las ocho de la tarde en el restaurante del Hotel Hilton. ¿Sabe dónde es?

—Como ya le he dicho, no conozco a ese señor.

—El señor Cros es futbolista, uno de los mejores del momento, es imposible que no haya oído hablar de él —dijo Cristina, ofendida por tanta ignorancia.

—Me parece estupendo, pero ¿qué tiene que ver conmigo? —contestó Minerva, molesta.

La conversación había pillado por sorpresa a Cristina: nadie ponía pegas a una cita con su jefe.

—El señor Cros viajará el domingo expresamente a Madrid para hablar con usted. Por eso le ruego que me confirme la cita. Su tiempo es muy valioso.

—Pues dígale a su jefe que mi tiempo es igual de valioso que el suyo y, si quiere que vaya, necesito saber el motivo de la reunión. Gracias y que tenga un buen día. —Y colgó.

La muy eficiente secretaria del famoso futbolista no había conseguido la confirmación de la estúpida cita con una don nadie. No le quedaba otra que avisar a su jefe.

Cristian, no quiero molestarte cuando estás entrenando, pero no sé cómo proceder. La señorita Martín dice que no sabe quién eres, que no te conoce de nada y que necesita saber el motivo de la reunión. ¿Qué hago? ¿Sigo adelante con el billete de avión y la reserva del hotel? Espero tus indicaciones. Gracias.

Minutos más tarde, recibió la respuesta de Cristian:

Sigue adelante con todos los planes previstos. Vuelve a llamarla y dile que el motivo de la reunión es el resultado de un experimento médico en el que ella ha participado. No tiene nada que ver con el fútbol. Dame buenas noticias, por favor.

Cristina volvió a marcar el número de Minerva.

—Señorita Minerva, soy Cristina, la secretaria del señor Cros. Hemos hablado hace una hora más o menos —dijo muy cordial—. ¿Se acuerda?

—Hola de nuevo, claro que me acuerdo.

—Es sobre la cita del domingo. He hablado con el señor Cros y me ha dicho que el motivo de la reunión es hablar sobre un experimento médico en el que usted ha participado; no tiene nada que ver con el fútbol.

—¿Un experimento médico en el que yo he participado? Qué extraño... A lo mejor tiene relación con los trabajos de fin de carrera. Bueno, veremos de qué se trata, le confirmo la cita del domingo —claudicó Minerva.

—Gracias —dijo la secretaria, aliviada—. Por favor, no se retrase, al señor Cros no le gusta esperar. La cena tendrá lugar en el restaurante del hotel Hilton, en un reservado. Como comprenderá, al señor Cros le es imposible cenar en un lugar lleno de gente.

—Comprendo —dijo Minerva, sin comprender nada en realidad.

—Le tiene que decir al metre que va a cenar con él y este la llevará al reservado. —Siguió una breve pausa, tras la cual Cristina preguntó—: ¿Tiene alguna duda?

—No, ninguna, aunque todo esto es muy raro.

—Una cosa más —apuntó la secretaria, tras un breve silencio—. Por si no ha ido nunca a ese sitio, tenga presente que se exige ropa formal. Puede ir sencilla pero clásica. Además, le pedimos máxima discreción. Por favor, no hable con nadie sobre este tema. Muchas gracias por su atención. Si tiene cualquier duda o contratiempo en relación a este asunto, no dude en llamarme.

Diez minutos más tarde, Cristian recibía un mensaje de Cristina diciéndole que todo estaba arreglado. Estaba contento e ilusionado. Tenía la sensación de que iba a conocer a un familiar cercano, y algo de verdad en esto había, aunque lo natural hubiera sido haberla conocido primero, no tener un hijo con ella sin saber quién era. Sabía que había la posibilidad de que la cita acabase mal si él le contaba los motivos por los que quería conocerla: ella podía denunciar a la clínica o vender la historia a la prensa, pero no iba a echarse atrás ahora. ¡Necesitaba conocerla!

7

Minerva no podía dejar de pensar en la llamada que había recibido y se convenció de que solo podía tratarse de una broma, porque ¿qué explicación creíble podía existir?

Sabía que algunas veces los deportistas famosos contrataban a especialistas en fisioterapia u osteopatía, pero ella no había hecho ningún trabajo en este sentido y, además, tenía pensado formarse como pediatra. ¿Quizá tenía algo que ver con el estudio que había publicado con Vanessa sobre los microorganismos? Era posible que el señor Cros quisiera desarrollar algún producto, nunca se sabía con esta gente... Por eso, aprovechando que no tenía mucho trabajo en la clínica, llamó a Vanessa. Pero no, a ella nadie la había llamado.

—Minerva, es muy raro lo que me cuentas. ¿Por qué no vas a la cita y sales de dudas?

—¿Y si es una broma? Tú sabes que casi nunca me arreglo y me han pedido expresamente que no vaya informal. Puede que sea alguien que me quiera hacer daño, me pueden grabar cuando diga que tengo una cita con el señor Cros y luego colgarlo en las redes para reírse de mí...

—A ver, mujer, pero ¿quién quieres que te grabe en el Hilton? ¡No pierdes nada por ir!

Los argumentos de Vanessa no la convencieron, así que Minerva decidió dar el asunto por terminado, pero sin poder evitarlo decidió investigar en Google quién era aquel futbolista. Con manos temblorosas tecleó: «Cristian Cros».

Salieron nada más y nada menos que 97.800.000 resultados. Tenía cuenta en todas las redes sociales habidas y por haber, centenares de páginas hablaban de él, le escribían fans de todo el mundo, tenía fotos con personalidades de todos los ámbitos. Era un hombre atractivo. Miró más fotos en el buscador. En ellas aparecía de un millón de maneras y estilos, desde instantáneas donde iba vestido con los colores de su equipo y abrazaba a sus compañeros, a fotos familiares durante las vacaciones en las que aparecía con un niño que supuso sería su hijo. También había fotos de actos y galas donde iba de etiqueta, con ropa deportiva, más elegante, informal, con gafas, sin gafas... Y, claro, en las fotos también aparecía con cientos de mujeres diferentes. Actrices, cantantes, modelos, presentadoras. Todas ellas mujeres guapas, elegantes y sonrientes. A Minerva le entró la curiosidad y tecleó en el buscador: «novia Cristian Cros», y se enteró de que, desde hacía algunos años, salía con una actriz llamada Elena Lago. Minerva imaginó que sería la madre del niño, ya que salían los tres juntos en diversas ocasiones. En las imágenes, ella tenía una sonrisa radiante, pero, al parecer, no todo era glamur, belleza y felicidad, y había muchos artículos que hablaban de una posible ruptura por las infidelidades de él. En una de las páginas, aparecía una imagen de Elena triste y desolada y, a su lado, Cristian sonriendo con otra mujer. Al parecer, habían roto en muchas ocasiones, pero siempre volvían.

Antes de dar el tema por zanjado definitivamente, Minerva decidió darle una oportunidad y tecleó: «Cristian Cros», «microorganismos biológicos».

Salían resultados, pero ninguno relacionado con él. Estaba claro que aquella cita solo podía tratarse de una broma de mal gusto.

Antes de apagar el ordenador, Minerva tecleó su propio nombre en Google. Salían cinco resultados relacionados con ella. De repente se sintió muy pequeña e insignificante. En el mundo virtual, ella no era nadie.

Decidió olvidarse de todo aquello y trabajar un poco hasta que llegase el final de su turno y pudiera ir a la Facultad de Medicina, donde había quedado con todos sus compañeros para saber los resultados del examen del MIR.

Al mediodía, salió corriendo hacia la universidad. No podía creerlo: aunque los resultados todavía eran provisionales, había sacado una de las cincuenta mejores notas a nivel nacional, lo que significaba, con total seguridad, que podría elegir cualquier hospital y especialidad como residente.

Pasó la tarde en la Facultad entre aplausos, emociones y despedidas de compañeros y, más tarde, de camino hacia su casa, llamó a su madre para contarle las buenas noticias. Ella lloró de alegría y emoción, y la animó a regresar a Denia.

—No tiene sentido que te quedes sola en Madrid, cariño. Has logrado tu sueño, vuelve a casa. Desde que tu hermano se ha mudado con ese amigo suyo yo estoy muy sola; nos tendríamos la una a la otra. Por lo menos un tiempo, hasta que encuentres pareja. Me preocupa que no tengas a nadie, Minerva, porque sigues sola, ¿verdad?

—Mamá, no empieces. En todo caso, todavía no he decidido qué voy a hacer. Aún tengo unos días para pensar en ello y, no sé, igual ocurre algo que me ayuda a tomar una decisión.

Luego, llamó a Juan y quedaron en verse el sábado para celebrar los resultados del examen.

De camino a casa, se paró en una calle comercial para mirar algo de ropa que pudiera encajar en la cita de domingo.

«¡Si has decidido no ir!», se autorregañó. Sin embargo, tenía que reconocerlo, le encantaba la idea de cenar en un lugar elegante con un hombre atractivo. ¿Qué tenía aquello de malo? No tenía sentido que se gastara dinero en ropa que no tendría ocasión de volver a ponerse, pero, si se compraba un vestido negro, podría servirle para cualquier ocasión, era un buen fondo de armario...

Después de encontrar la excusa perfecta para acallar su conciencia, entró en una tienda y se compró un vestido que estaba en oferta y le quedaba como un guante. Negro, de corte recto y entallado y con escote ovalado, era una pieza clásica. El toque juvenil, lo ponía la finita banda gris metálico que delimitaba la manga tres cuartos.

Completó la compra con un par de zapatos grises a juego con el detalle de las mangas, un pequeño bolso, un abrigo de cachemir, que pegaba con cualquier cosa y que hacía tiempo que quería comprarse, y unos pendientes redondos sencillos de color gris oscuro que sabía que le combinarían muy bien con sus ojos. ¿Bastaría eso para que la dejasen cenar en el Hilton?

Aquello era una locura: ¿Cómo iba a ir al Hilton? ¿Cómo podía querer algo de ella alguien como Cristian Cros?

8

El domingo, Cristian se encontraba en el aeropuerto de Manises para tomar el avión con destino a Madrid. Incluso cuando no iba por la puerta principal e intentaba no causar revuelo, la gente acaba por enterarse de que estaba allí y tenía que atenderlos.

No le apetecía sonreír ni poner buena cara para hacerse fotos. En ese momento no quería ser una persona pública, solo un tipo normal. Pero la gente no entendía que él era como cualquier otro ser humano, con días buenos y días malos, con estados de ánimo diferentes. Firmó con rapidez varios autógrafos y sonrió al hacerse fotos con algunos empleados del aeropuerto. Momentos después, hizo una señal al encargado de su seguridad y le dijo en tono cortante:

—Luis, ya basta, no quiero más fotos ni que se me acerque nadie más. Haz lo que tengas que hacer, pero quítamelos de encima ya, por favor.

Luis dispersó a la gente y Cristian escuchó las protestas de aquellos a los que no había atendido. Siempre pasaba lo mismo, nunca tenían suficiente.

En general, Cristian intentaba agradar a todo el mundo. Formaba parte de su trabajo estar con la gente y darles un poco de felicidad, pero no podía hacerlo cada vez que salía a la calle.

El viaje hasta Madrid pasó sin más contratiempos y el avión aterrizó a la hora prevista. Al intentar salir por la puerta VIP se encontró con un montón de periodistas, al parecer alguien les había avisado. Lo último que deseaba en aquel momento era tener que hablar con la prensa.

—¡Cristian, Cristian! —le llamaron varias voces a la vez—. ¿Nos puedes atender un momento?

—¿Es verdad que vienes a firmar un nuevo contrato con el Madrid? —resaltó una voz en medio del bullicio.

—Se dice que, a partir de la próxima temporada, vas a dejar el Valencia. ¿Es cierto? —preguntó otro periodista.

—¿A qué se debe tu visita a la ciudad?

Sin contestar a ninguna pregunta, Cristian sonrió, saludó con la mano y se puso los auriculares pidiendo paso con educación. Entre murmullos de desaprobación, consiguió abrirse camino y salió airoso del aeropuerto.

La habitación era la misma que utilizaba cada vez que se alojaba en el Hilton; le gustaba la rutina en los hoteles. Faltaban siete horas para conocer a la madre de su hijo y, aunque no había trazado ningún plan y no sabía qué le iba a decir, tenía muy presente la advertencia de Marcos: Minerva podría ser una «bestia» en estado latente. Por ello decidió que sería prudente y que, si no le daba buenas vibraciones, se inventaría una historia sobre los microorganismos biológicos y punto.

A las cinco de la tarde los nervios se apoderaron de él y pensó que había programado mal el viaje: debería haberla citado nada más llegar. La espera se le estaba haciendo interminable.

Llamó a su hijo para distraerse; el pequeño le contó que había ido a pasar el día con la abuela en el Bioparc y que había visto muchos animales. Estaba muy contento y esa alegría se la trasmitía, como siempre, a su padre. Al colgar, Cristian estaba de mejor humor.

—Te dejo, campeón. Nos veremos mañana por la noche en casa, pórtate bien y haz caso a la abuela.

—Claro, siempre le hago caso, papi —le dijo el niño en tono ofendido—. Te mando un beso grande como desde aquí a Madrid.

—Otro para ti igual de grande —se despidió su padre.

A las siete de la tarde comenzó a prepararse. Tenía la intención de llegar un poco más tarde de las ocho para encontrarla allí, esperando, como siempre hacía en todas las citas. Sentía que aquello le daba importancia y que así podría manejarla mejor.

Se vistió con esmero. Pantalón gris de corte moderno, camisa blanca con raya diplomática, bufanda de cachemira color antracita y zapatos de cuero suave conformaban su estudiado estilismo. Se puso una americana gris, se engominó el pelo hacia atrás con raya a un lado y, contento con el resultado, salió de su habitación dirigiéndose al restaurante de la planta baja. En el ascensor miró el reloj: las ocho y cuarto. Se imaginó a Minerva sentada, nerviosa, mirando con ansia la puerta del reservado, y se felicitó a sí mismo por su brillante estrategia.

Al entrar en el restaurante, estaba de excelente humor. El metre, nada más verle, le saludó y le condujo hacia el reservado. Cristian no le preguntó por la llegada de su acompañante; era obvio que ya le estaría esperando, como hacían siempre todas. Entró acompañado por su mejor sonrisa y se quedó de piedra al ver que allí no le esperaba nadie. Su buen humor le abandonó al instante. Con mala cara preguntó al metre:

—No sé si se lo ha comunicado mi secretaria, pero voy a cenar con una señorita.

—Efectivamente, señor Cros —dijo el metre evitando su mirada—. Pero me temo que...

—¿Dónde está? —le interrumpió crispado—. ¿Puede comprobar si se trata de alguna confusión y me espera en otra sala?

—Lo siento, señor Cros. Le aseguro que en nuestro hotel no caben las confusiones —dijo el metre, esta vez mirándole directamente—. Teníamos instrucciones de que vendría la señorita Martín, pero aún no ha llegado. Hemos comprobado en los tres restaurantes del hotel, por si se ha equivocado, pero no, no hay nadie con ese nombre. Lo siento.

—Me gustaría que fuera a comprobarlo otra vez —le dijo Cristian, tajante—. Y tráigame un aperitivo, una tónica con limón, gracias.

—Como desee —le dijo el metre, y salió con una sonrisa dibujada en el rostro.

Cristian estaba furioso, no le había gustado nada la irónica sonrisa del metre. A pesar de todo, decidió calmarse y esperar. Seguro que se trataba de una confusión y que Minerva lo estaba esperando en otro reservado.

Unos minutos después, un camarero entró apresurado con el aperitivo y le comunicó con pesar que habían registrado, además de los restaurantes, las cafeterías existentes, pero la señorita Martín no había llegado.

—¿Necesita algo más? —preguntó el camarero con educación.

No, de momento Cristian no necesitaba nada más. Bueno, sí, una cosa: ¡Matarla!

En cuanto se quedó solo en el reservado tomó su teléfono y decidió llamarla. ¿Estaba en su derecho de llamar a *miss Minerva* y pedirle explicaciones? ¡Claro que lo estaba! Al fin y al cabo, si él había viajado desde Valencia había sido porque ella le había confirmado que vendría.

Aquello era inaudito. Por primera vez en su vida, Cristian Cros vivía «un plantón» en sus propias carnes.

Al tercer tono, ella contestó de manera despreocupada.

—Hola, soy Cristian. —No dijo nada más, esperando la reacción de ella. Un silencio incómodo se instauró, así que tuvo que continuar—: Cristian Cros. Teníamos una cita a las ocho en el Hilton. ¿Te ha pasado algo?

—No, estoy bien —contestó ella en tono tranquilo—. Pero no me tomé en serio la cita.

—No te has tomado en serio la cita —repitió él como un robot—. ¿Se puede saber por qué?

—Pensé que era una broma.

—Minerva, no es ninguna broma —dijo él, acentuando las últimas palabras—. He viajado desde Valencia expresamente para esta cita. Estoy en el reservado del Hilton esperándote. Te aseguro que es verdad. Es más, ahora colgaré, me sacaré una foto y te la enviaré. Luego te vuelvo a llamar.

Cristian realizó dos intentos antes de enviarle la foto. Se acercó al letrero dorado del reservado con el nombre del Hilton y con cara seria sacó el *selfie* más seco de toda su vida. También acercó la mano a la cara, donde su potente reloj marcaba la hora, las ocho y media, y volvió a llamarla.

—Hola de nuevo. ¿Has recibido la foto? —preguntó tenso.

—Sí, lo acabo de ver —dijo ella cohibida—. Lo siento.

Las palabras «lo siento» fueron directas al corazón de Cristian.

—¿Vives lejos de aquí? —preguntó él más animado—. Como ya te dije antes, me urge que hablemos y mañana tengo que regresar a Valencia.

—No, estaré en veinte minutos.

—¿Quieres que te envíe el coche del hotel para recogerte? —preguntó él, solícito.

—No te molestes, de verdad. Iré enseguida, siento todo el malentendido.

«Otro "lo siento"», pensó Cristian complacido. Su orgullo empezaba a recuperarse.

—Bien. Entonces, hasta ahora. —Y le colgó.

Solo en el reservado, tomó un sorbo de tónica pensando que la cita había empezado mal. Aquello podía ser una señal de que no debía conocerla. Pensó en irse, pero algo le retenía. Una fuerza desconocida y extraña mantuvo a Cristian sentado, esperando los veinticinco minutos más largos de toda su vida.

9

A las nueve menos cinco, Cristian la vio entrar en el restaurante. La ventaja de los reservados es que puedes ver sin ser visto. Hasta que ella habló con el metre y este la llevó a su mesa, él la pudo mirar sin disimulo.

Minerva tenía las mejillas sonrojadas; por lo visto había venido corriendo. El pelo largo le caía por los hombros y se extendía alrededor de una cara ovalada. «La misma cara ovalada de Júnior», pensó Cristian, con cariño.

Los ojos grandes, de color verde grisáceo, parpadeaban alterados. Era evidente que estaba nerviosa.

El metre entró primero y le dijo, aliviado:

—La señorita Martín ya está aquí —y, tomando aire, continuó—. ¿Le digo que pase?

—Sí, por favor —contestó Cristian con aparente tranquilidad.

Ella entró, le miró con interés y le dio la mano formalmente:

—Soy Minerva Martín, encantada de conocerte. —Una media sonrisa tímida se asomó por la comisura de sus generosos labios.

—Soy Cristian, encantado de poder conocerte *por fin*. Siéntate, por favor.

Ella, visiblemente avergonzada por el reproche, se quitó el abrigo y le ofreció un primer plano de su esbelta figura. Vestía de una manera clásica y austera, pero con pequeños detalles que delataban que solo tenía veinticinco años. Las medias tupidas y el vestido negro contrastaban con el pelo suelto y rebelde del color del trigo. Mechones dorados, en tonos oscuros y claros se mezclaban con mechas color ámbar. Cristian recorrió con la mirada el escote ovalado que dejaba a la vista una sensual parte de su piel y después, sin poder evitarlo y apenas disimularlo, bajó la vista hacia sus pechos y se preguntó cómo sería en la cama. ¿Sosa y estricta como el color de su vestido o seductora y sensual como invitaban a pensar su melena desenfadada y ese sugerente escote? Automáticamente, Cristian se reprendió a sí mismo por esos pensamientos y recobró el control mostrando una expresión de cordialidad en la cara. Por suerte, ella parecía no haberse percatado de nada.

—Te debo una disculpa —dijo Minerva, tocándose la uñas con nerviosismo—. Siento el malentendido, de verdad. Pero es que no creí que... En fin, lo siento mucho.

—Disculpas aceptadas, no hablemos más de ello —respondió Cristian precipitadamente, intentando no mirarla a los ojos. Otra vez aquellas palabras y ahora acompañadas de esa intensa mirada. Tenía que concentrarse.

—Imagino que ya quieres empezar la reunión. Tú dirás.

No, no estaba preparado todavía para empezar la reunión, así que decidió no contestarle directamente y distraerla con la cena. Miró sin disimulo el reloj y dijo:

—Son más de las nueve, podemos pedir la cena primero y hablamos mientras nos la sirven.

Ella pareció dudar, pero contestó con educación:

—Por supuesto, me parece bien.

El camarero entró y les tomó nota.

Cuando se fue, Cristian comenzó a hablar:

—Primero, quiero agradecerte que hayas venido. No se me ocurrió pensar que no te tomarías en serio esta invitación. Es lógico que estés sorprendida, porque piensas que no tenemos nada en común, pero yo sé algunas cosas sobre ti.

—¿Sobre mí? Mira, no sé a qué viene este comentario, pero ¿me podrías decir qué es lo que quieres de mí? —La incertidumbre había podido con sus nervios y el enfado asomaba en sus preciosos ojos, color tormenta de verano.

Sin saber por qué, a Cristian le invadió un imperioso deseo de abrazarla. La imagen de Júnior le vino a la cabeza y la confusión creció dentro de él. Tal vez le recorrían aquellas extrañas sensaciones porque se parecía mucho a su hijo. La misma sonrisa, los mismos ojos, hasta compartían la misma forma de enfadarse. No quería decirle la verdad aún, pero tampoco quería hacerle pasar un mal rato. Y entonces, entró el camarero. Salvado por el momento. Intentó tratarla como a Júnior, con calma:

—Te lo contaré enseguida, te lo prometo, pero es un tema delicado y primero quiero conocerte bien. ¿Por qué no nos tomamos esta cita como si fuese una cena de amigos? Después te hablaré del proyecto.

—Cristian, te recuerdo que no soy tu amiga ni te conozco de nada. Esta cita es lo más extraño que me ha pasado en la vida y el hecho de que no hables claro es desconcertante. ¿No crees que eres un poco mayor para estos jueguecitos?

—Tú y yo no nos conocemos de nada, es verdad. No somos amigos, también es verdad, pero te prometo que esto no es ningún «jueguecito». Además, ¡solo tengo treinta años! —aclaró él, sacando a relucir una perfecta dentadura—. Por cierto, en junio es mi cumpleaños, estás invitada.

La sorpresa cruzó el rostro de Minerva. Sus grandes ojos ensombrecidos por las dudas le miraban sin pestañear. Tras una breve pausa consiguió reponerse:

—Gracias por la invitación —dijo con sorna—. Espero que, aparte de esto, tengas algo que contarme.

—¿Ves qué fácil es hacer amigos? —Cristian alzó su vaso e inclinó la cabeza esbozando una de sus mejores sonrisas—. ¿Otra copa de vino?

Minerva comenzó a remover el salmón en el plato y, sí, se tomó otra copa de vino.

Estuvieron hablando un rato con cordialidad de temas sin mucha importancia. Cristian intentaba distender el ambiente, pero Minerva parecía agobiada y desconcertada.

De repente alzó la mirada y espetó:

—¿Acaso es la última moda entre los famosos? Como estáis aburridos de vuestros millones de amigos de Facebook, decidís experimentar con humanos; los escogéis al azar y probáis a ver hasta dónde puede llegar la cosa, ¿no? —Y después de una breve pausa añadió con tristeza—: ¿Ha merecido la pena? ¿Te estás divirtiendo?

El deseo imperioso de abrazarla le golpeó de nuevo. Emociones desconocidas afloraron dentro de su pecho y le empujaron a alargar su mano y tocar la suya. Bajo su piel caliente, la mano fría de ella le estremeció.

—No, no me estoy divirtiendo —consiguió murmurar.

Ella retiró la mano y se levantó con un movimiento brusco. Como si aquel breve contacto físico la hubiera quemado.

—Me voy, este juego ha terminado. Siento que te hayas tomado tantas molestias para cenar conmigo; creo que has pecado de confiado. —Y gesticulando con las manos, añadió—: Ya ves, no todo el mundo es divertido.

A Cristian le entró el pánico al ver que se levantaba de la silla con la intención de marcharse. Había sido egoísta, como siempre. Ella no era un ligue de una noche ni la había llamado para divertirse. Aquella mujer era la madre de su hijo y Júnior reclamaba conocerla. En aquel momento decidió contarle la verdad.

Minerva se dirigía con paso apresurado hacia la salida. Él tomó aire con fuerza para oxigenar sus ideas y fue tras ella. Le rozó con la mano la curva del brazo y le dijo en tono suave:

—No te vayas, por favor. Entiendo que todo esto te parezca surrealista, pero quédate.

Ella se detuvo y le miró de una manera confusa:

—Si quieres que me quede, volvamos a empezar. Me llamo Minerva Martín y estoy aquí para hablar sobre un proyecto médico donde, al parecer, he participado. Te toca.

Él asintió con la cabeza y, mirándola directamente a los ojos, le dijo:

—Soy Cristian Cros, sé que la primera impresión que tienes de mí es que estoy medio loco, y probablemente después de esto vayas a seguir pensándolo, pero... —Cristian supo que había llegado el momento. Sintió emoción y miedo. Un nudo fuerte, invisible, le apretaba la garganta y le aceleraba el corazón. Con fingida tranquilidad, continuó su discurso imitando su presentación—: Te he citado aquí y ahora porque tú eres la madre de mi hijo.

10

En ese momento, Minerva solo pudo pensar: «Perdóname, cerebro, por no haberte hecho caso». ¿Qué es lo que había hecho? Se había encerrado en el cubículo de un hotel con un hombre que no conocía de nada y que, además, no estaba bien de la cabeza.

La primera impresión había sido positiva: Cristian era impresionante y muy atractivo. Tenía una voz potente, modulada, y una mirada oscura y profunda. Cada vez que sonreía parecía emitir unas ondas invisibles que atravesaban la mesa y se alojaban directas en el corazón de ella, paralizándolo. Minerva sabía que el corazón era solo un órgano musculoso, pero ante la sonrisa de Cristian y sus efectos, había empezado a dudar de que solo fuera eso.

Los primeros minutos habían sido tensos pero mágicos. Él era el chico de cualquier cuento de hadas: imponente, apuesto, seductor. La había recibido de manera educada y hasta divertida, a pesar de llevar media hora esperándola, y la había mirado intensamente, como si ella tuviese algo especial. Se había sentido intimidada por su presencia, tan poderosa e intensa que parecía llenar todo el espacio donde se encontraban. Él, en cambio, le había parecido relajado, sin prisas por decirle nada. Ella había empezado a sentir una presión en el estómago que subía con lentitud hacia la garganta, ahogándola. Entonces, un pequeño aleteo en el estómago le había indicado claramente qué le estaba pasando: tenía mariposas, tenía las famosas mariposas del amor que tanto había deseado en su vida y nunca había sentido. Y él, sin saberlo, se las había provocado solo con su presencia y en solo unos minutos, a pesar de lo extraño del momento. Pero el encanto había durado poco y rápidamente se dio cuenta de que Cristian no tenía nada de príncipe de cuento; solo había estado jugando con ella. El oxígeno apareció de nuevo en el reservado y Minerva salió del estado letárgico en el que estaba metida. El cerebro le volvió a funcionar y decidió salir de allí y alejarse. Entonces, él la volvió a descentrar pidiéndole que se quedara. La súplica de su voz provocó nuevos aleteos y, en medio de todos aquellos sentimientos encontrados que la estaban mareando, recibió la prueba definitiva de que Cristian no estaba en sus cabales:

«Eres la madre de mi hijo».

Esperaba que él dijera algo más, pero no, ahora estaba callado y sereno. Parecía una persona completamente normal.

—¿Cristian, estás bien? En calidad de futura médica me veo en la obligación de ayudarte, pero no sé cómo...

—Estoy perfectamente. Y lo que has oído es la verdad. —Él se recostó relajado contra el respaldo afelpado de la silla. La camisa se estiró y, a través de ella, se perfilaron unos pectorales, duros y bien formados.

Ella sonrió con amargura:

—Mira, si yo fuese un hombre, podría hacer memoria para acordarme de si en algún momento de mi vida me acosté contigo; pero soy una mujer y no es el caso. Te aseguro que, si eso hubiese ocurrido y hubiéramos tenido un hijo, me acordaría.

—No necesariamente —le contestó él con tranquilidad—. Como médica, sabes que hay muchas maneras de concebir. No es necesario mantener relaciones sexuales para tener hijos. Que no me hubiera importado, si se hubiera dado el caso.

Un destello de luz brilló en el cerebro de ella, una advertencia. Intentó recomponerse, pero no consiguió articular ninguna palabra. Cristian, animado por su silencio, continuó en voz baja:

—Parece que ya sabes de lo que estoy hablando. No te asustes, no tienes que decir ni hacer nada si no quieres. Como te dijo mi secretaria, por tu parte fue solo un proyecto médico y así te lo tienes que tomar.

Minerva intentó hablar, pero la voz le salió muy baja, apenas un susurro:

—No entiendo lo que me estás diciendo, yo...

Cristian la cortó con cierta brusquedad; no podía alargar más el momento:

—Hace unos siete años decidí ser padre. Por motivos personales que no vienen al caso, recurrí a la donación de óvulos y a un vientre de alquiler. En aquel entonces jugaba en el Real Madrid, por lo que acudí a la clínica Klass. ¿Te suena de algo?

Minerva palideció. Su rostro estaba descompuesto. Dejó las palmas húmedas sobre el impoluto mantel, en una señal inequívoca de rendición.

—La clínica Klass es la misma donde tú donaste óvulos.

Ante la evidencia, Minerva despertó del estado de *shock*:

—Sí, es cierto, doné óvulos a esa clínica, igual que cientos de mujeres. Además, aunque fuera cierto que utilizaste mis óvulos, no tienes ningún derecho a buscarme y decirme que soy la madre de tu hijo. Donar óvulos no es equivalente a ser madre —apuntó ella.

—Tienes razón. Ni tú ni yo tenemos ningún derecho en este sentido —continuó Cristian, sereno—. Yo no puedo pedirte nada ni tú puedes reclamármelo. Ni tú ni yo importamos aquí. Lo único importante en toda esta historia es Júnior, mi hijo. Por él estoy aquí, por él decidí buscarte. Tampoco estoy seguro al cien por cien de que seas tú, claro. Como bien sabes esa información es confidencial.

—Sí, recuerdo que en la entrevista previa me aseguraron que, en ningún caso, se informaría a nadie de la identidad de la donante. Podría denunciar a la clínica por lo que me está pasando ahora mismo.

—Puedes hacerlo —accedió él con cautela—, pero en la clínica no me han dado ninguna información sobre ti. Averigüé tu identidad por otros medios que no tienen relación con ellos. De todas formas, no te impresiones. Lo último que quiero es asustarte. Tu vida no cambiará en absoluto.

—No estoy asustada; estoy confundida —puntualizó ella—. Si no quieres nada, ¿por qué tenemos esta conversación? ¿Por qué te has molestado en buscarme?

—No lo sé —dijo él, abstraído mientras golpeaba con los dedos el margen de su plato—. Yo también estoy confundido. De momento solo quería conocerte. Hace poco Júnior, mi hijo, me preguntó sobre su madre y fue por él que decidí investigar y averiguar quién era. Todo indica que se trata de ti.

En ese momento, entró el camarero y la conversación se cortó. Sin tomar postre y sin más preámbulos, pidieron la cuenta.

Salieron callados del restaurante. Él la acompañó hasta la calle; estaba desierta y nadie se percataría de su presencia. Los dos se quedaron en silencio sin saber qué decir, pero sin atreverse a separarse sin más. Minerva rompió el silencio:

—Estoy impresionada por todo lo que me has contado; en este momento no sé qué decir. Ya tienes mi número. Si quieres que hablemos algo más sobre este tema, puedes llamarme.

Él sintió el peso de la responsabilidad sobre sus hombros. Decidió que no podía soltarle semejante bomba y decirle adiós y buenas noches.

—Mira, apenas son las once. Normalmente me acuesto temprano por mis entrenamientos, pero mañana no tengo nada que hacer y regreso a Valencia por la tarde. Si nos separamos ahora, estaremos toda la noche dando vueltas en la cama, pensando. Te invitaría a tomar una copa en algún lugar, pero no lo he previsto ni tengo nada reservado y yo no puedo entrar sin más en un local lleno de gente. —Sonrió con amargura—. Ya sabes, los «millones de amigos de Facebook» están en todas partes. Tengo una *suite* reservada en este hotel; si quieres podemos subir y tomar algo. Te enseñaré fotos de Júnior y podemos hablar sin ningún compromiso. Pero solo si te apetece; si decides que no quieres saber nada de todo esto, y estás en tu derecho, nunca más te molestaré, te lo prometo. Por lo menos te he conocido y con eso me basta. El día que Júnior me pregunte de nuevo cómo es su madre, estaré preparado y sabré qué contestarle.

—Así que tu hijo se llama Júnior... —murmuró ella, abstraída.

—¿Podemos entrar? —dijo él, metiéndose las manos en los bolsillos para aguardarse de la fría noche de febrero—. Me estoy helando, se me había olvidado cómo son de frías las noches en Madrid.

—De acuerdo, subiré contigo a tu habitación —asintió ella—. No puedo marcharme sin más y continuar con mi vida como si esto no hubiera pasado.

Por alguna extraña razón que no lograba entender, Cristian se alegró mucho de que la noche no hubiese terminado.

11

Mientras los dos se dirigían a la entrada del hotel, un hombre los miraba escondido detrás de una columna. Tenía el semblante serio y temblaba debido al frío. Sacó el móvil y fijó el objetivo hacia la pareja. Disparó varias veces y se quedó mirando al vacío. Habían desaparecido de su campo visual. Esperó un buen rato, pero no volvieron a aparecer.

Entonces encontró un banco donde sentarse y decidió esperar. Cerró los ojos imaginándose a la pareja. Eran las tres de la madrugada y aún seguían dentro. Sacó el móvil y miró las fotografías que había guardado.

Primero, había instantáneas de ella entrando apresurada en el hotel. En la foto salía de perfil, con la melena suelta abrazando sus hombros, las mejillas sonrojadas y los labios entreabiertos. Era hermosa.

El hombre aumentó los ojos y los estudió con intensidad. Luego centró la atención en los labios, rojos, carnosos, entreabiertos. Los tocó con los dedos de manera suave una y otra vez. Cerró la foto y miró la siguiente. En la foto Minerva salía de perfil y detrás de ella estaba el hombre que la acompañaba. Se le veía poco en esa instantánea pero, por la forma de seguirla, se podía deducir que ella le interesaba.

En la siguiente foto salían los dos, en actitud cercana. Se miraban con intensidad, pero no se hablaban. Ella tenía un brillo especial en su rostro, como un aura invisible que la rodeaba. Él imponía con su atractivo; su lenguaje corporal indicaba que era un animal de caza.

Y ella se había dejado cazar. En la cuarta foto sus cuerpos se tocaban. Relajados, con los hombros en reposo. Él sonreía contento, parecía un cazador que ve a su víctima vencida. La mirada de ella resplandecía.

El hombre apagó el móvil y lo guardó en el bolsillo. Apretó los puños con fuerza. Tenía ganas de gritar y romper algo. Pero recordó la palabra «control» y cerró los ojos con fuerza.

¿En qué momento le habían robado su sueño?

Ella era su sueño y estaba a un paso de conseguirla. Sabía que al final iba a ser suya, pero algo había pasado en los últimos días que a él se le escapaba. El cazador era el culpable de todo, seguro.

El hombre que seguía esperando en el banco en esa fría noche de febrero era Juan Sánchez, el psicólogo de la clínica Klass.

A las siete menos cuarto, la calle se encontraba desierta, nadie entraba ni salía del hotel. Juan llevaba horas allí sentado. Ya no sentía el frío ni el dolor. Ya no sentía nada.

A las siete de la mañana, el mundo pareció despertarse. En un lateral, el sol hizo su aparición tiñendo el cielo con llamas anaranjadas que se expandían con rapidez. En ese momento Juan sintió que todavía había esperanza; la noche oscura y fría había dado paso a un espectáculo de luz. La vida le había sorprendido con una noche negra, pero él se encargaría de teñirla de colores vivos.

Al cabo de un rato, la puerta del hotel se abrió y salió Minerva. Sola. Aquello era buena señal: como era de esperar el cazador no seguía a su víctima una vez vencida.

Ella andaba deprisa, como si temiera que alguien la pudiera alcanzar. Tenía el pelo revuelto y un brillo intenso habitaba en su mirada. Juan se escondió detrás de la columna, sacó el móvil y disparó. Así podría después interpretar sus gestos y estudiar su lenguaje corporal. La siguió en silencio hasta que ella entró en su piso. Luego, regresó a su casa. Había pasado una de las peores noches de su vida.

Sentado cómodamente en su sofá y tapado con su manta de lana favorita, Juan sacó el móvil y pasó las fotos a su ordenador. A través de la gran pantalla tenía más posibilidades para averiguar cosas sobre el cazador y entender qué le pasaba a ella. Recortó la foto donde él estaba de frente y la pegó en una aplicación de búsqueda de personas. El resultado que salió era casi perfecto, 82% de coincidencia. Juan se quedó petrificado. El hombre que intentaba robarle la felicidad era una persona extremadamente conocida: Cristian Cros.

¿Qué hacía un hombre como aquel con una mujer como Minerva?

La vida de Minerva era un libro abierto. Si se hubieran conocido en algún momento, ella se lo hubiera contado. Navegó un rato por Internet buscando alguna correlación entre ellos, pero no había nada. Es más, aquel futbolista tenía novia, una conocida actriz llamada Elena. La Minerva llena de orgullo y principios no podía pasar esto por alto. ¿O sí?

¿Podría un hombre atractivo embaucar a una mujer fuerte y terrenal como era ella? La había seguido de cerca todos aquellos años. En su grupo había chicos atractivos, jóvenes como ella, pero no habían despertado su interés. El único en su vida había sido él. Le había dejado cierta libertad porque intuyó que ella lo necesitaba para poder crecer como persona, pero nunca la había dejado libre de verdad, siempre la había seguido de cerca marcando su terreno en la sombra.

¿Tendría aquel futbolista estúpido y engreído algún poder sobre ella?

Imposible, no tenían nada en común. A ella no le gustan los deportes y a él, seguramente, no le gustaban las chicas serias e inteligentes como ella.

Volvió a centrarse en las fotografías de Minerva. Su mirada seria le indicó que estaba preocupada, aunque el pelo revuelto y la expresión de plenitud que mostraba su cara, le reveló que se encontraba en un estado de felicidad. El paso apresurado y el hecho de estar sola bien podían indicar que, tras finalizar la noche la felicidad, esta se había esfumado. En pocas palabras: ella se ilusionó, pasó la noche con el cazador, pero regresó sola a su casa.

Con la imagen de ella bailando delante de sus ojos, se dejó caer en el sofá, convencido de que Minerva seguía siendo suya. Ahora solo tenía que ser fuerte, atacarla y llevársela a su terreno.

Entonces, ¿por qué tenía un presentimiento tan malo?

A partir de ahora estaría alerta. Esta vez le había tomado por sorpresa, pero no iba a permitir ningún otro desliz. Minerva era suya.

12

Minerva aguantó la respiración y se sumergió debajo del agua de la bañera. Después de unos segundos, sacó la cabeza y se quedó en un estado de inactividad total. Las imágenes de todo lo que había pasado en la cita con Cristian venían a su cabeza como *flashes*.

Dejó los interrogantes de lado y decidió centrarse en la sensación de felicidad que sentía. Toda ella parecía estar suspendida en el aire, arropada por nubes esponjosas y multicolores.

Se tocó el estómago y un aleteo suave le indicó que las mariposas seguían allí, dando fe de que lo que había ocurrido era de verdad. Trató de calmar la adrenalina y contuvo la respiración. Un suspiro largo salió de sus labios. La imagen de él le llegaba de todas partes. Lo recordaba serio y con voz grave, sonriendo divertido, pidiéndole preocupado que no se fuera, feliz al hablarle de su hijo, su hijo...

Júnior podría ser su hijo biológico. Recordó lo impactada que se quedó cuando vio la primera fotografía de él. Era un niño de tez morena, mirada traviesa y sonrisa adorable. Minerva cerró los ojos y sonrió con pesar. No, no podía encariñarse con la idea. Suponía que Cristian tenía datos precisos, pero hasta que un test biológico no lo corroborase, aquello no era real. Y, en el caso de que resultase cierto, ¿qué? Un pinchazo le atravesó la sien y la obligó salir de sus conjeturas. Dejó de pensar en Júnior; sin embargo, sus pensamientos no volaron muy lejos, puesto que se pararon en Cristian.

La última imagen que tenía de él era la de haberlo dejado dormido por la mañana al marcharse.

Referente a la cita, la muy organizada y terrenal Minerva no sabía si lo que le había sucedido era bueno o malo. Encontrarse de frente con algo que no había planificado la hacía sentirse insegura, pero también feliz.

Recordó lo extraña que se había sentido en aquella *suite* del Hilton. Nada más entrar, le impresionó la decoración. Un enorme sofá reinaba en medio de la sala de estar, frente a una mesa de cristal con aspecto de pirámide invertida. El suelo estaba cubierto con una gran alfombra persa de formas geométricas en colores granate de varios tonos y con manchas sueltas en múltiples tonos de gris. Se sentaron en el sofá. Él habló primero:

—Bueno, ya estamos aquí. Sé que para ti todo lo que te he contado es nuevo e impactante. Te veo incómoda y te aseguro que para mí también es difícil. Cuando vengo a esta *suite* con alguna chica tengo claro lo que va a pasar, pero al estar aquí y ahora contigo... no sé por dónde empezar. Eres una chica, pero... bueno, no eres *la* chica.

—Cristian, tú me has invitado. Si estás incómodo y quieres que me vaya, solo tienes que decírmelo.

—No sé lo que quiero —contestó él, sincero, pasándose las manos por el pelo—. Por un lado me gustaría que te quedaras, para que podamos romper el hielo, pero no sé por dónde seguir. Creo que nos hace falta una copa... ¿Qué sueles tomar?

—No suelo beber, la verdad, elige tú por los dos —le contestó ella.

—Yo tampoco suelo beber. Mi profesión me obliga a vivir con muchas limitaciones, pero me gusta el champán y el *brandy* añejo. El champán sería más apropiado para una cita normal. Como esta no lo es, ¿elegimos un buen *brandy*?

—Suena bien —dijo ella—. Aunque jamás lo he probado, voy a confiar en ti, por esta vez. —Y bromeando añadió—: ¡Que no sirva de precedente!

Él sonrió complacido. Llamó al servicio de habitaciones y pidió una botella de Napoleón III, edición especial.

Cristian estaba mostrando fotos de Júnior cuando el camarero llegó y, pensando que era una cita de enamorados, les sonrió con doble significado. Dejó sobre la piramidal mesa una bonita botella envuelta en una etiqueta brillante y dos vasos de cristal. Cristian le dio una buena propina y le dijo que se podía marchar. El camarero dio las gracias saliendo con una sonrisa tonta en la cara.

Al quedarse solos, empezaron a reír a la vez. El ambiente se distendió y, cuando el líquido ámbar entró en el cuerpo de ella quemándole la garganta y calentándole el alma, toda la situación tenía mejor color.

—Entonces, ¿te gusta? —preguntó Cristian—. Ahora me siento responsable por habértelo recomendado. Dicen que, cuando lo pruebas por primera vez, si te gusta es para siempre y, si lo odias, también.

—Es una combinación rara, por un lado me quema la garganta, pero, por otro lado, su extraño aroma me hace querer más. Creo que podría decir que me gusta, sí.

—Me alegro. Vamos a brindar por el *brandy*. Y por habernos conocido.

—Brindo por el sorprendente día de hoy. —Ella alzó la copa con entusiasmo—. Y por haberte conocido.

Chocaron los vasos con fuerza y se miraron un momento con intensidad. Entre las emociones del día, el efecto del *brandy* y la juventud de ambos, era fácil dejarse llevar. Cristian siguió hablando de su hijo y contando anécdotas a Minerva. Su atractivo aumentaba por momentos y, gracias al alcohol, a ella no es que le pareciera guapo, es que le parecía increíble. Estaba relajado, el pelo negro se le había despeinado y le caía sobre los ojos color carbón. Su dentadura perfecta salía a relucir cuando la premiaba con alguna sonrisa y Minerva se encontró pensando, de repente, en cómo sería besarle. Se imaginó a sí misma desabrochándole los botones de la camisa impoluta, para tocarle sus fibrados brazos. Sin poder evitarlo, fijó su vista sobre el grueso bulto que sobresalía en su entrepierna. Su mano pareció cobrar vida propia y tuvo que esforzarse por detenerla. Su cuerpo entero parecía poseído de una Minerva extraña, desconocida. Un deseo incontrolable la sacudió, tenía la boca seca y para aplacar las intensas emociones, tomó otro sorbo de *brandy*, y otro, y otro más. ¿Qué le estaba pasando?

Se sentía cada vez más mareada, le escuchaba hablar a medias y, después de un rato, la imagen de él apareció borrosa. Intentó aclararse la vista, le veía hablar, pero no entendía ni una palabra. Se tocó la cara intentando recobrar el control y vio cómo Cristian se acercaba a ella, envolviéndola en un perfume intenso y masculino. Sintió cómo sus manos se posaban sobre su pelo y unas deliciosas caricias activaron un torbellino de emociones en su interior. Minerva perdió el contacto con la realidad y no supo si aquello estaba sucediendo de verdad o era el resultado de sus fantasías salpicadas por el alcohol. De repente, la habitación comenzó a dar vueltas y se dejó caer en una profunda oscuridad.

Al abrir los ojos, unas horas después, le costó orientarse; veía tonos granate, techos altos y paredes satinadas de color gris ahumado. A su lado, algo pesado no la dejaba respirar. La habitación estaba poco iluminada, pero aguzando la vista pudo comprobar que estaba vestida. Bajó la mirada y vio a Cristian descansando a unos centímetros. Minerva aguantó la respiración para no despertarle. Tenerlo tan cerca y escucharlo respirar le hacía el mismo efecto del *brandy*, le quemaba el estómago. Le tocó con los dedos el perfil de la cara y le retiró el pelo de la frente. Acercó los labios hacia su cuello y se impregnó de su olor. Se sentía mareada y perdida. Miró el reloj: eran las ocho de la mañana. No habían pasado ni doce horas desde que se habían conocido y estaba totalmente embriagada por él. Se levantó con cuidado del sofá y le tapó con una manta que encontró sobre un sillón. Le fotografió con la mirada para llevarse esa instantánea con ella y salió de la habitación. En el pasillo vio un bloc de notas y un boli, tomó una hoja y escribió acelerada:

«Es tarde, me tengo que ir».

Y de forma apresurada abandonó la *suite* de Cristian. Tenía que alejarse de aquel hombre que ejercía tanto poder sobre ella.

De vuelta, en la bañera, Minerva abrió los ojos y regresó a la realidad. El agua estaba fría. ¿Cuánto tiempo llevaba allí pensando en él?

Eran más de las once cuando salió del baño. Se preguntó si Cristian se habría despertado. Miró su móvil y se desilusionó. No había nada. Sabía que él tenía el vuelo por la tarde y que estaba solo en Madrid. ¿La llamaría antes de irse?

Se secó el pelo y lo recogió en una trenza que sabía que le quedaba muy bien. Se puso una camiseta color verde oliva que le resaltaba los ojos y se maquilló un poco. Unos tejanos negros completaban su atuendo. Se miró al espejo, la mujer que le devolvía la mirada sonreía.

Vestida y arreglada se quedó mirando el móvil en silencio. Con el paso de los minutos su confianza disminuía, hasta apagó el móvil y lo volvió a encender por si no funcionaba bien.

En ese momento, llegó Lisa, su compañera de piso. La miró de arriba abajo y le preguntó:

— ¿Dónde vas tan arreglada un lunes a mediodía? Te veo distinta.

—¿Me ves bien de verdad? ¿O solo bien por ser yo, que nunca me arreglo?

—No, estás muy guapa. En serio, cambias un montón en cuanto pones algo de tu parte. Y hoy se ve que te has esforzado. Mónica estaría orgullosa de ti.

Mónica era la tercera compañera de piso, era peluquera y la más coqueta de las tres. Siempre les daba consejos y las criticaba, pero tanto Minerva como Lisa eran chicas prácticas sin muchas pretensiones.

—¿Y adónde vas? —preguntó su compañera—. ¿Algo relacionado con tu futura plaza de Pediatría?

—No, en realidad no voy a ningún lado todavía —contestó Minerva, pensativa—. Puede que tenga una cita.

—¿Puede que tengas una cita? —repitió Lisa sorprendida—. Debe de ser alguien especial si te has tomado la molestia de ponerte rímel y sombra de ojos.

Las dos empezaron a reír. En medio de las risas, sonó su móvil. A Minerva se le paró por un momento el corazón pensando con seguridad que sería Cristian quien llamaba. Pero se desinfló como un globo al ver en la pantalla el nombre de «Juan». Contestó desanimada.

—¡Hola! ¿Te pillo en mal momento?

—No, que va, estoy en casa, un poco resfriada —mintió ella.

—Pues yo tengo un remedio para tu enfermedad —dijo él, animado—. Sal conmigo a comer. Un cliente me anuló la cita en el último momento y teníamos mesa reservada, nada más y nada menos, que en Afrodita, el restaurante griego al que me dijiste que te apetecía ir.

Minerva se emocionó ante su entusiasmo. Sin saberlo, Juan había dado en el clavo: necesitaba un remedio para su enfermedad y lo necesitaba rápido. Su estado de ánimo iba de mal en peor y se estaba comportando como una adolescente. Parecía una de esas chicas enamoradizas que ella tanto había criticado, aquellas que nada más ver una cara bonita caían rendidas. ¿Ella era mujer de comprobar el teléfono por si no funcionaba? ¡Por favor! Se encontraba en una encrucijada vital, tenía que tomar decisiones importantes y no andar por habitaciones de hotel con hombres desconocidos.

Aunque, si se confirmaba que ella fuera la madre biológica de Júnior, Cristian ya no sería un desconocido. ¿Y qué serían entonces? Legalmente, nada, estaba claro, ¿pero y emocionalmente? Además, Cristian se lo había dejado claro: solo se había puesto en contacto con ella porque quería saber cómo era la posible madre biológica de Júnior, aunque también le había dejado la puerta abierta a que pudiera conocer al niño. Las dudas y el desconcierto se multiplicaban en su cabeza. Tenía que dejar de pensar en ello y Juan la ayudaría como siempre lo había hecho, a pesar de que no le podía contar nada sobre Cristian, claro. Él le había pedido que no le contara nada a nadie, había confiado en ella y en ese punto no le iba a fallar.

—Juan, ¿tienes mesa en Afrodita? —dijo ella, intentando parecer ilusionada—. No me lo puedo creer.

—¿Qué te parece? ¿Nos vemos allí? Estoy de camino.

—De acuerdo, llegaré en diez minutos.

Salió de casa contenta por respirar aire fresco.

13

Cristian se despertó solo en su apartamento. Minerva se había marchado sin despedirse. La noche anterior había comenzado con buenas vibraciones, pero ella había bebido más de la cuenta y se había quedado dormida, mientras él le contaba una anécdota sobre Júnior. Una vez dormida, Cristian la había analizado sin disimulo. Tenía un pelo precioso, que le caía como una cascada sobre su espalda, y sus labios, hinchados por el *brandy*, resultaban muy apetecibles. Respiraba con tranquilidad. Se acurrucó a su lado en el sofá y sintió deseos de abrazarla. Encontró en su calor mucha paz y le arropó un sentimiento desconocido. Pensó en cómo se sentiría Júnior si durmiera a su lado y, por un momento, tuvo celos por todo lo que Minerva podría llegar a aportarle. Luego se sintió culpable por haber privado a su hijo de una madre de verdad. Siempre había pensado que había hecho lo correcto, que no había nada de malo en ser un padre soltero, pero de repente sintió que existían cosas en la vida que no se podían reemplazar.

Cristian decidió hacer todo lo posible para recuperar el tiempo perdido y darle a Júnior la oportunidad de conocer a su madre. Vivían en ciudades diferentes, pero eso podía cambiar. Minerva podría elegir su plaza de médica residente en Valencia; durante la cena le había dicho que todavía no se había decidido. Estaba ansioso y desconcertado, así que para tranquilizarse llamó a casa y habló con su madre. Ella, que conocía el motivo de su viaje a Madrid, le aconsejó ser cauto y paciente; era un tema muy delicado que tendría que llevarse con mucha discreción y tacto.

Más tranquilo después de hablar con su madre, se duchó y decidió llamarla. Antes, sin embargo, abrió una de sus aplicaciones más preciadas: un localizador de móviles totalmente ilegal que le había sido de gran utilidad en varias ocasiones. Tecleó su número y rogó por que Minerva tuviera el teléfono conectado. De ser así, podría saber su localización. Tras unos segundos de espera, una luz parpadeó en su pantalla. ¡Era ella! Se la veía en movimiento y a solo dos calles de distancia. ¡Minerva regresaba al hotel!

De excelente humor, Cristian se fue corriendo a cambiarse. Eligió unos vaqueros color índigo que le quedaban de infarto y un suéter que le enmarcaba bien sus trabajados pectorales. Mocasines de ante color vainilla y una chaqueta *sport* del mismo color completaban con mucho éxito su vestimenta. Miró de nuevo la aplicación del móvil para comprobar si ella había llegado, pero se quedó muy decepcionado al ver que el puntito verde estaba parado unas calles más lejos del hotel. Buscó las indicaciones exactas y supo que ella se encontraba en un restaurante griego llamado Afrodita. Sin saber por qué se sintió defraudado y decepcionado. Él le había abierto las puertas de su corazón, le había hablado de lo más preciado que tenía, su hijo, y ella continuaba con su vida como si nada. Sabía que él se marcharía hoy, que era la última oportunidad para aclarar la situación. ¿Tan poco le importaba lo que le había contado? Cristian estaba furioso y definitivamente enfadado con ella. ¿Y si tenía novio? ¿Y si le estaba contando la historia de Júnior? Decidió averiguarlo y le escribió con rapidez un WhatsApp a Cristina:

> Estoy en el Hilton y quiero comer en un restaurante griego que está aquí cerca llamado Afrodita. Intenta conseguir mesa para dos en un reservado.
> Es urgente.

Luego escribió a Alice, la que había sido su entrenadora personal cuando vivía en Madrid. Quería hablar con ella de unos *spots* publicitarios que le habían propuesto y pensó en aprovecharlo como excusa.

> Alice, me gustaría verte hoy para hablarte sobre una oferta de publicidad, pero tiene que ser enseguida, me quedan pocas horas antes de irme.
> Estaré en el restaurante Afrodita.

Y le adjuntó la ubicación.

Alice le dijo que estaría en el restaurante en cuestión de treinta minutos y él llamó a un taxi para llegar hasta allí cuanto antes. Afrodita se encontraba a tan solo cinco minutos del hotel y a Cristian le hubiera gustado ir andando para despejar y calmar sus ánimos, pero caminar en pleno Madrid a las dos de la tarde era misión imposible por culpa de «los millones de amigos de Facebook». Recordar la frase de la noche anterior le mejoró un poco el humor. Minerva no había dicho nada de ningún novio, probablemente estaría comiendo con una amiga. Cristian estaba confuso; cualquiera diría que estaba celoso.

El mensaje de Cristina lo sacó de sus pensamientos:

Todo arreglado, te están esperando. Si no me equivoco no has comido nunca en un griego: pide exohikó. Hojaldre relleno de cordero, verduras y queso, creo que te gustará… ¡Suerte!

Cristian sonrió. Cristina lo conocía como nadie. Con alguna que otra complicación, se instaló en una especie de reservado. Afrodita era un restaurante muy recargado, decorado en tonos blancos y azules. Todo el personal estaba emocionado ante su presencia y a cada momento algún que otro camarero se le acercaba para preguntarle si todo estaba a su gusto o si le apetecía algo. En cuanto pidió *exohikó* al jefe de sala, le dejaron un poco más tranquilo.

—El resto del menú lo dejo a vuestra elección. Además comeré con una amiga, así que de momento solo tomaré un aperitivo y agua.

Cuando se quedó solo, buscó con la mirada a la madre de su hijo. Y la encontró.

Estaba sentada en una mesa solitaria, enfrente de un hombre bastante más mayor. Él le contaba algo gracioso y ella reía contenta. Llevaba el pelo trenzado y ello le daba protagonismo a su cara nítida y ovalada y le resaltaba los grandes ojos. Su acompañante era mayor pero atractivo, pelo corto, complexión fuerte y ropa elegante. Tenía un aspecto peculiar pero al mismo tiempo distinguido. A Cristian, se le disparó la tensión al ver que él retenía entre sus manos la mano de ella bastante rato. No quedaba ninguna duda, aquel hombre era su novio. En medio de aquellos descubrimientos, entró Alice.

—Cristian, ¡qué sorpresa! Llevo meses sin saber de ti y ahora apareces de improviso y con prisas. ¡Eres un caso! —sonrió coqueta.

—Gracias por venir —le dijo él mientras le daba dos besos de cortesía—. Tenía unos compromisos, pero en el último momento un familiar me dejó plantado y pensé en ti.

—Has pensado muy bien —dijo ella visiblemente complacida—. Un familiar te dejó plantado, ¿a ti? ¡No me lo puedo creer!

Él miró en dirección a Minerva y se le ensombreció la cara al ver el interés con el que escuchaba a su flamante acompañante.

—Sí, a mí. Es uno muy *peculiar*.

Sin querer, sintió la necesidad de hablar de ella aunque fuera de lejos. El resto de la comida pasó sin pena ni gloria. El plato que había pedido le gustó bastante y Alice no dejó de parlotear y de tirarle los tejos. Era muy cansina la manera que tenían algunas de querer complacerle siempre. Él apenas le contestaba, hasta que ella pareció darse cuenta de que algo le pasaba:

—¿Tienes algún problema, te preocupa algo? Te veo muy inquieto; parece como si estuvieras vigilando a alguien.

—No, qué va. Va todo de maravilla —mintió él.

Minerva y su acompañante pidieron la cuenta y diez minutos más tarde salieron del restaurante. Él, en plan caballero, la ayudó a ponerse el abrigo y después la tomó con delicadeza por la cintura. ¿Era ese el tipo de hombre que le gustaba? ¿Viejo y pasado de moda? ¡Menudo gusto tenía!

Cristian sabía que tenía que tranquilizarse, nada de lo que estaba haciendo tenía ningún sentido. ¿Qué más le daba lo que hiciese Minerva? Parecía una chica formal, no había intentado aprovecharse de él y seguía con su vida como si nada, lo mismo que debería estar haciendo él. Así que tomó la decisión de irse a casa sin mirar atrás. No la llamaría, ni se despediría. La había conocido: misión cumplida.

Salieron del restaurante por la salida de emergencia, por si alguien había llamado a la prensa. Y, aunque en un principio parecía que se habían librado de causar ningún revuelo mediático, al llegar a la calle principal, media docena de paparazis los asaltó con preguntas y *flashes*. El día no podía terminar peor, las páginas de actualidad se llenarían con fotos de él y Alice. La diversión estaba asegurada. Elena se pondría histérica, porque no le había dicho que comería con Alice y, como alguna vez le había dado motivos para ello, veía infidelidades por cualquier sitio. Marcos se cabrearía, porque estaba convencido de que las fotos de este tipo era negativas para su imagen. Y sus seguidores dirían de todo. Algunos sacarían sus propias conclusiones sobre el viaje a Madrid, otros defenderían su privacidad y los fans de Elena se lo comerían vivo y lo acusarían de una nueva infidelidad. Por último, seguro que no faltarían los que siempre le habían criticado por tener a su hijo de la manera en que lo tuvo y para los que cualquier excusa era buena para acusarle de mal padre. ¿Qué dirían esta vez? ¿Lo acusarían de dejar solo a su hijo para ir a pasar unos días con una amiga a Madrid? No quería ni pensarlo. ¡Pero todo sería culpa de Minerva!

14

Minerva estaba sentada en el mostrador, tenía delante un gran listado de pacientes a los que debía llamar para avisarles de su próxima cita. Llevaba diez minutos sin hacer nada, enfrascada en sus pensamientos. La lista podía esperar.

Era su última semana en la clínica. En unos días le darían el finiquito, su último sueldo y tendría que elegir su próximo destino. ¿Cuál sería? Sacó un folio en blanco y empezó a escribir pros y contras para averiguar qué lugar tendría mejor puntuación.

Madrid. Puntos a favor: conocía la ciudad desde hacía seis años, podría tener mayor proyección profesional al tratarse de la capital, podría darse una oportunidad con Juan, no tendría que cambiarse de piso. Puntos en contra: no tenía a la familia cerca y Juan no era el amor de su vida. Resultado: cuatro a dos.

Denia. Puntos a favor: viviría en su casa con su madre, estaría cerca de su familia y viviría al lado del mar. Puntos en contra: allí no le quedaban amigos, la ciudad era pequeña, sin mucha proyección profesional, y debería mudarse, lo que le daba muchísima pereza. Resultado: tres a tres.

Valencia. Puntos a favor: estaba cerca de su casa, estaba cerca del mar y era una ciudad grande en la que podría tener proyección profesional. Volvería a ver a Cristian y podría conocer a «su hijo»; había intentado no pensar en él, en ninguno de los dos, de hecho, pero no podía evitarlo. Cristian le gustaba y, aunque sabía que no tenía ninguna obligación ni derecho sobre Júnior, llevaba un buen rato pensando en la posibilidad de verle de vez en cuando. Puntos en contra: era una ciudad nueva, tendría que mudarse. Allí no tenía ni familia ni amigos. Y Cristian tenía novia. Resultado: cinco a cuatro.

Sumó los puntos y se dio cuenta de que ganaba Valencia. Dos días atrás aquella ciudad ni entraba en la lista y ahora resultaba que era la que más puntos a favor tenía. Y también más en contra.

Comenzó a llamar a los pacientes de la clínica y dejó de pensar en su futuro. A las siete había terminado todo el trabajo y aún le quedaba una hora para terminar su jornada. Quedaban solo dos consultas ocupadas: la de Ginecología y la de Psicología.

De repente, empezó a pensar en Cristian. Miró el teléfono por si tenía alguna noticia suya. Pero no, no había nada. ¿Qué sentido podría tener todo lo que había ocurrido? Él la había buscado para contarle la historia del niño y después había desaparecido sin más. ¿Le había dado ella una impresión tan mala? ¿Significaba esto que ya no quería que conociese a su hijo? ¿Que no quería saber nada más de ella?

Necesitó verle de nuevo, así que tecleó en Google «Cristian Cros» y se quedó mirando la pantalla en silencio. Había cientos de imágenes de última hora en las que él estaba en la calle con una chica muy guapa y estilosa. Los periódicos digitales decían que había venido a Madrid para quedar con su nueva conquista, Alice Johnson, su exentrenadora personal; hacían todo tipo de comentarios respecto a su relación y hasta discutían si el jugador estaba bajando el rendimiento a causa de su vida sentimental, o lo acusaban de haber dejado sola en Valencia a una desolada Elena y dejar de lado a su hijo para seguir con su vida de soltero...

A Minerva le invadió una sensación de desazón y mal humor. La realidad la golpeó tomándola por sorpresa. Él le había contado que estaba en Madrid porque quería conocerla, por su hijo, y sin embargo no era así. Había viajado a Madrid para quedar con Alice y de paso había llenado su tiempo cenando con ella. Pero entonces, ¿por qué había pasado la noche charlando con ella en vez de salir corriendo a los brazos de su amante? Minerva estaba confusa.

En ese momento, salió de su despacho la psicóloga, Marian, y la despertó de sus conjeturas:

—Minerva, ¿tengo alguna cita más para hoy?

—No, Marian —contestó ella en tono profesional—. La señora García era la última. Hasta el miércoles por la mañana, estás libre.

—Vale, me quedaré un rato en mi despacho —dijo la psicóloga, despreocupada.

—¿Puedo hablar un momento contigo? —preguntó titubeante Minerva—. Es algo personal y me gustaría saber tu opinión.

Marian se paró sorprendida. Minerva era una chica fuerte y autosuficiente; escucharla hablar tan insegura le llamó la atención.

—Claro. Solo estamos tú, yo y la Dra. Prieto. Cuando ella termine, cierra la consulta y ven a mi despacho. Además, sería una pena que te fueras de aquí sin tumbarte en mi famoso sofá —bromeó ella.

Minerva no sonrió siquiera, estaba muy tensa. Esperó hasta que no quedó nadie, cerró la puerta de la clínica y entró en la consulta de la psicóloga. Cuando se sentó en el confortable sofá, su estado de ánimo mejoró visiblemente. Realmente tenía merecida su fama.

—Dime —preguntó Marian en tono suave—. ¿Qué te preocupa? ¿Es por el ciclo nuevo que tienes delante?

—En parte sí. La verdad es que estoy algo confusa. Sé que podré elegir cualquier plaza gracias a mi nota, pero no me decido.

—Es normal que tengas dudas, pero tienes que superarlas y seguir tu camino. ¿Todavía estás dividida entre Madrid y Denia?

—Bueno, ahora Valencia ha entrado en la ecuación.

—¿Valencia? ¿Y eso a que se debe, alguna novedad?

—Sí, he conocido a alguien —dijo Minerva cerrando los ojos—. No sé qué pensar.

—¡Mujer! Ya era hora de que conocieras a alguien. A tu edad es lo más normal —afirmó convencida la psicóloga.

—No es lo que crees —dijo Minerva, abriendo los ojos de golpe e intentando incorporarse—. No es en plan sentimental, es una historia muy rara.

Marian le indicó que continuara tumbada en el sofá y la animó a seguir:

—Cuéntame, entonces. Dos cerebros piensan más que uno, algo sacaremos en claro.

—En mi primer año aquí en Madrid doné óvulos en una clínica de reproducción asistida. —Marian la miró confusa, pero Minerva siguió con su explicación—: Pues bien, el otro día me llamó un hombre muy conocido. Se ve que tuvo a su hijo en esta misma clínica y me ha dicho que yo soy la madre biológica del niño.

La psicóloga estaba callada; la conversación la había tomado por sorpresa. Se había esperado un poco de ansiedad y nervios ante los cambios, algo de indecisión, pero lo que estaba escuchando era muy poco corriente.

—Como debes de saber, aunque fuera verdad, no puedes reclamar nada ni tienes ninguna responsabilidad. Es más, lo puedes demandar a él y a la clínica por haber desvelado tu identidad, la ley está de tu parte.

—Lo sé, estoy intentando enfocarlo desde este punto de vista, de verdad que lo intento, pero no se me va de la cabeza. Por una parte, pienso en la donación de óvulos, después en el hecho que, de aquellos ovocitos, salió un niño. ¡Un niño que lleva mis genes! Sé que no tengo derechos ni responsabilidades, además ni siquiera es seguro que yo sea la madre biológica, pero... Por otro lado, la actitud del padre del niño, también me tiene desconcertada. Me ha buscado, me ha hablado del niño, me ha enseñado fotos y ha desaparecido de mi vida. No he vuelto a saber de él —afirmó Minerva con amargura—. ¿Debería olvidarme del asunto? Sería lo mas sensato, lo sé, ¿pero cómo hacerlo? No quiero engañarme, pero saber que cabe la posibilidad de que Júnior, así se llama el niño, lleve mis genes es... extraño. Necesito olvidarme de todo esto, el problema es que...—¿Cuál es el problema, Minerva?

—Pues que no solo pienso mucho en el niño, sino que ... creo que su padre me gusta —dijo Minerva y cerró de nuevo los ojos. Ahora que lo había dicho en voz alta sabía que era verdad.

—Pero, ¿cómo que te gusta? —preguntó Marian—. ¿Cuántas veces lo has visto?

—Una. Cenamos juntos y luego pasé la noche en su apartamento. No ocurrió nada entre nosotros, solo hablamos sobre la situación.

—Creo que te has emocionado con la idea romántica de que sois padres de un mismo niño. Es una noticia impactante y te ha afectado sin tú quererlo. Puede que veas en este hombre algo tuyo, pero no te equivoques: ni él ni el niño son nada tuyo —apuntó Marian.

—Puede ser —dijo Minerva, pensativa.

—¿Y qué tiene que ver Valencia con todo esto? —Marian intuía la respuesta.

—Ellos viven allí.

Minerva no dijo nada más y la psicóloga, tampoco.

Se sentía mejor, el hecho de compartirlo con alguien le había sentado bien, se había quitado un peso de encima. Se levantó del sofá y dijo afligida:

—No sé cómo comportarme ahora, Marian. No puedo seguir con mi vida como si nada de esto hubiera pasado. ¿Debería llamarlo o esperar por si él me vuelve a contactar?

—Si te causa ansiedad, no esperes. Él te ha metido en esta historia, tú tienes derecho a llamarlo y buscar respuestas. Eso sí, no te hagas falsas expectativas, ni ilusiones románticas, solo encuentra respuestas a tus preguntas. Sean las que sean.

—Y ¿crees que si lo hago me voy a tranquilizar lo bastante como para poder centrarme y elegir mi plaza? Faltan tan solo unos días y no sé adónde ir.

—Tienes que ser objetiva. No permitas que esto afecte a tu decisión. Habla con él, zanja el tema y, si es posible, no conozcas al niño. No hay razón para hacerlo, son emociones falsas que solo lograrían confundirte más. Resuelve tus dudas y sigue tu camino, Minerva. Y, por favor, borra Valencia de tu lista.

Y dicho esto Marian dio la improvisada sesión por terminada.

Minerva se encontraba mejor, había tomado la decisión de ir a Valencia para buscar respuestas. Más tarde, al recordar imágenes de Cristian y su nueva conquista, su entusiasmo disminuyó por momentos. Cuando en escena entró también Elena, su novia de hacía años, se quedó prácticamente sin voluntad. Pero, de repente, un viperino y malvado pensamiento la dominó: por muy guapas y sofisticadas que fueran Elena y Alice, ninguna de ellas era la madre biológica del niño.

15

Cristian estaba cansado. Había sido una semana larga. El viaje a Madrid le había salido caro. Tal como había previsto, después de aparecer en todos los medios de comunicación, llegaron las consecuencias.

Elena estaba dolida y no le dijo nada en toda la semana. Sabía que tenía que poner de su parte para contentarla, pero no le quedaban fuerzas: el sábado siguiente tenían un importante partido y los largos entrenamientos le dejaban exhausto. Cansado y sin sexo, tenía sus nervios a flor de piel y no encontraba alivio en nada. No conseguía sacarse de la cabeza a Minerva y, cada vez que la recordaba, se tensaba y su mal humor aumentaba. No había vuelto a saber nada de ella.

Tanto Marcos como su madre le habían advertido de que de ahí no podría salir nada bueno, que no debía conocerla. Todos habían predicho que podría resultar una mala persona o una interesada, pero nadie le había preparado para la indiferencia de ella. Minerva no había intentado utilizar de ninguna manera la bomba que él le había servido en bandeja; no había ido a la prensa, no había vendido la historia, no le había pedido dinero a cambio del silencio ni les había denunciado a él o a la clínica. Nada malo. Pero tampoco nada bueno: se había ido sin despedirse, no le había vuelto a llamar, no había mostrado interés por conocer a Júnior y no parecía tener ningún interés por él. Cristian, a lo largo de su vida, había provocado muchas reacciones en las personas, pero jamás le había resultado indiferente a nadie. Era una sensación nueva y no le gustaba. No dormía bien, estaba angustiado. El vídeo de los campos de trigo ondeando con el viento que su psicoanalista le había recomendado para relajarse ya no le funcionaba. Le recordaba demasiado a su pelo, así que tuvo que suprimir temporalmente ese método que hasta entonces le había funcionado tan bien.

El viernes por la noche, al ver que su estado no mejoraba y le quedaba solo un día para el partido, decidió llamar a Elena. Júnior se había ido con la abuela María y con Daryna a pasar el fin de semana a casa de su hermana, Inés, y Cristian se encontraba solo.

—Elena, soy yo, necesito que hablemos.

—Que hablemos, ¿eh? ¿Sobre qué? —preguntó ella, dolida—. ¿Llevas días sin llamarme y ahora necesitas hablar?

—Estuve muy ocupado entrenando, mañana tengo partido con el Atlético. ¿Vendrás a verme?

—No me puedes tratar así, Cristian —suplicó ella con voz trémula.

— Así, ¿cómo? —preguntó él a la defensiva.

—Pues de la manera en la que lo haces. Sales con quien te da la gana, te expones delante de todo el país y luego pasas olímpicamente de mí sin dignarte a darme ninguna explicación. De repente, antes de un partido importante, quieres contentar tu conciencia y me llamas invitándome a tu partido. ¡Llevamos años así y estoy harta! —dijo ella levantando la voz.

—Sabes mejor que nadie que la prensa inventa cosas constantemente, Elena —se defendió él—. A estas alturas me sorprende tu actitud. De verdad que fui a Madrid por un asunto de familia y el lunes antes de volver quedé con Alice para hablar de la campaña de Boss.

—Sí, lo sé. Pero lo que más me duele es el hecho de que no preguntaras si quería ir contigo a Madrid, que no me contaras exactamente el motivo de tu visita. Me siento totalmente fuera de tu vida, Cristian. Me siento humillada delante de mi familia y amigos. Me siento mal por todo. El amor que siento por ti es un castigo, me da muy poco y me quita demasiado.

Silencio, Elena se había desahogado. Cristian sabía que tenía que aguantar sus recriminaciones. Tenía razón en todo y sintió pena por ella. Aun cuando no se lo proponía, le hacía daño. Pero no estaba preparado para darle más, no podía.

—Intentaré cambiar, sabes que lo intento. Pero necesito ir por libre, a mi aire.

—No hace falta que te esfuerces, Cristian. Esto, o se siente o no se siente. Me quiero curar de ti y me tendrás que ayudar, me lo debes. Así que no vuelvas a llamarme para invitarme a un partido ni para nada —apuntó ella.

—¿Estás segura? —preguntó él con frialdad—. No es la primera vez que cortas conmigo y después te arrepientes. Sabes que no me gustan los dramas.

—Sí, esta vez estoy decidida. O me das mi lugar y me tratas como se trata a una novia, o esto se acabó.

—¿Me estás diciendo que nuestra relación de casi cinco años la vamos a terminar por teléfono? —preguntó él, sorprendido.

—No, Cristian, no te equivoques —contestó ella, tranquila—. Nunca hemos tenido una relación de verdad, solo estuve a tu lado cuando me necesitaste. Cuando te conocí tenía veintidós años y montañas de ilusiones. Ya no soy una jovencita, necesito tener una estabilidad, un hombre en el que apoyarme. Yo también paso por malos momentos y tengo estrés y tensión por culpa del trabajo. No solo tú tienes una vida, todos la tenemos, incluida yo.

—Toma un taxi y vente a mi casa, por favor —dijo él en tono amable pero autoritario—. Si de verdad quieres que lo nuestro termine, por lo menos lo haremos en persona. Quiero verte.

—No puedo, por lo menos durante un tiempo —apuntó Elena con firmeza—. Estoy decidida a olvidarte y a seguir con mi vida. Piénsatelo: si quieres que vuelva contigo, me tienes que dar algo más. Mucha suerte mañana en el partido, te veré por la tele.

—Si esto es lo que quieres, respetaré tu decisión —concluyó él, molesto—. De momento no estoy preparado para más, pero pensaré en lo que hemos hablado.

Después de colgar, Cristian pensó que la semana no podía ir peor. Ahora resultaba que su eterna Elena se apartaba de su vida. Siempre le había ofrecido mucha comodidad y le había dado lo que necesitaba. Si tenía un evento donde se exigía pareja, iba con ella; si necesitaba sexo, la tenía a ella; si tenía un mal partido, ella aguantaba su mal humor.

La gente en general pensaba que una persona conocida lo tenía todo a dedo, pero a veces solo por el hecho de ser tan conocido las cosas se complicaban y no era fácil salir con chicas y acostarse con ellas.

Y ahora Cristian quería sexo y su primera opción, Elena, estaba descartada. Podría llamar a alguna chica del pasado, pero revivirían las ilusiones perdidas y no tenía fuerzas para enfrentarse a una ex *reilusionada*. Así que un viernes a las nueve de la noche, Cristian Cros se encontraba solo en su casa, con ganas de sexo y oficialmente sin novia.

Comenzó a navegar en Internet para ver las novedades de las redes sociales y el estado de ánimo de sus seguidores. En ese momento, su teléfono vibró indicándole que tenía un mensaje.

Deslizó despreocupado la pantalla de su *smartphone* y se quedó más que sorprendido al ver que tenía tres mensajes de Minerva. Se emocionó como un niño pequeño delante de un helado. Tomó aire y abrió el WhatsApp:

Cristian, soy Minerva. Espero no molestarte. Al final te fuiste sin despedirte y me gustaría volver a verte. Ya sabes, «por el tema del proyecto médico que nos une».

Mañana voy a mi casa, a Denia. Tengo unos días libres y voy a ver a mi madre y a mi familia.

Voy en AVE hasta Valencia, así que si te viene bien, podríamos vernos. Llegaré a las 12:45. Espero tus noticias para poder organizarme. Saludos.

El horrible día cambió en un instante. Al final había sido ella quien había movido ficha. Estaba eufórico, pero no le contestó enseguida. Llevó a cabo esa pequeña venganza por toda la semana de sufrimiento que había pasado por su indiferencia.

Su cuerpo se había relajado por fin. Se sentía como si hubiera tenido sexo con Elena y con un millón de amigas, todas juntas. Si ella venía a su terreno, él pensaba estar a la altura. De repente, sintió una necesidad imperiosa de impresionarla. Elaboraría un plan, un plan perfecto para que ella se quedase. Dejaría atrás Madrid y al caballero trajeado, y empezarían juntos algo él, ella y el niño. El futuro era incierto pero emocionante. Después de cincuenta y dos largos minutos, Cristian le escribió:

Minerva, qué sorpresa tener noticias tuyas. La primera que se fue sin despedirse fuiste tú.

Mañana tengo partido. Sé que no eres amante de los deportes, pero, si te apetece venir a verme, podemos pasar el día juntos. Mandaré a alguien que te recoja en la estación de trenes a las 12:45. No saques todavía el billete para Denia: te puedes alojar en mi piso de Valencia, allí no vive nadie, solo lo utilizo de vez en cuando. ¿Ok?

Las dos rayas azules le indicaron que ella había leído sus mensajes enseguida, pero no le llegó ninguna contestación. Muy bien, le devolvía la jugada. Se armó de paciencia y esperó hasta que le llegaron otros tres mensajes, media hora más tarde.

¡Mira que eres engreído! 🙈 ¿Tú crees que iría al campo para ver algo que no me gusta, solo porque allí estás tú?

Ah, y además de engreído, mandón. No hace falta que me organices el día.

Y, por cierto, no me fui sin despedirme, te dejé una nota.

Esta vez, él le contestó enseguida:

Yo no vi ninguna nota, pero si es así, estás perdonada.

Y no soy engreído. Bueno, a lo mejor un poco. Pero aunque no te guste el fútbol, el ambiente en Mestalla un sábado por la tarde es impresionante. Prueba. Es como el brandy, te gustará a la primera. Lo único que allí no puedes quedarte dormida 😴

Mandaré a mi secretaria a recogerte. Si no quieres alojarte en mi piso, le indicas dónde y ella te llevará. Luego ya quedaremos.

¿Mejor ahora?

La respuesta llegó casi al instante:

Mucho mejor 😀

Ya te avisaré una vez esté instalada. No hace falta que molestes a nadie por mí. No sé si lo sabes, pero hay transporte público en Valencia.

Cristian envió la suya:

Eso no es negociable. No conoces Valencia, ¿qué sentido tiene perder el tiempo? Cristina irá a recogerte.

Minerva escribió su último mensaje:

Vale, llegaré con el AVE a las 12:45. No hace falta que entre en la estación, que me espere delante. Descansa. Si mañana decido ir al campo, quiero verte en plena forma. Buenas noches 🖐. Me estoy despidiendo, ¿se entiende, verdad?

El último mensaje de Cristian solo contenía tres emoticonos saludando.

Y se fue a la cama con una sonrisa tonta dibujada en la cara. Se tomó muy en serio su consejo y se durmió enseguida.

16

Minerva se despertó antes de que sonara la alarma. A las nueve en punto estaba preparada, pero tras revisar su pequeña maleta, se dio cuenta de que no tenía nada apropiado para ponerse si, después del partido, salían a tomar algo o a cenar. Aparte del vestido negro, no tenía otro. Había encontrado una buena oferta de AVE y alojamiento, y acababa de cobrar el finiquito de la clínica, así que decidió que se podía permitir comprar algo de ropa. Miró el reloj: le quedaba aproximadamente una hora para encontrar algo decente, y eso contando que encontrara alguna tienda abierta.

Entró en la primera que encontró y se compró un bonito *trench* cruzado, color canela, que combinó con unos vaqueros prelavados. Le daba un *look* casual perfecto para acudir al Mestalla. La dependienta le recomendó completarlo con una bufanda moderna de cuadros azules que le daba un aire sofisticado. Estaba contenta, en menos de veinte minutos había comprado todo lo que necesitaba. Le quedaba algo de tiempo, así que entró en una tienda de lencería y se compró un conjunto de seda color carne y un pijama juvenil.

Con el estado de ánimo inmejorable hizo una parada en una tienda de hombres, le compró una camisa a su hermano David y pensó en elegir alguna tontería para Cristian, pero ¿qué se le puede regalar a un hombre que lo tiene todo? Echó un vistazo buscando algo que le llamara la atención y encontró un llavero gris plateado con círculos granates que le recordó la habitación del Hilton y pensó que le gustaría.

Cuando llegó a la estación, se dio cuenta de que no había hecho lo más importante: comprar un detalle a Júnior. No sabía qué podría gustarle o qué no tendría, pero decidió ir a una tienda de juguetes que había allí mismo y al entrar vio un maletín de médico con bata blanca, estetoscopio, linterna, una jeringuilla y otros accesorios. Ese sería su primer regalo para Júnior. Por sus prácticas en hospitales sabía que a los niños les encantaba jugar a los médicos.

Antes de subir al tren, se compró su perfume preferido. Sabía que se estaba comportando de la manera que la psicóloga le había dicho que no hiciera. Se estaba dejando llevar por la idea romántica de que ellos compartían algo cercano, pero no lo podía evitar.

El camino en AVE desde Madrid a Valencia se le hizo corto. El estado de euforia la acompañó todo el trayecto, pero al pisar el suelo de Valencia empezó a sentir dudas. Inspiró hondo y salió decidida de la estación para buscar a la eficiente secretaria de Cristian. Como no se conocían en persona, esta la esperaba con un cartel en la mano. Se saludaron, se analizaron recíprocamente con la mirada y ambas decidieron que el resultado era positivo, podrían congeniar bien. La primera en hablar fue Cristina:

—Señorita Martín, encantada de saludarla. ¿Ha tenido un buen viaje?

—Muy bueno, gracias y llámame Minerva, por favor.

—Perfecto —dijo la secretaria con eficiencia—. ¿Dónde vamos?

—Me alojo en el Hotel NH, en la Avenida de Francia. Creo que está en la zona nueva de la ciudad; hace años que no vengo a Valencia.

—Pues, marchando para allá —dijo Cristina, mientras se dirigían al coche—. Te haría un *tour* de la ciudad, pero me temo que Cristian está ansioso y hoy tiene un partido importante, así que no le podemos hacer esperar.

Las dos sonrieron y se montaron en el coche de Cristina. Minerva sacó su teléfono y le escribió un WhatsApp a Cristian:

Acabo de llegar, estoy con Cristina. Vamos al hotel donde he reservado habitación. Es el NH Valencia. Voy a instalarme. Calculo que sobre las 14:00 podríamos quedar.

La respuesta fue inmediata:

Bienvenida. A las 14:00 en punto paso a recogerte delante del hotel. Sé puntual 😃, que nos conocemos. Vamos a comer y después al partido. Solo si quieres, claro. ¿Preparada para pasar el mejor día de tu vida?

Al leer las últimas palabras, Minerva sintió una conexión con él, un pensamiento común: los dos esperaban que ese día fuera inolvidable.

Minutos después se despidió de Cristina y entró en el hotel. Al ser la hora de *check-in* había bastante gente en la recepción, pero un cuarto de hora más tarde una sonriente recepcionista le entregaba las llaves de su habitación:

—Le ha tocado la de James Bond, la 007 —le dijo la recepcionista, sonriéndole de manera profesional—. Que tenga una buena estancia. Cualquier cosa que necesite, marque el número de la recepción.

La habitación era simple pero limpia. Tenía cuarto de baño, televisor y un pequeño balcón que daba a plena avenida. Se duchó en cinco minutos, inauguró su perfume nuevo, la camisa y los vaqueros. Estuvo a punto de ponerse la lencería de seda que se había comprado, pero se sintió culpable solo por pensarlo y optó por un sencillo conjunto blanco de algodón.

El pelo suelto y planchado le llegaba casi a la mitad de la espalda, dándole, junto al *trench* y a la bufanda, un aire cosmopolita. Se puso rímel con esmero y un poco de sombra gris con acabado ahumado. El resultado le quedó sorprendente. La mujer que salía del hotel atraía las miradas. Nada más salir, vio un coche negro con los cristales tintados aparcado en la entrada: sin ver el conductor supo que era él. Había llegado antes de la hora prevista.

Entró en el coche y Cristian le dio la bienvenida depositando un beso corto en su mejilla encendida. Él estaba de buen humor y mucho más guapo de lo que ella recordaba. Vestía vaqueros y una chaqueta azul informal. Se retaron unos momentos con la mirada. Era la primera vez que se veían a plena luz del día. Ambos pudieron sentir las chispas que saltaron entre los ojos negros de él y los ojos grises verdosos de ella.

Antes de arrancar el coche, Cristian dijo:

—Estoy acostumbrado a hacer planes por mi cuenta. No por ser prepotente, sino por «los millones de amigos de Facebook» que, como ya bien sabes, están en todas partes. Así que vamos a hablar sobre lo que he planeado para que no haya malos entendidos.

Ella asintió y esbozó una gran sonrisa:

—Adelante.

—Bien, primero vamos a comer. Tenemos mesa reservada a las 14:30. El restaurante queda cerca. El resto, si quieres, lo hablamos mientras comemos. El día va a ser duro por el partido —y poniendo el coche en marcha preguntó—: ¿Vas a venir?

—No lo sé —contestó ella, mientras centraba la atención en el cinturón de seguridad—. Vamos a comer y me cuentas qué es lo que hay que hacer en un campo de fútbol.

Buscó con la mirada la hebra para colocar el cinturón, pero el reluciente coche no parecía disponer de ninguna. Deslizó la correa sobre su busto y miró en dirección a Cristian. Este sonrió y se acercó a ella provocando un pequeño incendio dentro de su corazón. Su perfume intenso y masculino le llenó los sentidos. Pasó los dedos sobre la correa, hecho que revolucionó todas las terminaciones nerviosas de ella y después apretó un botón dorado. El cinturón se colocó solo en un enganche que apareció de la nada y Minerva pudo expulsar el aire que oprimía sus pulmones y volvió a respirar con normalidad.

El restaurante donde la llevó era espectacular. Se trataba del conocido submarino del Oceanográfico de Valencia, un ambiente mágico de cuento infantil. Estaban sentados en una mesa rectangular y a su alrededor los envolvían las aguas del océano azulado, con cientos de peces y otras especies marinas. Un lugar estático y, al mismo tiempo, en movimiento. Minerva estaba callada e impresionada.

—Dentro de cuatro horas tengo partido, así que me preparan un plato especial de proteínas con algunos hidratos de carbono bajos en grasa. Ya están avisados. ¿A ti qué te apetece comer? —le preguntó él con interés.

—La verdad, no lo sé. En la carta hay muchos platos a base de pescado, pero creo que en este ambiente me sentiría culpable por comer pescado. Si no te importa, tomaré lo mismo que tú. Es mi manera de confraternizar contigo —dijo ella, sonriendo.

—No me lo puedo creer. Vienes a un restaurante donde puedes elegir maravillas y eliges mi plato. Suena saludable, pero no es muy sabroso, te aviso.

—No pasa nada. Será interesante saber cómo es la dieta de un deportista. Marisco puedo comer en cualquier otra parte, pero tu plato especial, no —insistió ella.

Un camarero extrañado tomó una simple nota: «plato especial mesa cinco por encargo, dos raciones, agua sin gas natural y una ensalada de temporada con granada, nueces y canónigos».

—De verdad que me siento mal —se quejó él —. Tómate por lo menos una copa de vino, un aperitivo, ¡algo! A los aficionados se les permite ir de cualquier manera al estadio. —Y añadió con un guiño—: Menos quedarte dormida, puedes hacer lo que te plazca.

—Si prefieres comer conmigo antes de un partido importante, pues yo sufro contigo —dijo ella, divertida—. Será mi humilde aportación a la victoria de hoy. Y no me voy a quedar dormida a no ser que juegues muy mal, claro. —Ella le devolvió el guiño y él no pudo evitar soltar una carcajada.

El plato especial no era muy apetecible: arroz en su punto y carne seca casi sin aceite; pero la ensalada estaba buenísima y lo compensaba.

—Dime qué se hace antes de un partido. Qué haces tú y qué tendría que hacer yo —preguntó ella, mientras se tomaba un delicioso helado de vainilla salpicado por pepitas de chocolate negro.

—A las cinco yo tengo que estar en Mestalla, toca calentar y encender motores. Normalmente, los acompañantes acuden a la hora de inicio, que es a las siete, pero si quieres puedes venir conmigo a la misma hora. Hay habilitada una sala VIP para nuestros acompañantes; casi siempre hay alguien. Si no, puedes acudir después a las siete, le puedo pedir a Cristina que te acompañe.

—No será necesario. Y cuando finalice el partido, ¿cómo nos encontraremos? —quiso saber ella.

—Todos los acompañantes principales, es decir, esposas, novias, madres, padres, etc., esperan en la sala VIP. Nosotros, los jugadores, cuando terminamos de ducharnos y vestirnos, una hora después de finalizar el partido más o menos, pasamos a por ellos a la sala.

—Vamos a ver, Cristian, ¿tú quieres poner a prueba mi paciencia? Si contamos las dos horas antes del partido, más el rato del partido, que si no me equivoco es una hora y pico, más una hora de espera, eso son ¡más de cuatro horas y media! Eres muy cruel —dijo ella con un mohín.

—Bienvenida a mi mundo —dijo Cristian a modo de disculpa—. Entiendo que no te apetezca. Podemos quedar después del partido, sobre las diez. ¿Te parece bien?

—Pensándolo mejor, creo que me gustaría pasar la tarde en Mestalla —apuntó ella.

—¿En serio? Me hace ilusión que vayas. Hoy es un partido difícil y necesito a alguien cercano allí. Ya sé que puede sonar raro, pero para mí eres alguien especial, Minerva. Te considero parte de mi hijo, no sé, es como si ya te conociera.

Una hora más tarde abandonaron el océano por el campo. Llegaron a un estadio impresionante, grande y vacío. Entraron a través de una puerta VIP a un garaje subterráneo y Cristian aparcó su deportivo negro en medio de una colección de coches de lujo de todos los colores y tamaños.

—Estas son las plazas reservadas para los jugadores y los entrenadores del Valencia —le indicó—. Te diría a quién pertenece cada coche, pero no creo que haga falta. ¡Seguro que no conoces a ninguno! —rió.

—Bueno, a uno sí. A uno engreído y prepotente. Y con esto me basta —dijo Minerva con una sonrisa y, antes de que él pudiera quejarse, añadió—: Por cierto, me imagino que, entre tanto jugador vestido igual, no sabré quién eres, así que dime qué número tienes en la espalda, para poder identificarte.

—¿Hablas en serio? —preguntó él, atónito—. No creo que no me hayas visto ni siquiera por casualidad. ¡Me tomas el pelo!

—Hablo en serio, no tengo ni idea. —En su rostro apareció una expresión pensativa—. Espera, creo haber visto una foto tuya vestido con la ropa del equipo... no sé, ¿tal vez el siete?

—¿Ves como sí que lo sabías? —Cristian resopló aliviado.

—Te prometo que lo dije por casualidad; pero ahora ya está claro, el siete.

—Exacto, tu nuevo número favorito.

—Lo que usted diga, Míster Siete.

—Esto suena mejor —declaró él, siguiéndole el juego—. Vamos a tener que aprender algunas cosas sobre mi vida y el fútbol, Miss Minerva. ¡No la puedo dejar en la sala VIP con los familiares de mis compañeros y sin saber nada de nada sobre mí!

—Tranquilo, tu número no se me olvidará —le aseguró ella, intentando aguantarse la risa por verle tan contrariado—. Por lo demás no te preocupes, no soy muy sociable. Si se da el caso, diré que soy amiga tuya y no daré más explicaciones. ¿Te parece bien?

—De acuerdo, espero que lo pases bien. Me siento un poco culpable por haberte traído tan temprano. Me tengo que ir ya. Te recojo en la sala al final del partido, ¿de acuerdo?

—Claro. No te preocupes por mí, de verdad. Será toda una aventura. Además, no estaré sola, ya sabes, «tus millones de amigos» estarán conmigo —le indicó ella con un optimismo que realmente no sentía.

Él asintió pensativo. Pulsó con la mano el botón del ascensor y esperaron en silencio. Una vez dentro, se acercó hacia ella hasta que sus cuerpos se rozaron. Minerva le devolvió la mirada desconcertada, pero no se apartó. Cristian inclinó su cara, se acercó a su boca húmeda y le rozó los labios con suavidad. Añadió en apenas un susurro:

—Da buena suerte besar al Número Siete antes del partido.

Luego, agarró de la mano a una enmudecida Minerva y la acompañó hasta la sala VIP.

17

La sala VIP tenía aspecto de terraza cubierta, flanqueada en los laterales por paredes de cristal y con la parte frontal abierta. Dentro de la sala, tres chicas charlaban animadamente entre ellas, sentadas en unos cómodos sillones. Había unas mesitas con agua, refrescos, rosquilletas y frutos secos, y, en los laterales, dos pantallas de plasma proyectaban vídeos musicales.

Minerva se sentó en un sillón apartado en la parte lateral; fue lo primero que encontró al entrar.

Recordó el beso.

Se tocó la cara y los labios para asegurarse de que aún seguían intactos. Sintió las piernas flaquear y un aleteo dentro de la boca del estómago. Decidió que, en realidad, apenas había sido un roce suave y no un beso de verdad. Lo atribuyó al estado de ánimo alterado de antes de un partido. Concluyó no darle más importancia. La situación en la que se encontraba parecía surrealista: estaba sentada en una sala VIP de un estadio de primera división junto a unas chicas impresionantes, dispuesta a ver un partido de fútbol. El primero de toda su vida. Sobre las cinco de la tarde el campo comenzó a animarse, los asientos vacíos se llenaron de colores naranjas, de bufandas y banderas que los aficionados traían orgullosos. A la sala VIP acudieron otras personas; por la forma de saludarse entre ellas se notaba que frecuentaban aquel lugar con asiduidad. Nadie pareció advertir la presencia de Minerva ni se acercaron a preguntarle nada. Se sintió segura dentro del anonimato, no quería ofrecer explicaciones que ni para ella misma tenía.

El presentador que retransmitía el partido empezó a animar a la afición indicando que el equipo valenciano saldría en los próximos minutos a calentar y el público local enloqueció y empezó a entonar el himno.

En medio de aquella locura colectiva, salieron los futbolistas. Sus pensamientos regresaron al número siete, que pronto pudo ver en todo su esplendor. El presentador nombró a cada uno indicando el número de su camiseta y el público aplaudía y ovacionaba.

Era pura descarga de adrenalina y Minerva tuvo que admitir que el ambiente era contagioso; poco importaba si te gustaba o no el fútbol en sí. Cristian daba saltos de un lado para otro junto al número nueve, que supo que se llamaba David Bora, y al número ocho, que era alemán y se llamaba Karl.

La mujer de Karl se encontraba en la sala VIP hablando con otras chicas y a Minerva le pareció la mujer más hermosa que había visto jamás. Era una morena impresionante que lucía una piel lisa color chocolate. Su mirada oscura brillaba atrapada entre unas pestañas larguísimas. Reía despreocupada y, por lo que contaba a sus amigas, Minerva se enteró de que esperaba a su primer hijo. Su acompañante era la mujer del número diez, Alonso. Era una rubia de revista con una dentadura blanca y perfecta, que tenía dos gemelos de unos cinco años que revoloteaban inquietos por la sala.

Minerva se sintió de repente muy pequeña e insignificante. No estaba a la altura de aquellas exóticas mujeres, ni representaba nada especial para nadie. Con unas mujeres así por el mundo, ¿cómo podía ella albergar esperanzas de llamar la atención de Cristian?

Una señora mayor, muy coqueta y perfumada, la sacó de sus pensamientos:

—Hola, soy Carmen, la madre de Andrés. ¿Tú quién eres?

Minerva no tenía ni la menor idea de quién era Andrés. Miro rápidamente en el póster general donde salían todos los jugadores y para su sorpresa había dos con ese nombre, uno era el número uno y el otro el dieciséis. Para no meter la pata, le sonrió y le dio a entender que sabía perfectamente de quién se trataba y le contestó con seguridad:

—Encantada Carmen, yo soy Minerva.

La mujer esperó desconcertada a que añadiera el nombre del futbolista al que acompañaba. Al ver que no recibía ninguna respuesta, volvió a la carga:

—No te he visto antes, eres nueva en la VIP. Yo no falto a ningún partido de mi Andrés.

—Es la primera vez que vengo —admitió ella en voz baja.

—Ya veo —dijo Carmen, pensativa—. Entonces no tienes ni idea de quién es mi Andrés, ¿verdad?

—Lo siento, hay dos Andrés en el equipo —se excusó ella.

—El mío es el número dieciséis, ¿lo ves? El que está entrenando en la parte de atrás —y Carmen le mostró con el dedo el lugar exacto donde se encontraba—. Es defensa lateral izquierdo, uno de los mejores. Luego de repente se giró hacia ella y le preguntó en voz alta:

—Y tú, ¿a quién acompañas, cariño?

A pesar de que se esperaba la pregunta, no pudo evitar sentirse incómoda. En la sala VIP se instauró el silencio. Todo el mundo estaba esperando su respuesta. Al parecer, normalmente acudían allí las mismas personas y todos sentían curiosidad por saber quién era ella.

—Yo... bueno, soy amiga de Cristian Cros —contestó cohibida, sintiéndose culpable por haber invadido aquel mundo al que no pertenecía.

Hubo un momento de silencio general. Hasta la parlanchina Carmen se quedó sorprendida. No era habitual que un veterano como Cristian trajera a una amiguita sin que nadie la conociera de nada. Algún principiante que llevaba poco en el equipo sí, pero los más veteranos se conocían todos entre ellos. Carmen, sin poder contenerse, apuntó:

—Cristian es un cielo, quiere mucho a mi Andrés. Y Elena, su novia, es un encanto. ¿La conoces?

Minerva se quedó helada. Sentía la tensión a su alrededor. En las miradas de los asistentes ya no había indiferencia, pero tampoco simpatía. Las mujeres le lanzaban chispas afiladas. Respondió con educación, dispuesta a no dejarse intimidar desde el primer asalto:

—No he tenido el gusto de conocerla. Además, yo vivo en Madrid y solo pasaré un par de días en Valencia.

En medio de la incómoda conversación comenzó el partido y cada cual aclamó a su ídolo, menos Carmen, que veía a su Andrés sentado en el banquillo.

Minerva constató que Cristian era una pieza muy importante en el terreno de juego. Jugaba en la parte central del equipo y, en cuanto pasaban del medio campo, se adelantaba e intentaba marcar. Los jugadores ofrecían entre todos un espectáculo para la vista, aunque Minerva no entendía las reglas del juego ni el porqué de todos los parones del partido.

Cinco minutos antes de acabar la primera parte se anunció un cambio: salía el número cinco, Álvaro, y entraba Andrés Pérez, el Andrés de Carmen.

La mujer se puso muy contenta y, a pesar de haberla herido preguntándole por Elena, Minerva le sonrió y las dos entendieron en aquel momento que no eran enemigas.

La primera parte acabó en empate. Ningún equipo había conseguido adelantarse en el marcador. En el descanso, uno de los gemelos, que era muy inquieto y no paraba de moverse, se cayó y se lesionó la rodilla. Todo el mundo intentó ayudar, pero solo consiguieron asustar al niño y no pudieron parar la hemorragia. Minerva decidió no intervenir, pero al ver que la situación empeoraba por momentos, se acercó y preguntó con timidez:

—¿Podéis preguntar, por favor, dónde hay un botiquín de primeros auxilios?

El murmullo cesó y muchos pares de ojos la miraron sorprendidos, pero nadie le contestó ni respondió a su pregunta.

—Por favor, dejadme ver —insistió ella en tono autoritario—. Soy médica.

La palabra mágica, «médica», cayó como un trueno y todo el mundo comenzó a obedecerla. Se apartaron y en unos segundos, el abuelo del niño herido apareció con un botiquín completamente equipado.

Primero, Minerva tranquilizó al niño y desvió su atención. Le indicó que no mirara la herida, que limpió con agua oxigenada. Después, le roció con Betadine para evitar infecciones, les puso unos puntos de sutura adhesiva y al final le vendó con esmero. El vendaje le quedó perfecto y al niño le regaló, por valiente, un *abrebocas*, que no era otra cosa que un palito fino de madera.

La situación ya estaba controlada. Todo el palco VIP quedó impresionado y le dio las gracias.

La madre del niño, la guapa rubia de revista, se le acercó y le dijo:

—Soy Celeste, agradezco tu ayuda, tienes muy buena mano con los niños. ¡A su pediatra le cuesta horrores hasta auscultarle y tú te lo has ganado en dos minutos! Gracias.

—No me las des, no hace falta. Era mi deber intervenir. Leo es un niño muy valiente, lo que le puse para desinfectar escuece bastante y no se ha quejado.

—¿Alguna recomendación? ¿Debemos llevarle al médico? Salía bastante sangre —apuntó preocupado el abuelo del niño.

—La herida es superficial, hoy no hace falta —le tranquilizó Minerva y, mirando a Celeste, añadió en tono profesional—: mañana le tendréis que quitar el vendaje, limpiar la herida y volver a ponerle otro limpio. Dentro de un par de días es mejor que lo vea alguien, para asegurarse de que está cicatrizando bien y le puedan volver a poner los puntos adhesivos si es necesario. Una enfermera en un centro de salud lo puede hacer perfectamente.

La conversación terminó debido a que se anunció el comienzo de la segunda parte. En el palco ya todo el mundo sabía que la chica nueva era amiga de Cristian, vivía en Madrid y era médica. Las primeras impresiones se convirtieron en miradas de admiración y simpatía.

Minerva sonrió para sus adentros: sabía el efecto que ejercía en la gente su profesión. Sin proponérselo, se había ganado a todos los que en un principio la habían tachado de «amiguita de Cristian».

Diez minutos más tarde, Karl abrió el marcador, apuntando el primer gol del encuentro. La alegría y los abrazos se instalaron en el palco; todos comentaban la buena combinación táctica que los chicos habían puesto en marcha. Karl colocó los dedos en forma de corazón sonriéndole a su mujer. Esta, emocionada, le envió un beso.

Minerva se enteró de que el gesto del jugador significaba que le dedicaba el gol. El partido terminó con la victoria del Valencia: 1-0. Los futbolistas que no salieron en el partido fueron los primeros en acudir a recoger a los familiares.

Minerva estaba nerviosa. Sabía que, en breve, Cristian vendría a por ella. Antes del partido la había besado y ahora se sentía incómoda.

¿Cómo acabaría la noche? La tarde había sido emocionante, con altibajos, pero en general había disfrutado. No sabía si el fútbol le resultaba estimulante por la emoción que transmitía o porque era parte de Cristian; pero fuera como fuese, Minerva concluyó que se lo había pasado mejor de lo esperado.

Quedaban pocas personas cuando entró Alonso, el número diez y padre de Leo. Nada más entrar, el niño corrió a sus brazos:

—Papá, no sabes lo que me ha pasado. ¡Mira! —y le señaló la pierna vendada.

—¿Qué le ha ocurrido a mi campeón? —preguntó el futbolista, preocupado.

—Nada grave. Una caída fea y un poco de sangre. Menos mal que tenemos entre nosotros a un médico. Ven, cariño, que te presente a la heroína de hoy —indicó Celeste.

En ese momento también entró Cristian y Minerva se sintió mal por toda la atención recibida. Tímida por naturaleza, no le gustaba ser el centro de las miradas. Pero Celeste siguió con las presentaciones sin percatarse de las mejillas encendidas de Minerva:

—Alonso, Minerva es médica y amiga de Cristian. Hoy la hemos conocido y, si no fuera por ella, ahora estaría en urgencias. La herida era bastante fea y ella se encargó de la situación de una forma muy eficiente.

Alonso le estrechó la mano, le dio las gracias y salieron juntos para recoger los coches. Antes de despedirse, Celeste dijo:

—Cristian, estáis invitados los dos a mi desfile del lunes. Es lo mínimo que puedo hacer para compensar las molestias causadas. Si os apetece, hay cóctel después. Lo pasaremos bien.

—Lo consultaré con Minerva y te avisaremos. No sé el tiempo que estará en Valencia.

Se despidieron contentos y salieron de Mestalla.

La noche era cálida. Parados en un semáforo, Minerva y Cristian pensaban los dos en el beso que se habían dado antes del partido.

El semáforo se puso en verde y el coche avanzó lentamente hacia la ciudad.

18

En silencio, un yate blanco se mecía sobre las oscuras aguas del Mediterráneo. En el interior, Cristian pensaba en Minerva. Después del partido, habían ido al yate a cenar. Con la ayuda de Cristina, el plan había salido perfecto. Sin embargo, sus ideas para impresionarla le salían al revés, porque el impresionado era él mismo. Más de lo que le hubiera gustado admitir.

Era la primera vez que habían quedado formalmente. En el restaurante submarino, ella le sorprendió al elegir la misma comida sosa que él; aquel gesto tan simple y sin importancia provocó en los dos un sentimiento de cercanía y cariño. No se había quejado por las horas de espera del palco, a pesar de no conocer a nadie y de estar rodeada de chicas que conocían a Elena y que seguramente le habrían hecho pasar un mal rato. Había salido airosa de la experiencia, inclusive parecía contenta, y se había hecho respetar: Celeste no invitaba a cualquiera a su desfile.

Haciendo un resumen sobre ella, los datos indicaban que tenía buen corazón, mucho celebro, y que era una chica muy sencilla. Era ella misma, sin adornar ni restar, sin estrategias ni planes ocultos. Era todo corazón, y esta cualidad Júnior también la tenía.

Pensó en el beso que le había dado antes del partido. No le pudo encontrar ninguna razón y ninguna justificación. Cristian recordó sentir un nudo en el pecho y la necesidad de hacerlo. Durante todo el partido estuvo desconcentrado pensando en lo correcto y en lo justo.

Lo correcto sería olvidar el beso, restarle importancia y presentar a Minerva a su hijo, sin complicaciones. Todo limpio y claro. Sabía que ella le aportaría a Júnior cosas sencillas pero muy importantes. Le aportaría valores.

Lo justo sería escuchar a su corazón y dejarse llevar. No todos los días encontraba a una mujer capaz de despertar en él sentimiento alguno, y ella, en poco tiempo, había conseguido ilusionarle. Quería estar con ella, dejar las cosas fluir; necesitaba algo especial en su vida. La deseaba. Pero también se conocía a sí mismo. No tenía constancia, carecía de emociones. Por mucho que lo había intentado en el pasado, no había conseguido apegarse ni amar de verdad a ninguna mujer. Sabía con certeza que en cuanto la novedad pasara, se alejaría de ella y acabaría haciéndole daño. La relación se estropearía y el más perjudicado sería Júnior. Cristian estaba hecho un lío.

En medio de toda aquella lucha interior, llegó Minerva. Había ido al baño y ahora regresaba. Habían disfrutado de una cena relajada y divertida, hablando de fútbol y otras cosas sin importancia. No mencionaron el beso.

—Es una noche preciosa —dijo ella, apoyándose en la barandilla a su lado.

—¿Cuánto tiempo te quedarás en Valencia? —preguntó él, intentando sonar despreocupado.

—Pues, no sé... ¿Conoceré a Júnior?

—Si tú quieres, sí —dijo él, dando la espalda al mar y mirándola fijamente—. Mañana es el cumpleaños de mi sobrino, podríamos ir juntos y, aprovechando la ocasión, le puedes conocer. Luego podríamos decirle la verdad, tiene muchas ganas de conocer a la donante de las vitaminas.

—¿La donante de las vitaminas? —preguntó ella con interés—. No entiendo...

—Es mi humilde explicación a la donación de óvulos —aclaró él—. Te advierto de que Júnior tiene seis años, pero es muy preguntón.

—Comprendo —dijo ella, intentando controlar la risa, pero sin conseguirlo—. ¡Muy buena explicación, Míster Siete!

Él fingió estar enfurruñado y ella continuó:

—La verdad es que me apetece mucho conocerle, aunque no sé si estoy preparada. Debemos ser cautos, no sería bueno que se hiciera ilusiones falsas, esto no es del todo real, entre nosotros tres no hay un verdadero vínculo. Vamos a tomar las cosas con calma, para que nadie salga herido ni decepcionado. Hoy he pasado un día diferente contigo, pero estoy de paso en vuestras vidas y los dos lo sabemos.

Él pareció dolido por sus palabras, dejó de mirarla, devolvió su atención al mar y, después de unos momentos de silencio, la tomó por sorpresa:

—¿Tienes a alguien en tu vida, Minerva?

—No, no tengo a nadie.

—Yo sé que sales con alguien —insistió él con la mirada ensombrecida y, cambiando de tema, preguntó—: ¿Has pensado dónde pedirás tu plaza?

—Pues estás mal informado. No salgo con nadie y no, aún no he decidido cuál será mi primera opción. Por eso me voy a casa, para aclarar mis ideas. Es probable que me quede en Madrid. —Fijó su vista en un punto inexistente en el horizonte y dijo ensimismada—: Se ha hecho tarde. ¿Volvemos al puerto?

—Podríamos pasar la noche en el barco. —Cristian buscó su mirada—. El amanecer visto desde aquí es espectacular. No me apetece irme a casa. Además, tengo un buen *brandy*, solo tenemos una cama, pero no sería la primera vez que dormimos juntos.

—No creo que sea una buena idea. Solo nos puede traer complicaciones. Vamos a regresar —apuntó ella, decidida.

—Sé que no es una buena idea, pero no quiero separarme de ti todavía. Creo que me gustas. Los dos somos adultos, podemos pasar la noche juntos si nos apetece. Voy a traer un *brandy*, tú ponte cómoda, esta noche no vamos a volver —afirmó él en tono autoritario.

—No me gusta que me impongas nada —le recriminó ella enojada—. Yo voy a regresar.

—Pues... ¡como no sea nadando! —Una sonrisa seductora afloró en sus labios—. ¡No puedes, princesa!

Minerva le lanzó una mirada asesina y él se acercó a ella para abrazarla en plan conciliador. Pero el abrazo se le fue de las manos nada más tocarla. La noche cálida, la luna reflejada en su pelo y el deseo contenido eran una combinación irresistible. La miró a los ojos con intensidad, sus pupilas dilatadas le indicaron deseo. Se fundieron en un dulce beso; la boca caliente y húmeda de Minerva lo recibió con ansias, sus manos tocaron su sedosa piel y ella le colocó las suyas alrededor del cuello, apresándolo con fuerza. Cristian quedó sorprendido por la intensidad del momento, sabía que ya no podía parar. Escuchó una alarma de peligro dentro de su cerebro, pero la pasión había cobrado protagonismo y la razón quedó relegada a un segundo plano. Ella pareció notarle dudar y se separó de él desconcertada:

—Me has besado. Y yo también a ti.

—Quiero más —dijo él, mientras se acercaba de nuevo a ella, y se paró a unos centímetros de su cara, magnetizándola con la mirada.

—Lo que tú quieres es imposible —dijo Minerva en voz queda.

—¿Y tú no quieres lo imposible?

Ella aguantó su mirada, movió los párpados despacio como si estuviera en una escena con efecto retardado, empezó a respirar con dificultad, entreabrió sus labios llenos y húmedos, y se abandonó en sus brazos. Cristian acarició su mejilla, después deslizó la mano hacia su pelo, donde enredó sus dedos, y la atrajo hacia él. Mientras sus labios se encontraban de nuevo en un ardiente beso, él pudo sentir los pechos de ella, pegados a su propio pecho. Notó su cuerpo incendiarse y un fuego lento comenzó a arder bajo su piel. La erección pegada a su pierna le provocó dolor, por lo que se separó de ella y tomó su mano.

La cama redonda del dormitorio les dio la bienvenida, balanceándose ligeramente. Cristian la tumbó sobre ella y apresó su cuerpo bajo el suyo. Deslizó su mano bajo su camisa y comenzó a dibujar una serpiente imaginaria sobre su espalda, lo que le arrancó un jadeo. Los botones de la camisa blanca de ella cayeron uno a uno y en pocos segundos la ropa desapareció. Cristian volvió a besarla con intensidad al tiempo que le acariciaba los hombros y los pechos. Minerva se removió debajo de él y cambiaron de posición sin detener el beso. Fue el turno de ella para quitarle la ropa y, en pocos segundos, quedaron piel con piel. Aquel delicioso roce hizo que todos sus sentidos se activaran. Cristian abandonó sus labios y recorrió con la boca la línea de su cuello, para descender hasta la base de su hombro. Ella jadeó y arqueó su espalda, dejando expuestos sus senos. Cristian centró su atención en ellos, mordisqueó y lamió el izquierdo y, después, se deleitó con el derecho. Acto seguido, sujetó las dos manos de ella encima de su cabeza. Invirtió la posición de sus cuerpos y la apresó debajo de él. Invadió, a la vez, su boca y su cuerpo. Ella abrió sus muslos y se acopló a él y a sus movimientos. Intensificaron el ritmo y al llegar al borde del precipicio, ella se soltó las manos y abrazó la espalda de Cristian.

El cielo existía. En aquellos momentos mágicos, los dos pudieron tocarlo por unos momentos. En el mismo vuelo llegaron hasta él apresurados, para volver después lentamente a la tierra. Había sido un viaje único, perfecto y especial.

19

El domingo amaneció soleado. Minerva abrió los ojos y la realidad la golpeó de pleno. Estaba desnuda, en una cama redonda de un barco en alguna parte del Mediterráneo. A su lado, Cristian, también desnudo. Era tan hermoso... tenía la piel bronceada, reluciente y una expresión tranquila en el rostro. Dormía abrazado a la almohada y con cada respiración su torso esculpido subía y bajaba con regularidad.

Se habían acostado.

Minerva recordó el abrazo que había activado la bomba. No pudieron después controlar sus cuerpos, ni parar la detonación. Las chispas saltaron, los cuerpos se incendiaron y sus respiraciones rápidas y entrecortadas los llevaron a un estado primario, donde la razón ya no existía. Las caricias y los besos de Cristian le quemaban todavía la piel. El olor de él lo llevaba impreso en los sentidos, como un tatuaje que la había teñido para siempre.

Si alguien hubiera preguntado a Minerva qué había sentido la primera vez que Cristian la besó, hubiera contestado que una quemadura en la sangre. En cuanto sus labios firmes y su respiración caliente se encontraron con las suyas, dejó de razonar. Si alguien le hubiera preguntado qué sintió cuando sus cuerpos desnudos se tocaron la primera vez, hubiera contestado que una descarga de miles de corrientes eléctricas. Verse apresada por sus fuertes brazos y sentirlo sobre ella fue como un despertar de todas sus terminaciones nerviosas.

Si alguien le hubiera preguntado qué sintió después de experimentar el orgasmo más intenso de toda su vida, habría contestado: paz y serenidad. Había quedado en un estado de trance con la mente en blanco y el corazón retozando de felicidad.

Mucho después de que él se durmiera, ella lloró en silencio. Reaccionó al sentir el sabor salado de las lágrimas sobre sus mejillas. No estaba arrepentida, simplemente su alma no pudo asimilar la plenitud que sentía. Se sentía viva, se sentía mujer.

Ensimismada en sus pensamientos le escuchó despertarse. Con rapidez se tapó con la sábana, como si aquel gesto pudiese borrar lo que había pasado entre ellos. Él abrió los ojos despacio, la miró un momento sorprendido y le dirigió una amplia sonrisa que hizo aparecerle en la parte izquierda de la cara su adorable hoyuelo.

—Buenos días, princesa —la saludó dulcemente y, apoyando la cabeza sobre el hombro desnudo de ella, le preguntó—: ¿Has dormido bien en mi barco?

—Sí, es muy confortable —contestó ella, sorprendida por su acercamiento y sintiéndose completamente perdida.

Se preguntó cómo podría una persona seguir con su vida y comportarse de manera normal cuando la felicidad invadía todo su ser.

Él se acercó todavía más, le dio un beso rápido en los labios, despertando de nuevo miles de sensaciones ocultas bajo la piel de ella.

—Da buena suerte besar al Número Siete nada más despertarte —aclaró complacido.

—Según veo, Míster Siete, siempre da buena suerte besarte.

—Correcto —puntualizó él de buen humor—. Ahora vamos a ducharnos, que tenemos un hijo que atender.

La forma de utilizar el plural hizo que a ella se le encogiera el corazón. Al verla tensa, él había actuado de manera natural, consiguiendo quitarle importancia al hecho de traspasar las fronteras y acostarse juntos. Después, desayunaron relajados bajo los tímidos rayos de sol y con pesar regresaron a Valencia. Habían cometido una locura, pero una locura compartida se llevaba mejor. Cristian dejó a Minerva en el hotel para cambiarse de ropa y él se fue a su casa. Más tarde la recogió y se dirigieron a casa de su hermana para asistir al cumpleaños de su sobrino. Allí estaban ellos dos, un domingo a mediodía, acudiendo a un cumpleaños familiar como cualquier pareja normal.

Minerva había vivido aquella semana más emoción que en toda su vida. No solo había conocido a uno de los futbolistas más famosos del momento y había cenado con él en el Hilton, sino que se habían acostado, había sentido en su propia piel la pasión, y ahora ¡iba a conocer a su hijo! ¡El hijo de ambos! ¿Resistiría su pobre corazón tanta intensidad?

Inés, la hermana mayor de Cristian, vivía en una exclusiva urbanización cercana a la playa. Ella y su marido, Álvaro, trabajaban para él. Álvaro era dietista, supervisaba su alimentación y también era el encargado de todo el personal. Inés era economista y gestionaba todo su dinero.

Minerva quedó muy sorprendida por la dimensión del mundo del fútbol y de todo lo que este suponía. Se sintió triste al pensar que él no solo era guapo y famoso, sino que además tenía muchísimo dinero. Un cóctel fatal que le dejaba pocas posibilidades de conservarlo a su lado.

Antes de bajar del coche, ella le dijo:

—Tan solo nos conocemos desde hace una semana. He vivido muy intensamente a tu lado. Lo de anoche no debería haber pasado, pero pasó y, como tú dijiste, los dos somos adultos; ya nos enfrentaremos después a las consecuencias. Ahora me vas a dar la oportunidad de conocer a tu hijo que, por un capricho del destino, lleva también mis genes. Estoy algo sobrepasada por todo y te quiero dar las gracias a mi manera. —Minerva alargó la mano y depositó en la de Cristian una pequeña cajita—. Toma, es una tontería; lo vi en una tienda en Madrid, me hizo recordar la suite del Hilton y pensé que podría gustarte.

Muy sorprendido, Cristian abrió el envoltorio y sacó el llavero piramidal plateado con círculos granates.

—No tenías por qué... —Se acercó, le dio un beso en la mejilla y a continuación se lo puso al juego de llaves que tenía.

—También tengo un regalo para Júnior. Es un set de médico de juguete. No sé, he pensado que le podría gustar, pero tú eres su padre y lo sabes mejor que nadie. ¿Te parece bien?

—¡Pues claro! Se pondrá muy contento, seguro.

—Lo que pasa es que no sabía que iríamos a la fiesta de tu sobrino y para él no compré nada.

—No te preocupes, que de esto me he encargado yo —dijo Cristian, bajándose del coche y sacando un paquete del maletero—. Yo sí que me siento mal. Nosotros no tenemos nada para ti.

—Tú ya me has regalado muchas cosas sin saberlo, así que estamos en paz —dijo ella, visiblemente emocionada.

Cristian le tendió la mano:

—¿Preparada para entrar? Mi madre intentará averiguar quién eres, le he contado que conocí a la madre biológica de Júnior, pero ahora no es el momento para hablar de eso, así que solo diremos que somos amigos. ¿Vale?

—Vale —dijo ella con timidez—. Estoy nerviosa. Y cohibida.

—Si quieres buena suerte, ya sabes lo que tienes que hacer —le indicó él de buen humor.

Ella rió y le besó con brevedad en los labios.

Entraron contentos y sonrientes. María, la madre de Cristian, no pudo ocultar su sorpresa al verle acompañado por una mujer desconocida. Saludaron a Inés, una chica alta y corpulenta, muy atractiva y simpática, y a su marido, Álvaro, un hombre canoso y de buen ver. Después llegó el turno de Daryna, la madre de alquiler de Júnior, una mujer muy tímida y agradable, y felicitaron a Jorge, el cumpleañero. Júnior, al advertir su presencia, se lanzó a los brazos de su padre:

—Papá, te estábamos todos esperando. Eres un tardón. Vamos a enseñarte los regalos de Jorge.

Cristian le besó en la cabeza con afecto:

—Júnior, te quiero presentar a una amiga mía muy especial, se llama Minerva.

—¡Hola! —saludo él formalmente y, mientras la escrutaba con gesto serio, añadió—: Hay también aquí otra amiga muy especial de papá que se llama Elena.

El buen humor de Cristian se esfumó en un segundo. Miró de forma inquisitiva a su hermana y esta, excusándose, le dijo:

—¡No me mires así, nunca cuentas nada! Yo no soy adivina. Venga, pasad al comedor.

Minerva pensó que su corazón no aguantaría la situación. Por un lado, se emocionó muchísimo al conocer al niño. Tenía su misma mirada. Luego, al enterarse de que la exnovia de Cristian estaba presente, sintió pánico.

Para su sorpresa, él la agarró de la mano y entraron al salón donde se encontraba presente el hermano de Álvaro junto a su mujer y a Elena. Saludaron a los asistentes y, al llegar adonde se encontraba ella, Cristian le dio un beso corto en la mejilla y le dijo:

—Elena, te presento a Minerva, una amiga.

Las dos mujeres se saludaron educadamente y se escanearon con la mirada.

Elena era una chica muy dulce, no muy alta, de pelo largo castaño, con labios jugosos y mirada triste. Minerva no le pudo encontrar ningún defecto. Elena, a su vez, pensó que Minerva no era muy guapa, tenía demasiado pecho y poco estilo. Ella le había abierto el camino al cortar con él hacía tan solo unos días atrás y, al parecer, Cristian no había perdido el tiempo. Aunque era muy raro que trajera a una desconocida a casa de su familia.

En la mesa, Inés organizó los asientos para que las dos mujeres estuvieran separadas, pero Elena no quiso tirar la toalla con facilidad y se cambió de asiento con Júnior para estar sentada al lado de Cristian. Júnior, a su vez, se vio separado de su primo, por lo que se cambió de asiento con Minerva. Así que Cristian se encontraba sentado entre Inés y Elena, y Minerva entre Júnior y María. La tarde se anunciaba dura para ella, que tan solo a unas horas de distancia de haber estado en sus brazos, no estaba preparada para verle riendo y hablando con otra mujer. Cuchillos afilados le golpeaban su alma y en aquel momento solo pudo pensar en lo lastimado que iba a quedar su corazón.

Por tan solo unos momentos de felicidad pagaba un precio demasiado alto. Sabía que ese momento iba a llegar, pero no lo esperaba tan pronto. Él no parecía darse cuenta de su drama y seguía hablando con Elena, que a su vez lo comprendía todo y lo acaparaba con más intensidad.

A Minerva la percibían como a una intrusa. Nadie le dirigía la palabra y, al no soportar más la situación, se excusó y se fue al baño a renovar energías. Nada más mirarse en el espejo y ver sus labios todavía hinchados por los besos de la noche anterior, rompió a llorar. Después de un rato de desahogo, se lavó la cara con agua fría y regresó al salón, rogando a todos los dioses que ocurriera un milagro para poder salir de allí cuanto antes.

Antes de llegar al pasillo principal, se encontró a Júnior y este le dijo:

—¡Ven conmigo! Te quiero enseñar algo.

Salieron los dos en silencio al patio de atrás; ella muy agradecida por poder respirar aire puro.

—Papá ha dicho que eres médica. ¿Es verdad? —y añadió desconfiado—: ¡Pareces muy joven para serlo!

—Sí, Júnior, es verdad, soy médico residente —contestó ella un poco más animada tras comprender que él había hablado de ella delante de los demás.

—Te quiero pedir algo —le dijo el niño—. Pero no se lo puedes contar a nadie más, es un secreto.

—Claro, lo que tú quieras —asintió ella sorprendida—. Si está en mi mano...

El niño se agachó y sacó de debajo de una planta una paloma desplomada y con pesar le indicó:

—La encontré ayer por la tarde en el patio. No está muerta, pero no se mueve casi. Nadie la quiere ayudar. Dicen que es una paloma muy mayor y que busca un lugar donde morirse.

A Minerva se le olvidaron sus penas de amor al ver la sensibilidad de Júnior. Era un niño tan dulce...

—Déjame ver, Júnior. —Agarró la paloma y le buscó el pulso, pero se desanimó al no encontrarlo.

De repente se sentía mal, no conocía casi al niño. ¿Cómo decirle que su paloma había muerto? Miró desesperada por si alguien se acercaba, pero no, todos estaban dentro de la casa. Tomó aire y dijo en voz baja:

—Tú sabes que las personas, los animales y todos los seres vivos cuando somos muy mayores nos cansamos y nos vamos al cielo a descansar, ¿verdad?

El niño asintió con la cabeza y le miró consternado, esperando que ella hiciera algo más que hablar.

—Tu tía te contó ayer la verdad. Esta paloma era muy mayor y ya se ha ido al cielo. Lo siento, no podemos hacer nada para reanimarla.

—Comprendo —dijo Júnior, dejando la paloma con cuidado sobre una hoja grande.

Minerva cubrió el pequeño cuerpo del ave con otra hoja y se llevó al niño al jardín para distraerlo.

—No estés triste. La paloma ahora está feliz. En el cielo seguramente la esperan sus papás, o algún amigo, y yo te prometo que a la próxima que veas enferma la salvaremos. Es más, tú podrías ser también médico y salvar a todos los animales que quieras. ¿Te gustaría serlo?

El niño se calmó un poco, asintió y le dio un abrazo diciendo:

—A la próxima la salvaremos, no te olvides, ¿vale?

—Y ahora vamos a lavarnos las manos y a la mesa, que seguro que nos echan de menos —añadió con una ironía que esperó que el niño no captara.

Durante su ausencia, Cristian se cambió de sitio con su madre, así que conforme a la nueva situación, ahora estaba sentado al lado de Minerva y lejos de Elena. La situación era casi cómica. Ahora Minerva estaba tranquila y Elena se fue al baño para desahogarse. El resto de la tarde pasó sin más incidentes; la balanza parecía de momento inclinarse al lado de Minerva, porque él había estado muy pendiente de ella, tratando a Elena con cortesía, pero nada más.

20

Cristian tapó a Júnior con la manta, le dio un beso y le dijo:

—Campeón, ya es hora de dormir, mañana toca despertarse temprano. El día va a ser largo: por la mañana colegio y por la tarde tienes entrenamiento, así que a descansar. ¡Dulces sueños!

—Papá, me lo he pasado muy bien hoy, pero también he tenido muy mala suerte.

Los sentidos de Cristian entraron en alerta; siempre que le ocurría algo a su hijo se tensaba. Intentó parecer relajado y le dijo:

—La mala suerte no existe, al menos no para los campeones. Dime, ¿qué ha pasado para que pienses esto?

—No puedo —contestó Júnior, vehemente—. Es un secreto entre Minerva y yo.

Apenas habían hablado... «¿Qué secreto podrían tener?», se preguntó Cristian, confuso. ¿Se había atrevido a contarle algo sin su permiso? Esto sería el principio del fin.

—A mí me puedes contar todos los secretos, Júnior, soy tu padre y el mayor tesorero de secretos del mundo.

El niño dudaba todavía y de repente le preguntó:

—¿Se puede tener dos novias al mismo tiempo, papá?

—¿Por qué lo preguntas? —preguntó su padre, extrañado—. ¡No, claro que no se puede!

—Porque tú tienes dos novias —apuntó Júnior con inocencia—. La tía Inés dijo en la cocina que has mareado a todo el comedor intentando contentarlas a las dos.

—Eso no es así, Júnior. Ya hablaré yo mañana con la tía Inés. Es más, ninguna de las dos es mi novia.

—¡Elena sí que lo es! —insistió el niño.

—No, ya no. Nos separamos como novios hace unos días, y ahora solo somos amigos. La otra chica, Minerva, es otra amiga, nada más.

—Minerva me gusta y Elena también. Ahora te contaré el secreto, pero no te enfades conmigo, ¿vale?

—No, adelante, dime —dijo su padre, expectante.

—Ayer encontré en el jardín de la tía Inés una paloma enferma. Estaba quieta, no se movía, pero no estaba muerta porque tenía los ojos abiertos. Yo la toqué y la paloma no se apartó. Llamé a la tía para que la llevara al médico, pero dijo que estaba muy mayor y solo buscaba un sitio para morirse.

El niño se emocionó al recordarla y con voz temblorosa continuó:

—La escondí debajo de una planta por si mejoraba y, hoy, como tú dijiste que Minerva es médica, se me ocurrió pedirle ayuda para salvarla.

—¿Y qué pasó? —preguntó Cristian, emocionado por la historia que escuchaba.

—¡Pues que llegamos demasiado tarde, papá! Minerva dijo que se había ido al cielo y no pudimos ayudarla. Dijo que la paloma era feliz y me prometió que a la próxima la salvaríamos, así que esto es nuestro secreto y por eso pensé que tenía mala suerte.

¡Menudo drama había ocurrido!, pensó Cristian.

—Pues ya ves que no. Júnior, las cosas a veces ocurren y no se pueden remediar. Lo siento mucho por la paloma, pero seguro que ahora está muy feliz y te considera su amigo por preocuparte por ella. Ahora a dormir —dijo su padre, mientras le tapaba con la manta y le daba un beso de buenas noches.

Dejó al niño durmiendo, se puso al ordenador y, en cuanto hubo terminado con lo que llevaba horas rondándole por la cabeza, avisó a Daryna de que salía y bajó al garaje a por el coche. Minerva se iría al día siguiente. No habían quedado, pero tenía que verla.

Estaba confuso. Cristian se había sentido atraído por ella desde un principio por ser parte de su hijo. La situación se complicaba, porque la atracción al parecer era mutua. La noche anterior habían compartido deseo y pasión. ¡Pero no podía ser! No podía permitir que ella se ilusionase para después partirle el corazón. Ella no.

Aparcó el coche delante del hotel donde ella se alojaba y, sin avisarla de que había llegado, entró dejando con la boca abierta a la recepcionista que estaba detrás del mostrador y que no daba crédito a lo que veía. Utilizando una de sus mejores sonrisas le preguntó:

—Buenas noches, se aloja aquí una amiga mía, Minerva Martín. ¿Me puede indicar la habitación?

La chica hablaba por lo menos tres idiomas, pero por la sorpresa que se llevó, no parecía entender ni uno. Al final consiguió balbucear:

—Está aquí al lado, en la habitación de James Bond... ¡Oh! Perdón. Quiero decir que está en la 007.

Unos segundos después, Cristian tocaba ansioso a la puerta. Ella se quedó consternada al verle:

—¿Por qué has entrado? Yo hubiera salido. Mañana estarás en todos los periódicos.

—No les dará tiempo a llegar, porque nos vamos enseguida —y continuó en tono autoritario—: Vamos, recoge tus cosas.

—¡Ya echaba de menos al mandón de Míster Siete! —Minerva abrió los brazos en señal de impotencia—. Seguro que se te ha ocurrido a ti solito una idea de camino y, como siempre, no sabes que los planes de dos se hacen entre dos.

—No te enfades conmigo por esto; no tenemos tiempo para discutir —le apremió él.

—¿Y dónde se supone que vamos a estas horas? —preguntó ella.

—Es una sorpresa. Es cierto que los planes se me ocurren de repente, pero después te consulto. Va, dame tiempo, estoy aprendiendo. Y tú tienes que aprender a reaccionar rápido en situaciones límite. La prensa siempre está persiguiéndome, tendrás que aprender a huir de ellos.

Cinco minutos más tarde se presentaron delante de la recepcionista para hacer el *check-out*. En un momento, Minerva entregó la llave, la recepcionista le dijo que estaba todo correcto y añadió:

—No tengan prisa, no he avisado a la prensa.

Cristian se acercó al mostrador, agarró su boli y escribió en un papel: «Para la recepcionista más discreta del mundo. Con todo mi cariño, Cristian Cros».

La recepcionista sonrió embobada y no encontró la voz para agradecer el gesto.

Diez minutos más tarde entraron en una urbanización de fincas situada en la parte nueva de la ciudad. Un portero uniformado les saludó y, tras reconocer a Cristian, abrió la puerta. Dejaron el coche aparcado en un garaje subterráneo y tomaron un ascensor que les llevó a la planta décima. En esa planta había dos puertas; Cristian sacó unas llaves y abrió la puerta veintidós. Entraron en un piso muy amplio y moderno decorado en tonos color gris, tierra y avellana. La sala de estar era inmensa y daba a una terraza desde donde se veía toda la ciudad. Había tres estancias más, dos cuartos de baño y una escalera que daba a otro piso igual de grande. En el apartamento de arriba les dio la bienvenida un salón redondo, dominado por una pantalla grande, casi como de las salas de cine, rodeada por varios sofás, todo decorado en tonos masculinos. Sobre la pared central descansaba un collage inmenso con fotos de Cristian. Desde el lujoso salón se accedía a un enorme dormitorio que llevaba integrado un cuarto de baño. El apartamento superior también disponía de piscina cubierta, sauna y jacuzzi. Cuando acabaron de visitarlo, volvieron a bajar a la planta inferior y él le indicó que se sentara en la mesa que se encontraba en la sala de estar.

Parecía una mesa de reuniones. Una vez sentados, él sacó una carpeta que dejó sobre la mesa sin abrir y dijo:

—Este piso es mi segunda residencia aquí en Valencia. Solo vengo de vez en cuando. Mi casa principal está en las afueras, cerca de la Ciudad Deportiva de Paterna. Como has podido ver, está repartido en dos partes independientes unidas entre sí por las escaleras, pero cada planta tiene su propia entrada, es decir, que para llegar a la planta de arriba no hace falta que entres por aquí. ¿Qué te parece?

—¿Qué me parece el qué? —repitió ella, sorprendida—. Para mí, que soy de clase media-baja, me parece inmenso e innecesario. Por lo que he visto, es un sitio exclusivo, al alcance solo de algunos, y poco más te puedo decir; yo no pertenezco a este mundo, Cristian.

—Esto de pertenecer a mundos diferentes es muy anticuado, Minerva, solo se trata de dinero.

—No voy a entrar en esta polémica contigo; estamos a años luz de distancia. Mi percepción sobre el valor del dinero seguro que es muy distinta a la tuya —apuntó ella.

—Vale, entonces dejaremos el dinero al margen. Además, yo tengo poca idea de lo que valen las cosas en general. Mi hermana se encarga de los gastos, ella lleva toda mi economía. En cualquier caso, yo no nací rico. Mi familia también es de clase media, mis padres eran profesores, vivíamos como cualquier otra familia normal. Me ficharon con quince años y, a partir de ahí, las cosas cambiaron. A mí me preocupa estar en buena forma, jugar bien y obtener buenos contratos publicitarios. No pienso casi nunca en el dinero. En fin, estamos aquí porque te quiero hacer una propuesta —dijo él mientras dibujaba círculos imaginarios con los dedos sobre la carpeta que estaba sobre la mesa.

—Una propuesta, ¿en plan debate o en plan engreído? —preguntó ella con interés.

—Estamos dialogando y no nos persigue nadie, así que es una propuesta en plan debate —contestó él, sosegado.

—Bien, en ese caso te escucho —claudicó ella—. Tú dirás.

Él inspiró con avidez intentando ocultar sus nervios, pero sin conseguirlo, y le dijo con voz grave:

—Lo que hay entre nosotros todavía no sé lo que es, empezamos la casa por el tejado de alguna manera. Al principio, yo quise tener contigo un trato estrictamente relacionado con Júnior, pero mezclamos las cosas, nos hemos acostado y todo ha ido muy deprisa. No sé cuáles son tus sentimientos, parece que hay atracción y buena química entre nosotros. Júnior es la persona más importante en mi vida y siento que le haría bien pasar tiempo contigo. Por cierto, me ha contado la historia de la paloma; gracias por manejar tan bien la situación.

Minerva estaba callada, se limitó a asentir con la cabeza y él continuó:

—Tú puedes sentirte atraída por mí, por lo que has visto hasta ahora. Sé que a ojos ajenos puedo parecer perfecto, pero solo soy un producto. Detrás de lo que has visto hay mucho estudio, estilistas y profesionales que me han enseñado a presentar mi marca. Soy un hombre con muchos defectos, cambios de carácter y de humor. Mi profesión me da muchas cosas, pero también me exige. Sigo una dieta muy especial, tengo mucha disciplina en mi vida, soy controlador y libre. Y cuando me van mal las cosas, soy totalmente intratable.

—Cristian, para —dijo ella en voz queda—. ¿Por qué me cuentas todo esto? Creo que eres muy duro contigo mismo y no hace falta. Yo no te he pedido nada ni me hago ideas románticas contigo.

—Te lo cuento porque quiero que estés en mi vida, pero no de la manera tan desorganizada con la que hemos empezado. Quiero regular un trato entre nosotros —puntualizó él.

—¿Te refieres a un contrato? —preguntó ella, mirando la carpeta que estaba sobre la mesa sin abrir.

—Sí, Minerva, es necesario para que podamos llevar bien esto. Escucha mi propuesta y luego vemos los detalles. Te propongo que consideres mudarte a Valencia, por Júnior. Creo que te necesita. Tú, evidentemente, no tienes ninguna obligación de hacerlo, pero si decides que sí, tenemos que firmar un acuerdo. Vivirías en este piso, esto no es discutible. Si Júnior y yo venimos a verte necesitamos privacidad, en un piso cualquiera no podríamos tenerla. El piso sería para tu uso exclusivo, yo no vendría sin avisarte. Además, no me supone ninguna molestia, porque yo utilizaría el apartamento de arriba; como te dije antes, tiene entrada separada. Tú tienes escalera interna y puedes utilizar la piscina, la sauna o lo que quieras de arriba.

Minerva quiso decir algo, pero Cristian la interrumpió:

—Déjame terminar. Tú seguirías con tu vida normal, solo me informarías de tu horario para saber qué días podrías ver a Júnior. He pensado en algo parecido a un régimen de visitas: los miércoles por la tarde y un domingo alterno podríamos hacer algo los tres juntos, por ejemplo. A cambio, tú tendrías que firmar un acuerdo de confidencialidad: no podrás contar a nadie la relación que te une a Júnior, ni detallar nada sobre nosotros. Por último, como necesitamos llevarnos bien y hacemos esto para ayudar a Júnior en plan emocional, es mejor que nos limitemos a una relación de amistad; es decir, no va a haber nada más entre nosotros. Toda nuestra relación de ahora en adelante será basada estrictamente en Júnior. Soy consciente de que te pido que te mudes a una ciudad nueva donde no conoces a nadie, pero a cambio te ofrezco mi ayuda incondicional para todo. Además, el tema de la vivienda está resuelto, no tendrás que buscar piso, y en el garaje de abajo tengo dos coches; puedes utilizar el que te guste, así que no te supondría ninguna molestia económica.

—Ya veo —dijo Minerva tocándose las uñas con nerviosismo—. ¿Algo más que añadir?

—Sí, dos cosas. El contrato sería en principio por un año, se te pagaría además una compensación económica por las molestias y la discreción. Las fiestas familiares las pasaremos los tres juntos y, si sales con alguien, bajo ningún concepto quiero que sea delante de Júnior. Es pequeño, pero empieza a entender ciertas cosas; hoy me ha preguntado si se puede tener dos novias al mismo tiempo. Quiero crearle una simulación de familia, no confundirle.

Cuando Cristian terminó su discurso, Minerva se atrevió por fin a abrir la boca:

—Antes de nada te diré que has herido mis sentimientos con muchos de tus puntos a incluir en el contrato. No lo voy a discutir contigo, porque esto no ha sido un debate, ha sido un decreto en toda regla: has evolucionado de engreído a dictador. De entrada hay pocas probabilidades de que acepte el trato, y ahora no quiero hablar más sobre el tema. Pero prometo pensarlo y decirte cuanto antes mi decisión. Me has sacado en plena noche de mi habitación de hotel, así que este lugar va a ser esta noche mi casa. Y, como tú has indicado antes y en eso sí estoy de acuerdo, a partir de ahora toda nuestra relación pasa a ser estrictamente basada en Júnior, porque, desde que sé que existe, algo ha cambiado para mí y está claro que quiero formar parte de su vida y verle crecer. Por ahora, creo que tienes que marcharte. Mañana a primera hora le dejaré las llaves al portero y me iré a Denia.

—Si hay algo que no te parece bien, lo podemos hablar —se quejó Cristian mientras se levantaba bruscamente—. Además, ya te lo dije, solo es una propuesta.

—Es tarde, Cristian, así que por favor márchate. Han sido dos días muy intensos para mí. Quiero descansar. En cuanto tome una decisión, te avisaré.

—Pero no me puedo ir así, sufro ansiedad —exhaló él, molesto—. Dame alguna pista sobre lo que te ha molestado tanto, por favor.

—Ansiedad sufrimos todos, Cristian, y nos aguantamos —le contestó ella con voz triste—. Y tranquilo, no estoy molesta, simplemente he vuelto a la realidad. Buenas noches.

Y le abrió la puerta sin mirarle, invitando a un perplejo Cristian a salir de su propia casa.

21

El lunes amaneció nublado, la naturaleza parecía estar en perfecta armonía con el estado de ánimo de Minerva. Totalmente gris.

El bus iba a toda velocidad y un letrero indicaba que faltaban quince kilómetros para llegar a Denia. Minerva miraba el entorno montañoso que de repente daba paso a un inmenso mar azul celeste. Siempre le había fascinado el contraste de montaña y mar que encontraba en aquellos lugares. Olía a salado y a pino. Echaba de menos su casa y la calidez del hogar. Regresaba, después de tantos años, con el sueño cumplido y el corazón roto.

No quería pensar en Cristian, ni en su contrato, ni en sus frías palabras. Después de la noche blanca pasada en su lujoso piso, ya tenía la decisión tomada. Cuanto más analizaba la situación, menos entendía la actitud de él. ¿Solo había sido un juguete para un niño rico y caprichoso?

Minutos más tarde, el bus llegó a la estación. Ella agarró su bolsa de viaje, buscó con la mirada a su hermano David y, al verle, salió corriendo a abrazarle.

—¡David, qué ganas tenía de verte!

David había cumplido recientemente veinte años. Era un chico rubio con mirada melancólica verde-grisácea y aspecto enfermizo.

—¡Mine, por fin! Mamá está desde el sábado, imaginando a cada rato una nueva tragedia que te haya podido pasar. Tus mensajes han sido tan escuetos... ¿Ha ocurrido algo? ¿Por qué llegas hoy?

—Es largo de contar, David. Me han ocurrido cosas importantes y todas en una semana. Vamos, luego charlamos.

La casa de Minerva era modesta. Pintada de color blanco y en una sola planta, tenía una ubicación inmejorable: muy cerca de la ciudad y a unos doscientos metros del mar, estaba situada en una urbanización sin lujos, pero limpia y tranquila. A Minerva la asaltó un torrente de emociones al ver a su madre. Intentó disimular las lágrimas que amenazaban con salir, pues no quería preocuparla, y dijo contenta:

—¡Mamá, estoy tan feliz de estar en casa!

—Bienvenida. ¡Estaba más que preocupada! Te esperaba el sábado y solo mandaste un mensaje para decir que al final llegarías más tarde, pero bueno, ya estás aquí, más hermosa que nunca. Te veo diferente, más adulta, ven que te abrace y te felicite. Has cumplido tu sueño y estoy muy orgullosa.

Una hora más tarde, estaba instalada en su habitación de toda la vida.

Perdida entre sus recuerdos, encontró el valor para encender su teléfono. Una parte de ella estaba ansiosa por encontrar alguna noticia de Cristian, pero otra deseaba no saber nada más de él. Deseaba recomponer su vida, reanudarla en el mismo punto donde estaba hacía una semana. Sentía dolor solo de pensar en su nombre. Tendría que curarse y empezar de nuevo. ¿Pero cómo?

El teléfono empezó a emitir sonidos, señal que indicaba que había recibido varios mensajes.

Tenía cinco llamadas perdidas de Juan. A Minerva se le había olvidado avisarle de que había llegado bien a Valencia, así que le devolvió la llamada. Juan le hizo preguntas a las que ella no podía contestarle. Se sentía mal por mentirle, pero no tenía opción; de momento no podía hablar con nadie de lo sucedido en Valencia. Quedaron en hablar en unos días, cuando Minerva hubiera tomado una decisión sobre su residencia. Últimamente, todo el mundo esperaba respuestas. Y Cristian esperaba que lo dejara todo acatando sus órdenes.

«Minerva, eres la madre de mi hijo»; «Minerva, seremos amigos por el bien del niño»; «Minerva, ahora te beso»; «Minerva, ahora me acuesto contigo»; «Minerva, ahora me entretengo un rato con Elena»; «Minerva, ya no habrá nada entre nosotros»; «Minerva, te pongo un piso con acceso a sauna y piscina, dos coches a elegir y una compensación económica»; «Minerva, tú firma un contrato, no salgas con nadie y me informas de tu horario». ¡¿Pero quién se había creído que era?! ¿El dueño de su vida? En menos de veinticuatro horas la había llevado al cielo para dejarla caer bruscamente en el infierno. Todavía enfadada por recordar que la había tratado como a una vulgar prostituta, miró el teléfono y vio un mensaje suyo. El corazón empezó a galopar con fuerza y con manos temblorosas lo abrió:

El portero me ha comunicado que has dejado la llave. Siempre te vas sin despedirte. Cuando quieras hablar, avísame 😔

Consumida por la ira, apagó el teléfono sin contestarle y salió a dar un paseo por la playa. Lo necesitaba. El sol estaba escondido detrás de las nubes, pero aun así, el paisaje era impresionante y el vaivén de las olas la relajaba. Sentada de cuclillas y tocando con la mano la fina arena, escuchó pasos detrás de ella. Al girarse vio a su hermano acercándose. Se sintió culpable: apenas había hablado con él. Nunca habían estado muy unidos, pero era su hermano pequeño y parecía más frágil que nunca. Se sentaron en la arena.

—Parece que los dos tenemos algo que nos atormenta. Si te cuento lo mío, espero lo mismo de ti —dijo David, sin mirarla.

—Me parece justo. Adelante, te escucho —respondió ella limpiándose las manos de arena—. Cuéntame cómo te va. Mamá me contó que ya no vives con ella. La independencia tiene ventajas y desventajas, ¿verdad?

—Sí, vivo con Héctor en Alicante, un compañero de la Universidad. Bueno, esto es lo que le he contado a mamá para no preocuparla; en realidad es mi profesor.

—¿Vives con tu profesor? —preguntó Minerva, extrañada.

—Si te lo cuento no quiero sermones; ya tengo veinte años, sé lo que hago —dijo él a la defensiva.

—Yo me fui con dieciocho años a Madrid a vivir por mi cuenta. No soy la más indicada para sermonear a nadie, te lo aseguro. Solo se me hace raro que vivas con un profesor, eso es todo.

—Conocí a Héctor el año pasado, nada más empezar el curso. Es profesor de Literatura, además de escritor y publicista, y empezamos a colaborar en este ámbito. ¡Es una persona muy especial! —dijo David, visiblemente emocionado.

Minerva estaba desconcertada, David era un chico tímido, poco sociable y, por lo visto, fácil de impresionar. Decidió ser paciente y dejarle seguir.

—No lo dudo. ¿Cuántos años tiene? —preguntó ella con cautela.

—Tiene treinta y dos años. Y es mi novio —añadió David en un suspiro—. Ahora ya lo sabes, aunque creo que siempre lo has intuido. Soy gay, Minerva. —Y rompió a llorar.

Su hermana se quedó sin palabras. Por mucho que intentaba encontrar algo que decir, su mente no respondía. Decidió que lo mejor que podía hacer era apoyar a su hermano y estar a su lado. Lo abrazó con fuerza y, sin necesidad de decir nada, le transmitió su apoyo y su cariño. Después de un buen rato el cerebro volvió a normalidad y le preguntó:

—Ey, no es nada malo, no llores. ¿Desde cuándo lo sabes?

—Creo que desde siempre, pero me ha costado admitirlo. Es muy duro sentirte diferente al resto. Nunca había salido con nadie antes de Héctor. Nuestra ciudad es muy pequeña, la gente tiene prejuicios, pero en Alicante empecé a verlo de otra forma; y estoy muy enamorado, Minerva, mucho. Él me ha ayudado a verlo de un modo natural y me ha enseñado a no sentirme culpable. No quiero herir a nadie, pero esto es lo que hay y, si me quieres, tendrás que aceptarme tal como soy.

—¡David! ¿Cómo no voy a aceptarte, tonto? Me imagino que ha sido complicado, pero tú, tranquilo, ¡el amor siempre lo es! —dijo ella, sonriendo—. ¡Ya verás cuando te cuente mi historia! Eres mi único hermano, pasamos por momentos difíciles con la enfermedad de papá, con su muerte hace dos años, hemos visto a mamá sufrir, nos tenemos que apoyar. Lo único que importa es que estás enamorado y, por lo que me cuentas de Héctor, parece buena persona. Puedes estar tranquilo, siempre me tendrás de tu lado.

—Me alegro de que digas esto, porque se lo quiero contar esta noche a mamá y necesitaré tu apoyo.

—Ya sabes que mamá es de otra época, pero tiempo al tiempo, David. Además, yo también tengo una buena historia, no sufras. ¡Vamos a tener que darle un calmante para que soporte las novedades!

David sonrió, la tensión había desaparecido y su cuerpo flaco se había relajado. Había soltado la bomba y ahora parecía liberado.

—Bueno, hermanita, a ti te va todo de maravilla. Cuéntame qué te tiene de mal humor.

—¿Tanto se me nota? —sonrió ella, enderezando los hombros—. Bueno, siéntate bien, porque lo mío no es poca cosa tampoco. Hace seis años, al llegar a Madrid, no pude encontrar trabajo enseguida. Estaba a punto de volver, vencida, cuando decidí donar óvulos en una clínica de inseminación, lo que me permitió salir adelante durante un tiempo. Luego, encontré trabajo y las cosas me han ido bien. El caso es que, de los óvulos que doné, nació un niño precioso y hace una semana su padre vino a buscarme.

—¿Me estás diciendo que soy tío? —preguntó incrédulo, David.

—Más o menos. En teoría no. Hay contratos y leyes para ese tipo de actos, en realidad no tengo ninguna responsabilidad ni derecho sobre el niño, pero en la práctica se puede decir que tengo un hijo biológico. Además, tiene mis ojos, es un niño precioso.

—Pues ya verás esta noche doña Ana, cuando se entere de que su hijo es gay y que ella es abuela.

Empezaron a reír con ganas y luego Minerva continuó:

—Bueno, te he contado la parte «buena». Ahora me queda la parte mala, y la parte increíble. ¿Cuál quieres escuchar primero?

—¿Hay algo más increíble hoy aparte de que yo soy gay y que tú tienes un hijo? ¡No me lo creo! ¡Sorpréndeme si puedes!

—Sí que puedo, atento: el padre del niño es... ¡Cristian Cros!

—No. ¡¿Cristian Cros, el futbolista?! —exclamó su hermano, incrédulo.

—Sí. ¡Cristian Cros, el futbolista! —respondió ella riendo, al ver su cara de asombro.

—Y yo que pensaba que soltaría una bomba hablando de mi sexualidad a mamá, pero parece que no: tu historia es aún más increíble. Estoy... que no tengo palabras.

—Me lo imagino. Bueno, ya está todo dicho, me falta la parte mala de todo esto.

—Tener un hijo con un tío así no puede traer nada malo, Minerva.

—Pues déjame sorprenderte de nuevo: me he liado con Cros. —Minerva bajó la mirada y lanzó un largo suspiro.

—¡¿Y cuál es el problema?! —preguntó David, atónito—. Si hay atracción entre vosotros es que ha sido escrito que vuestra historia sea así.

— Ay... ¡pero qué romántico eres, David! La vida real es un asco. El problema es que él es quien es. Está muy por encima de mis posibilidades, en todos los aspectos.

—¿Cómo que está por encima de tus posibilidades? —preguntó David mientras le levantaba el mentón con suavidad—. Eres inteligente, joven, preciosa, luchadora, con valores, y además médica, exactamente la tercera de tu promoción. Lo que él tiene de más es solo fama, que en pocos años se le irá: los jugadores de fútbol acaban pronto su gloria.

—Gracias por animarme, pero de momento este hombre es un donjuán. Tiene mucho encanto para encandilar a cualquiera: para llevarme a la cama solo necesitó un día. ¡Un único y maldito día!

La ira se apoderó de nuevo de Minerva, empezó a gimotear y dar rienda suelta a las emociones contenidas. Su hermano la abrazó sin decir nada. Sabía que necesitaba desahogarse. Cuando la vio más tranquila le preguntó:

—Cuéntame ahora por qué estás tan enfadada con él. ¿Qué ha pasado?

—Anoche me trató como a una prostituta: quiere que vaya a vivir a Valencia, me ha ofrecido un piso de lujo y dos coches a elegir, una compensación económica por mi discreción, un contrato por un año y una serie de condiciones más. ¡Ah! Me dejaba lo más importante y lo que más me duele: solo unas horas después de haberse acostado conmigo, me dijo que entre nosotros no habrá nada más. Resumen: se ha divertido conmigo.

—Tienes motivos para estar enfadada —dijo David, intentando calmarla—, pero piénsalo en frío, yo creo que algo se nos escapa. A mí me da la sensación de que le importas si te invita a vivir en su casa, en su espacio. Y en cuanto a la compensación, el coche y lo demás, no te sientas ofendida, la gente con dinero es así. No están acostumbrados a que nadie haga nada gratis, para ellos todo tiene un precio.

—Y tú, hermanito, gay y sabio, ¿cómo sabes todo esto? —preguntó ella más animada.

—Porque Héctor es un escritor bastante bueno y gana bien. No es como tu futbolista, pero sí tiene dinero y veo su manera de actuar. Son mentalidades diferentes, pero, por lo que me cuentas, no creo que haya querido ofenderte.

—Digamos que tienes razón. El tema del piso, de un sitio íntimo donde él y su hijo puedan venir, lo puedo comprender, ¿pero pagarme por mi discreción?

—Pues sí, me imagino que duele —admitió David—. Más todavía después de haberte acostado con él.

—Lo que más me duele es que ha sido cruel. No me había hecho ideas románticas con él, no soy tonta. Si no quería volver a acostarse conmigo, yo no le hubiera violado, ni atosigado. ¿Qué necesidad tenía de decirlo?

Charlaron un rato más hasta que escucharon a su madre llamándolos a comer y se fueron hacia casa desahogados, la vida quizá no era tan negra como parecía.

22

«Mujeres... ¿quién las entiende?», pensó Cristian, molesto. Por una vez en su vida había querido hacer las cosas bien con una mujer y, ¿qué fue lo que pasó?, se había enfadado sobremanera sacándole de su propia casa. Había intentado hablar con ella, parecía una chica razonable, pero ante su propuesta se había encerrado en sí misma. Las mujeres siempre le pedían seguridad, le acusaban de que solo las utilizaba para el sexo. En esa ocasión, Cristian lo había hecho justamente al revés: había eliminado el sexo de por medio y le había entregado su casa y su vida, todo bien detallado para que no hubiera confusiones y malos entendidos. Una relación limpia y segura para las dos partes. Pero ¿había servido de algo? ¡No, de nada!

El día avanzaba despacio. El reloj marcaba las dos menos cuarto. Aquel día no tenía entrenamiento en grupo, cada jugador entrenaba por su cuenta, así que después de pasar una mala noche por culpa de Minerva, acudió al piso de Valencia para nadar en la piscina. Era solo un pretexto, lo que quería era volver a verla, no podía estarse quieto esperando su respuesta. ¡Sufría ansiedad!

Se quedó con cara de pocos amigos cuando el portero le entregó las llaves y le dijo con educación que la señorita Martín se había marchado a primera hora de la mañana. ¿Qué prisa tenía por irse y dejar las cosas sin solucionar?

El enfado pudo con él y le escribió un WhatsApp indicándole que estaba dispuesto a dialogar. Desde que le había enviado el mensaje habían pasado más de cinco horas. ¿Acaso la «señorita Martín» le había contestado? ¡No le había contestado! ¿Quién era el dictador ahora? Decidió que había llegado la hora de actuar y escribió un WhatsApp a Cristina:

Cristina, necesito la dirección de Minerva en Denia. El número de DNI y su nombre completo ya lo tienes. Es urgente, voy a viajar esta tarde. Gracias.

Diez minutos más tarde, Cristina le enviaba los datos con la dirección exacta. La distancia en coche la podía recorrer en una hora y veinte minutos.

Por la tarde recogió a Júnior del colegio y decidió que había llegado la hora de presentarle oficialmente a su madre. Si Minerva no tenía intención de dejar su vida por él, a lo mejor por Júnior, sí.

¿Pero qué quería exactamente de Minerva? No tenía respuestas, lo único que sabía era que la quería cerca.

Nada más recoger a Júnior emprendió rumbo a Denia. El niño estaba ilusionado por hacer un viaje inesperado con su padre. Encontró su casa enseguida; estaba situada en un lugar precioso y tranquilo al lado del mar. No tenía ningún plan. Tras llamar al timbre le abrió la puerta una mujer de mediana edad.

«¡Que empiece el *show*!», pensó Cristian, al tiempo que mostraba una de sus mejores sonrisas y saludaba con educación.

—Buenas tardes. Mi nombre es Cristian. —Y señalando hacia Júnior, añadió—: Este es mi hijo, Júnior. Estamos buscando a Minerva Martín. ¿Vive aquí?

—Sí, aquí —dijo la mujer un tanto extrañada por la atípica visita—. Soy su madre, Ana. Pasen, adelante.

—Encantado. No creo que debamos entrar, venimos sin avisar. ¿Le puede decir que estamos aquí?

—De ninguna manera. Avisando o sin avisar, en mi puerta no se queda nadie. Por aquí, por favor —la mujer les indicó el camino.

Pasaron a una sala de estar bastante pequeña para el gusto del futbolista, pero muy acogedora y familiar. La mujer sonrió a Júnior, y Cristian pensó que era la primera vez que el niño veía a su abuela materna. Tras avisarla de que tenía visita, Minerva se presentó en la sala de estar en ropa informal y con el pelo trenzado. Al verlos se quedó muda. Literalmente. De no estar tan tenso, a Cristian le hubiera entrado la risa tras ver su cara de asombro.

—¡Hola! Creo que ya te avisé anoche de que sufría ansiedad, así que aquí estoy. —Y tras una breve pausa preguntó—: ¿Podemos hablar?

Los grandes ojos de Minerva le miraron sin pestañear. Tras unos momentos de silencio, consiguió reponerse:

—¿Qué haces en mi casa?

—Te has ido sin despedirte, te escribí un mensaje y no me has contestado —se defendió él—. No me ha quedado más remedio que venir.

—Por lo que yo recuerdo, te dije que, en cuanto tomara una decisión, te avisaría. —Su cara comenzó a arder y continuó con la mirada encendida—. ¿Se te ocurrió pensar que no te dije nada porque aún no lo tengo claro?

—¿Podemos salir a dar un paseo y lo hablamos? —dijo Cristian, levantándose del sofá con gesto brusco. Miró de reojo a Ana buscando su aprobación y esta captó la indirecta y se llevó amorosamente a Júnior a la cocina.

Salieron de la casa, caminaron en silencio en dirección a la playa y se sentaron sobre una roca. Por un breve espacio de tiempo, solo contemplaron el vaivén de las olas. Cristian rompió el silencio:

—Estás enfadada conmigo y no sé por qué.

—Esta roca es testigo de todas mis penas desde la infancia, se me hace muy raro estar aquí contigo —dijo Minerva, perdida en sus pensamientos. Y después de una pausa, añadió—: Ya he tomado una decisión, así que no quiero que pierdas más el tiempo conmigo. No iré a Valencia, me quedaré en Madrid, es lo mejor para todos. Lo siento por las molestias que te has tomado en venir hasta aquí. Me imagino que no le has contado todavía nada a Júnior sobre mí. Si lo piensas hacer, por mí no hay problema. Siempre que pueda le veré, sin necesidad de que me pagues ni que firmemos ningún contrato.

El semblante de Cristian quedó impasible ante la tormenta de emociones que se desataron en su interior. Comprendió que Minerva se había alejado de él. Y en aquel momento sintió un deseo incontrolable de tenerla. La respuesta a sus preguntas le golpeó de frente: no se sentía atraído por ella por ser parte de Júnior; Minerva le gustaba de verdad. No podía dejarla marchar. La cruda realidad le sacudió con fuerza y, sin pensar en nada más, acortó la distancia entre ellos e inclinó la cabeza hacia ella con la intención de besarla. Una bofetada rápida le devolvió a la realidad.

—¡No te atrevas a tocarme! —soltó ella con la mirada encendida por la ira—. No soy un juguete, Cristian. Algunas personas tenemos sentimientos, ¿sabes? Nadie me ha tratado jamás con tan poco respeto como tú. No soy una vulgar prostituta para que me pongas un piso, dos coches y me pagues una mensualidad. No soy de hierro para que me beses, te acuestes conmigo y luego me tires a la basura sin más explicaciones. Y, como si todo esto no fuera más que suficiente, te presentas en mi casa sin avisarme y me quieres volver a besar exigiéndome respuestas. Sal de mi vida ahora mismo. Estoy sufriendo por tu culpa e intento reponerme. Y, lo siento, tus encantos ya no me afectan. Sé de primera mano que lo que veo es solo un producto, una marca, tú mismo me lo dijiste anoche. Así pues, toma tu bonita marca y tu ensayada sonrisa y desaparece de mi vida.

El rostro de Cristian reflejaba sorpresa. Con lentitud se acercó a ella y le sujetó los hombros obligándola a mirarle:

—Tienes derecho a estar enfadada, pero déjame que te explique mi versión. Voy a contestar por partes a todas las acusaciones. Si te he besado y me he acostado contigo es porque me he sentido atraído por ti. Atraído y muy confundido. No sé si es verdadero lo que siento por ti o si son fantasías relacionadas con la maternidad de Júnior. Pensé que el sexo lo complica todo mucho más, por eso creí que era más sensato empezar sin complicaciones. Es cierto que lo mismo podía pensar antes de acostarme contigo, pero aquello no fue premeditado y tú lo sabes. El tema del piso y del contrato era solo para poner orden. Ya te dije que necesito un sitio privado donde poder ir y, si el piso está libre, es una tontería no utilizarlo. Los coches también, pero si te sientes ofendida, tráete el tuyo de Madrid, retiro el ofrecimiento. Retiro el ofrecimiento gratuito del piso también: si te sientes mejor puedes pagar tú la comunidad. Aunque, debido a que lo compartiremos, sería justo que la pagásemos entre los dos. No sé cuánto es, preguntaré a Inés. Sobre el dinero anual, si no lo quieres, lo retiro también, pero piénsalo mejor: tú me das a mí lo que quiero, sería justo que ganaras algo aparte del cariño de Júnior. Pero si tanto te he ofendido, fuera también. Ya que he retirado casi todo, no tiene sentido que firmemos nada, confío en ti y en tu discreción, aunque apenas nos conocemos. Y por último y no menos importante, si te quise volver a besar hoy no es para volverte loca, sino porque ya lo veo todo claro. Por primera vez en mi vida tengo sentimientos y necesidad de una persona, te necesito conmigo porque creo que me estoy enamorando de ti. No te puedo prometer nada, todo lo que te dije sobre mí es verdad. Lo único que te pido es que estés a mi lado y a cambio yo lo intentaré. Necesito tiempo, pero puede que tengamos una relación de verdad si eso es lo que quieres.

La cara de Minerva era indescifrable. Las palabras de Cristian sonaban sinceras y estaba meditando la respuesta. Se levantó de la roca y, tomándole por sorpresa, le abrazó. Un abrazo lleno de ansias y promesas. Luego se separó de él y le dijo con voz entrecortada por la emoción:

—Acepto tus disculpas. Gracias por explicarte y por reconsiderar tu oferta —le acarició la mejilla y conectó con su mirada—. Es muy extraño lo que nos está sucediendo, ¿verdad? Es como si un hilo invisible nos hubiera rodeado y de repente no podemos estar el uno sin el otro. Yo no soy nada enamoradiza, ¿sabes? Y, sin embargo, he sentido mariposas en el estómago desde el momento que te conocí en el Hilton. Pero también he de ser realista. Tú eres una estrella mediática y yo una estudiante tímida y poco sociable. ¿Qué posibilidades hay de que lo nuestro funcione? Y como si todo no fuera más que complicado, tenemos que pensar en el bien de Júnior. Sinceramente, estoy hecha un lío. No sé qué decir, Cristian, lo siento.

—¡Entonces dime que sí! —dijo él, emocionado—. Acaba con mi ansiedad, por favor, me está matando.—La intensa mirada de Cristian se encontró con que la tormenta que habitaba en los ojos de Minerva comenzó a disiparse. Vio cómo sus facciones se relajaron y en su boca floreció una enigmática sonrisa. Él dejó de respirar mientras esperaba su respuesta. Ella le tocó la cara con delicadeza y él expulsó el aire retenido de sus pulmones y giró la cabeza hasta que su boca encontró la mano de ella. Le besó la palma, después la apartó despacio y se abrió paso hacia sus labios. Abrieron las bocas al compás y las lenguas iniciaron una danza rítmica y cada vez más intensa. Él le sujetó la cara y ahondó dentro de su boca húmeda. Ella le devolvió el beso abriéndose para él. Las respiraciones entrecortadas indicaban que la tensión subía de nivel por momentos. Cristian se apoyó en la roca y la atrajo entre sus piernas. Ella le rodeó el cuello con los brazos, y se dejó invadir por sus manos, que recorrieron la curva de su espalda, abriéndose paso por debajo de su camiseta. Segundos después, Minerva enredó las manos en su pelo y calmó la intensidad del beso. Con pesar se separaron unos centímetros. Él acercó su frente hacia la de ella y contempló de cerca el brillo especial que encontró en su mirada.

La voz de Minerva rompió el silencio:

—Tú ganas, Míster Siete, estoy dispuesta a intentarlo.

Cristian la atrajo de nuevo a sus brazos. Los cuerpos permanecieron un tiempo unidos y la tensión se esfumó paulatinamente. El vaivén de la las olas continuó con el mismo ritmo incesante, ajeno a la serenidad que se respiraba en la playa. Después de unos momentos, él interrumpió la paz recién alcanzada:

—Solo me queda una pregunta más. Hay algo que me tiene preocupado. En el barco, antes de acostarnos, te pregunté si tenías a alguien en tu vida y me dijiste que no. Entonces, ¿quién es el hombre con quien estuviste en el restaurante Afrodita?

—Y tú, ¿cómo sabes esto? —preguntó ella, haciendo caso omiso a su pregunta.

—Lo sé porque estuve allí —contestó él en tono tranquilo—. Aquel día quería volver a verte y, gracias a una aplicación que tengo en el móvil, vi dónde estabas. Comí en el restaurante con una amiga y os vi, parecíais una pareja.

—¿Me estás diciendo que me seguiste? ¡Cristian! ¿Qué tipo de aplicaciones tienes en tu móvil? —Su cuerpo se tensó y posó sobre él una mirada autoritaria. Pero tras ver la arrepentida expresión reflejada en su cara se relajó. No podía enfadarse con él, no después de ver cómo la miraba. Le revoloteó el pelo con la mano en gesto cariñoso. Él sonrió aliviado—. El hombre que me acompañaba se llama Juan Sánchez. Es psicólogo y el hombre más importante en mi vida hasta ahora. Hace años tuvimos una relación, de hecho la única que he tenido en mi vida, pero no funcionó. Le tengo mucho cariño y él se preocupa por mí. Nada más.

—No estoy seguro de que él lo vea de la misma manera —dijo Cristian, respirando hondo—. En fin, puesto que vendrás a Valencia, el trajeado quedará en el pasado.

—No le tengas manía al pobre Juan, por favor, las cosas no son como tú crees. Solo somos amigos.

Él no quedó convencido del todo, pero ahuyentó las preocupaciones y decidió disfrutar del momento. La levantó a volandas y mientras daba vueltas con ella al aire, añadió riendo:

—Con mi *marca* es difícil competir, de eso no hay duda, princesa. —La besó el pelo y comenzaron a andar hacia la casa—. Te necesito, Minerva, y ahora ha llegado la hora de hablar con Júnior y contarle quién eres. Por cierto, si te quedaba alguna duda, ya está confirmado que eres su madre biológica. Justo esta mañana han llegado los resultados. El día que dormiste conmigo en el Hilton, encontré unos cuantos pelos tuyos sobre la almohada. No pude resistirme a la tentación y los llevé a un laboratorio para cotejarlos con los de Júnior, y el resultado es positivo. Siento no haberte pedido permiso, fue una casualidad y... espero que no te moleste; necesitaba estar seguro.

—Has hecho bien, me alegro de que lo hayas cotejado, yo también necesitaba estar segura. ¡A mi madre le dará algo cuando le diga que es abuela de un niño de seis años con apenas cincuenta y dos! Y, Cristian, disculpas aceptadas. Me imagino que por un hijo uno hace cualquier cosa.

El posó el brazo sobre los hombros de ella y regresaron felices a casa.

23

Cristian experimentó una sensación de plenitud como si hubiera ganado la copa más grande de toda su carrera. El sabor de la reconciliación era dulce y sabía a victoria. Se había equivocado, pero consiguió rectificar a tiempo. En su día a día nunca rectificaba; pedir perdón era para él el equivalente al fracaso, pero comprendió que saber rectificar tenía su recompensa: te hacía sentirte liberado, incluso feliz. Mirando a la mujer que estaba a su lado, y tras encontrarse con su mirada resplandeciente y su gran sonrisa, supo que ella sentía lo mismo en aquel momento.

Llamaron a Júnior y, cuando estuvieron los tres sentados en el porche que bordeaba la casa de Minerva, Cristian le dijo a su hijo en tono serio:

—Júnior, hace algún tiempo me preguntaste por tu madre y yo te conté que es la señora que regala vitaminas. ¿Te acuerdas?

—Claro —la expresión sosegada de su mirada pasó a ser expectante—. También dijiste que la íbamos a conocer.

—El otro día también me preguntaste si Minerva es mi novia y yo te contesté que solo una buena amiga, ¿recuerdas?

—Ajá —contestó el niño, moviéndose con nerviosismo sin entender adónde iba a parar toda aquella conversación.

—Ahora préstame atención, Júnior: he buscado a Minerva porque ella es la chica que nos regaló vitaminas de mamá —y tras una breve pausa, añadió—: Minerva es tu madre.

Júnior les miró a los dos con cara seria, sin mostrar ninguna emoción especial. Luego, en tono sabio, preguntó:

—Papá, ¿estás seguro? Parece muy joven.

—Sí, Júnior, estoy seguro. —Y tomándole las manos con cariño, le preguntó—: ¿Estás contento?

Júnior centró su atención en Minerva y un atisbo de sonrisa hizo acto de presencia en la comisura de sus labios. Minerva, animada por su gesto, le abrazó emocionada. Júnior le envolvió el cuello con sus brazos y depositó un beso sonoro sobre su mejilla. Ella perdió la voz y tardó un tiempo en encontrarla. La tarde había traído muchas novedades y todas buenas y entrañables. Cristian rompió la magia del momento, su ego no le permitía estar apartado demasiado tiempo.

—Ahora ya sabemos quién nos dio las vitaminas, campeón. Sin embargo, acuérdate de que Minerva es tu madre biológica, pero no es una madre madre, ¿vale? Nuestras vidas seguirán igual, a ella la veremos solo de vez en cuando. Además, como bien has dicho antes, es muy joven y se tiene que acostumbrar a la idea; no vamos a ser muy pesaditos, ¿entendido?

—¡Entendido! —Júnior movió la cabeza con firmeza—. Pero, papá, tendrá que venir al cole para que la vean mis compañeros, y también al fútbol cuando entrene, y también a karate cuando tenga pruebas para ganar cinturones, y también...

—Que sí, Júnior —le calmó su padre—. La vamos a ver. Aunque acuérdate de que es médica y tiene que salvar niños enfermos.

Minerva por fin pudo articular tres palabras seguidas y dijo:

—Júnior, me mudaré a Valencia y nos veremos siempre que podamos. Te lo prometo.

El niño sonrió complacido. Cristian decidió que era hora de marcharse. Había cumplido su misión. Quedaron en verse en Valencia en unos días.

Unos momentos después, los miembros de la familia Martín se encontraban sentados en la mesa, cenando. Minerva estaba en una nube recordando la tarde, cuando su madre la bajó con brusquedad a la tierra:

—¿Me vas a contar quiénes son Cristian y su hijo? Además, no has tocado la cena. Y tú, David, tampoco. ¿Qué os pasa a los dos? ¡Os he preparado vuestro plato preferido y no habéis probado bocado!

Con pesar, Minerva abandonó su nube, las estrellitas y los pajaritos cantando, y le contestó:

—Es difícil de contar, mamá.

—Vives sola en Madrid desde hace seis años. A estas alturas no me pondré en plan madre pesada, pero si hay cosas importantes en tu vida me gustaría saberlas, cariño. Así que, sea lo que sea, estoy preparada.

Minerva tomó un sorbo de agua, inspiró fuerte y dijo:

—Primero tengo que decirte que elegiré mi plaza de médico residente en Valencia. Lo he decidido esta tarde. La razón es el hombre que ha venido hoy aquí: Cristian Cros. Lo conozco desde hace poco, pero nos queremos dar una oportunidad. Todos estos años solo me he dedicado a estudiar, ahora creo que me puedo permitir el lujo de enamorarme.

—Pero dices que solo os conocéis desde hace poco. ¿Estás segura? —preguntó su madre, desconcertada—. Tendrás que alquilarte un piso, empezar de nuevo... En Madrid ya estás instalada y si vinieras aquí estarías conmigo...

—Lo sé, mamá, pero ya está decidido. Aparte, este hombre y yo tenemos un vínculo muy fuerte que nos une: su hijo Júnior, que teóricamente también es mi hijo.

—¿Qué has dicho?

—Que teóricamente Júnior es mi hijo, mamá.

—¡¿Cómo que *teóricamente* es tu hijo?! —exclamó su madre, asombrada—. ¿Has estado embarazada y has tenido un hijo sin que yo sepa nada? ¡Pero si nunca has estado tanto tiempo sin venir a vernos!

—Que no, mamá —la tranquilizó Minerva—. No he tenido yo el niño. A Cristian solo le conozco desde hace unos días. En Madrid fui donante de óvulos en una clínica de reproducción asistida y Júnior es el resultado de la donación. Su padre me buscó y está confirmado que soy la madre biológica de su hijo, así que... ¡felicidades!, tú eres abuela y David es tío. Pero todo *teóricamente*.

Su madre se quedó lívida por la emoción. Minerva y David se miraron, cómplices. Si esta noticia era impactante, la que tenía que dar David lo sería probablemente más.

—Como te dije antes, no me voy a meter en tu vida. Si tú crees que es bueno relacionarte con ellos, adelante. Solo ten presente la palabra que acabas de decir: *teóricamente*. Es fácil encariñarse con un niño, no lo olvides.

—Sé que me pueden sacar de sus vidas cuando quieran, pero correré el riesgo. Hoy por hoy necesito hacerlo. Él me gusta mucho, mamá, no lo puedo evitar.

—Así que el niño encantador que estuvo aquí lleva nuestra sangre y yo soy abuela... Si todo va bien me gustaría volver a verle. ¿Vas a vivir con ellos?

—No, mamá. Vamos deprisa, pero no tanto. Viviré en un piso de Cristian y lo pagaremos a medias, *teóricamente* también.

—A Minerva le ha tocado la lotería, mamá. Cristian es un jugador de fútbol famoso y tiene mucho dinero —apuntó David—. Y bien, ahora que sabes que has conocido a tu nieto y a futuro yerno rico y famoso, ha llegado la hora de conocerme un poco a mí también.

—¿Conocerte a ti? —Su madre se giró hacia él y le miró con cariño—. ¡Qué forma más extraña de hablar, hijo! —Y luego añadió, orgullosa—: A ti te conozco mejor que a nadie. ¡No me digas que estás enamorado!

—Sí, mamá, lo estoy y mucho. Pero, no te enfades por lo que voy a decirte: no estoy enamorado de una chica, sino de un chico. Lo siento, mamá, pero me gustan los hombres. Tengo pareja, vivo con él y me gustaría presentártelo.

Ana era una mujer anticuada y, tras escuchar la confesión de su hijo, sus labios se crisparon y quedaron sellados formando un desagradable rictus. Minerva decidió intervenir para cortar la tensión instalada.

—Mamá, no te lo tomes a mal ni le mires de esa manera, ¡por favor! No es nada malo. Además, si no lo puede hablar con nosotras, ¿entonces con quién?

—¿Tú lo sabías y no me has avisado? —gritó su madre, enfocando su enfado hacia ella—. Siempre has tenido celos de tu hermano y por eso te alegras de su desgracia.

—¡No es ninguna desgracia, mamá! Y no seas injusta conmigo, por favor. Os dejo solos para que podáis hablar con tranquilidad.

Minerva entró enfadada en su habitación. Como siempre, su madre, en su empeño de proteger a su hijo pequeño, le echaba la culpa a ella de todo. Los fantasmas del pasado volteaban a su alrededor, pero estaba demasiado feliz para dejarlos influir en su estado de ánimo. Su madre ya se acostumbraría a la idea y las aguas volverían a su cauce, solo necesitaba tiempo.

Los siguientes días fueron frenéticos. Regresó a Madrid, eligió plaza en Valencia y, poco después, le llegó la confirmación del hospital La Fe, en cuya sección de Oncología pediátrica empezaría a trabajar como médico residente.

Avisó a sus colegas de piso de que se marchaba y se despidió de algunas de sus compañeras de promoción. Le quedaba lo más difícil: darle la noticia a Juan. Así que, sin muchas ganas, se dirigió hacia una cafetería donde habían quedado para verse.

24

La cafetería Green&Red estaba situada en la céntrica calle Chamberí, cerca de la clínica Klass. Juan estaba sentado delante de una mesa redonda, pintada en color rojo. Removió de manera ausente la cuchara en la taza humeante. Su nariz se impregnó con el aroma de limón que su té desprendía. Lo apartó sin probarlo y se quedó vigilando la ventana con el semblante serio. Llevaba varios días sin ver a Minerva y sin saber de ella. Algo había cambiado en su comportamiento y Juan estaba dispuesto a averiguar qué era. Si quería encontrar una solución para poner fin a su extraña conducta, tenía que detectar primero dónde estaba el problema. Todos aquellos años, la había vigilado desde la sombra, la había visto crecer, transformarse. La Minerva que había conocido años atrás era pequeña, tímida y asustadiza. La primera vez que la vio en la clínica parecía una polilla y ahora, después de siete años, se había convertido en una preciosa mariposa. El camino había sido largo y Juan había esperado paciente para recoger los frutos. Había llegado el momento de cosechar y él no se iba a quedar con las manos vacías. Ella era su creación, era suya.

A través del cristal divisó la puesta del sol; sus rayos rojizos comenzaron a esconderse con timidez detrás de las nubes. Agarró su vaso de cristal verde y saboreó su té. Centró de nuevo la atención en la ventana y la vio acercarse con paso apresurado. El rostro de Minerva estaba serio, como de costumbre, pero su mirada irradiaba felicidad; su porte y su andar indicaban optimismo. Al verle le saludó con la mano a través del cristal y le premió con una amplia sonrisa.

A Juan se le aceleró la respiración y tuvo que hacer un ejercicio mental de relajación para recobrar su semblante sereno y tranquilo.

Tenía que ser cuidadoso y aparentar delante de ella ser su amigo fiel de siempre.

Ella fue directa a él y le dio dos besos. Olía diferente. Él cerró los ojos, inspiró su olor para interpretarlo después y le dijo en tono tranquilo:

—Minerva, te ha sentado bien ir a casa. Hasta tienes un poco de color. Cuéntame, ¿qué tal tu familia? ¿Qué tal todo? ¡Hace muchos días que no hablamos!

—Todo bien, más o menos. Estuve un par de días en Valencia y luego en casa. Mi madre está al borde de la histeria, porque David le ha contado que es gay, así que imagínate el drama que se ha montado.

—¿Tu hermano es gay? —preguntó Juan con interés—. Nunca me lo habías comentado.

—¡Porque no lo sabía!

Juan agarró con esmero la tetera y le llenó un vaso con el humeante té. Añadió una hoja de menta fresca y se lo entregó mientras dijo:

—No te preocupes por tu madre, probablemente solo necesita tiempo para aceptarlo.

Y dicho esto le tomó la mano para darle su apoyo, pero ella retiró rápidamente la suya como si le hubiera quemado el contacto. Juan dejó pasar el incidente sin hacer comentarios, pero tomó nota de ello para analizar después el significado.

—Eso espero —dijo ella, evitándole la mirada y tomado un sorbo de té.

Él decidió cambiar de tema y le preguntó:

—Bueno, cuéntame qué plaza has elegido, ¿no?

—¡Claro! Aunque primero, te pido perdón por no haberte contado nada hasta ahora. Han surgido cambios en mi vida y, aunque estoy muy feliz, aún los estoy asimilando.

Aquello disparó una señal de alarma en el cerebro de Juan, que sabía que debía ser cauto y sacarle toda la información que pudiera.

—¡Me gusta verte así de bien!, explícame de qué tratan estos cambios —dijo él, fingiendo entusiasmo.

Sus palabras tuvieron el efecto deseado, ya que ella relajó los hombros, bajó la guardia y dijo sonriente:

—Antes que nada, decirte que al final ni me quedo en Madrid ni me voy a casa. He elegido un destino a medio camino: iré a Valencia. Ya lo tengo confirmado. Será duro, pero estoy deseando empezar en la sección de Oncología pediátrica del hospital La Fe. —Tomó otro sorbo de té y continuó—: la razón de elegir Valencia es porque me he enamorado. ¡Estoy muy ilusionada!

La palabra *enamorado* golpeó a Juan en pleno pecho y casi le cortó la respiración. Mirando por la ventana y contando en su mente hasta diez, pudo resistir al impacto sin que apenas se le notara y dijo:

—¿Te has enamorado? ¿Cómo, cuándo, de quién? —Y sin poder evitarlo taladró con más preguntas—: ¿Y lo has llevado en secreto hasta ahora?

—No es eso, ¡la verdad es que le conocí hace poco! —Su cara se tiñó de un brillo luminoso—. Pero a pesar del poco tiempo que llevamos, estoy decidida a intentarlo.

—No es propio de ti tomar decisiones apresuradas, Minerva. Te vas a una ciudad nueva para empezar una historia con un hombre que apenas conoces. ¿Estás completamente segura? —preguntó él, preocupado.

—Sí, Juan, lo estoy —contestó ella, serena—. Me preocupa, como es lógico, toda la parte nueva que entrará en mi vida y todos los cambios, pero se acaba una etapa en mi vida y he de empezar una nueva de todas formas, así que me arriesgaré y apostaré por él.

Juan asintió con la mirada y pensó que la situación era más grave de lo que había sospechado. Ella estaba muy enamorada y no veía ni a un centímetro más allá de sus ilusiones. Tendría que apoyarla y animarla para no levantar sospechas y luego empezar la guerra a su manera.

—Me alegro mucho por ti. Espero de corazón que te vaya bien y que no lamentes más tarde haber dejado la capital... —Cambiando de tema, preguntó—: ¿Vais a vivir juntos?

—¡No!, de momento viviré sola. Sería una locura irnos a vivir juntos, ¡no hace ni dos semanas que nos conocemos!

—Así que solo le conoces desde hace un par de semanas —dijo Juan, en tono despreocupado—. ¿Y quién es? ¿De qué lo conoces?

—No te puedo contar mucho más, y te pido disculpas. Es una persona conocida y de momento lo llevaremos en secreto. Solo te puedo decir que le conocí por casualidad y que tenemos un vínculo muy fuerte en común.

—Vale, pues respetaré tu privacidad. —Y con un tono afectado dijo—: A pesar de todo, siempre estaré disponible para ti, Minerva. Si las cosas no salen como esperas, solo tienes que llamarme y te apoyaré.

Ella le tomó las manos con afecto y en su mirada había emoción cuando dijo:

—Lo sé, Juan. Eres mi mejor amigo y has sido mi mayor apoyo. Me da pena separarme de ti, pero ya no soy una jovencita y tengo que seguir con mi vida. Y además, solo me voy a Valencia; estaremos solo a dos horas de distancia en AVE.

Tras charlar un poco más sobre la nueva situación, se despidieron. Ella fue la primera en marcharse; él todavía no tenía fuerzas para levantarse. De manera ausente, alcanzó una servilleta y empezó a tomar notas y a atar cabos: ella había conocido a Cristian Cros unos días atrás, habían cenado en el hotel Hilton y habían pasado la noche juntos. Juan pensaba que las cosas no habían acabado muy bien, porque al día siguiente ella había salido a primera hora del hotel, sola, y la prensa lo había fotografiado a él con otra mujer. ¿Se habrían vuelto a encontrar durante el fin de semana? Juan sentía que se le estaba escapando algo importante y tenía que averiguarlo. ¿Qué había ocurrido para que dos desconocidos decidieran darse una oportunidad en tan poco tiempo?

Ella le había hablado de un vínculo muy fuerte en común. Allí estaba la clave. Descubierto el vínculo encontraría el punto débil y podría atacar. ¿Qué podría unir a un famoso y mujeriego futbolista que vivía en otra ciudad a una estudiante de Medicina seria y poco sociable?

A pesar de todo, Juan no se desanimó: no iban a vivir juntos. Con una buena estrategia, la relación de ambos era fácil de romper. Faltaba el punto débil, pero Juan estaba decidido a encontrarlo. Dobló la servilleta con esmero, la guardó en su cartera y salió de la cafetería. Tenía el coche aparcado en la consulta, pero prefirió ir andando a su casa. Todo el camino pensó en Minerva y en cómo recuperarla.

25

El gran día había llegado. Minerva estaba preparada para dejar Madrid y emprender su nuevo camino hacia Valencia: ciudad nueva, trabajo nuevo, casa nueva, amor nuevo... Todo tenía muy buen color, lo único que empañaba un poco sus ánimos era su coche: no había pasado la ITV y había tenido que dejarlo en el desguace. De momento, no se podía permitir otro, así que recogió sus pertenencias en dos maletas grandes y emprendió el viaje en el AVE hacia su nueva vida. Cristian estaba avisado y le dijo que mandaría a Cristina para recogerla en la estación. No se habían visto desde la tarde de la reconciliación en Denia, pero hablaban a diario por teléfono. En los días siguientes tampoco iban a verse demasiado: él jugaba fuera de casa y el lunes a primera hora ella tenía que estar en el hospital para empezar su residencia. No iban a tenerlo fácil para verse debido a sus respectivas profesiones, pero las cosas buenas nunca fueron fáciles.

El tren llegó puntual a la estación de Valencia. Ella bajó con dificultad sus dos pesadas maletas y se sentó en un banco para esperar a Cristina. No la veía por ninguna parte. De repente, dos grandes manos le taparon los ojos y le preguntaron en voz baja:

—¿Señorita Martín, necesita ayuda? —Al girarse, vio dos ojos color carbón tapados por una gran gorra negra—. Para que tengas buena suerte en esta nueva etapa, aquí está el Número Siete, preparado para darte la bienvenida.

A ella se le paró el corazón por unos segundos. Un sentimiento de plenitud le llenó todo su ser y supo que nunca más estaría libre de él. Con ese sencillo gesto le había demostrado que no se había equivocado y que podrían tener un futuro juntos. Había acudido un viernes en plena mañana a una estación llena de gente para recogerla, se había arriesgado a que le reconocieran sin importarle las consecuencias. Ese gesto valía más que mil palabras y promesas.

Ella se levantó despacio del banco, le abrazó con fuerza y le besó agradecida. Al separarse, le miró con ternura y le dijo con voz entrecortada por la emoción:

—Gracias, Míster Siete. Seguro que ahora la suerte está asegurada. Es la sorpresa más bonita de toda mi vida.

—No hay de qué —dijo él, abrazándola de nuevo—. Es lo que se supone que hace un chico por su chica, ¿no? No me iba a perder este momento por nada en el mundo. ¿Sabes que es la primera vez que hago algo así, recoger a mi princesa en la estación?

—No te emociones que no es para tanto —rió ella—. Ahora que he besado al Número Siete y todo nos irá de mil maravillas, hay que cargar con las maletas. ¡Bienvenido al mundo de los mortales!

Diez minutos más tarde, estaban ante la puerta de su piso. Antes de entrar, Cristian le dio un juego de llaves a Minerva y le dijo:

—A partir de hoy, esta será tu casa. Yo vendré solo si tú me invitas. Venga, abre tú misma.

Ella recordó, por una milésima de segundo, que hacía apenas unos días había salido de allí con el corazón roto. Pero ahuyentó los pensamientos negativos, introdujo la llave y accedió a su nueva casa. El piso parecía más grande y más lujoso de lo que recordaba. Dejaron las maletas en el suelo y Minerva preguntó:

—Ahora, dime cuánto se paga de comunidad por este gigante. A ver si me lo puedo permitir...

—No estropees este momento tan especial, por favor —le rogó él—. Además, se paga muy poco, unos quinientos euros al mes, o sea, que para ti serían doscientos y pico.

Ella puso los ojos en blanco; tenían una concepción muy distinta del valor del dinero, pero calculó que lo podría pagar y riendo le dijo:

—Una miseria de nada, señor casero. Me lo quedo.

Pasaron un día inolvidable como una pareja normal: ella desempaquetó sus cosas y él la ayudó a orientarse e instalarse; todo eso salpicado por besos, caricias y pasión desatada. Cocinaron juntos pasta, que salió bastante buena, y la combinaron con una buena ensalada y vino blanco. Por la tarde se relajaron en la piscina, hicieron el amor en la gran cama redonda del piso de arriba y, sobre las siete, salieron a dar una vuelta por la ciudad. Él le enseñó el camino hacia el hospital y también algunos puntos importantes que había que conocer. Cristian solo se desprendió de su gorra negra y de la bufanda con la que se envolvía el cuello para pasar desapercibido cuando entraron a cenar a un restaurante del puerto. Al terminar, él pidió la cuenta.

—No sé qué haremos con las cuentas de los restaurantes. Yo no podré pagar jamás en este tipo de sitios —dijo Minerva, al ver lo que había costado la cena—. Como mucho me podré llevar a Júnior a algún sitio de comida rápida o algún lugar más normal, ya sabes, de esos para la clase media. Creo que me va a costar acostumbrarme a tu despreocupado estilo de vida.

—Puedes llevarte a Júnior cuando y donde quieras, pero lo de las cuentas de los restaurantes no es discutible. He aceptado todas tus condiciones, esta ya no. No quiero que te preocupes por eso. Es solo dinero, Minerva. Además, hay otra cosa que quiero hablar contigo. Ahora no tienes coche. Si vienes a recoger a Júnior necesitas un coche. No te ofrezco uno mío, porque ya nos conocemos, pero llévate el de Júnior; hay uno a su nombre. Como es tu hijo biológico, puedes utilizar su coche. ¿Qué te parece? Se pondrá muy contento. Siempre me pide que lo utilicemos y casi nunca le hago caso.

—¿Júnior tiene coche? ¿Con seis años? —preguntó ella, desconcertada, y ante la mirada exculpatoria de él, preguntó—: ¿Coche coche o alguno de esto con pedales para niños?

—Me temo que ha heredado la pasión por los coches de mí... —dijo el futbolista a modo de explicación—. Ya sé que es algo excéntrico, pero no lo pude evitar. Es un Audi A5, eso sí, tuneado con sus dibujos animados favoritos —alargó su mano y tocó la de ella con ternura—. Por favor, cógelo, no seas cabezota.

—Pero, a ver, Cristian, también hay transporte público en Valencia, ya me las arreglaré. No quiero cosas que no son mías —dijo ella, tocándose las uñas con nerviosismo.

—Solo soy práctico, Minerva. Además, será temporal, hasta que tú tengas otro. Acepta, venga, por lo menos para poder ir con Júnior o para alguna emergencia. Y me haría ilusión que vinieras a recogerme al aeropuerto al volver de algún viaje...

—Me lo pensaré —dijo ella, bajando la mirada—. Necesito tiempo para acostumbrarme a tu vida. Lo vamos viendo sobre la marcha, ¿vale? De momento, no.

—Pero, Minerva, yo estoy en deuda contigo. Lo has dejado todo para venir a Valencia. No conoces a nadie. Te dije que eres como parte de mi familia y yo cuido de mi familia.

Ella tomó su mano entre las suyas, le miró con ternura y le dijo:

—Lo sé y te lo agradezco, pero para estar bien necesito ser la de siempre y luchar para conseguir las cosas. Si me adapto a tu estilo de vida sin tener en cuenta mis principios, no seré yo misma. Además, no puedo perder de vista la realidad: no sabemos cómo será nuestra relación; si esto no sale bien, yo saldré muy mal parada.

—Es verdad, el futuro es impredecible —admitió él—. Pero una cosa es segura: eres la madre biológica de Júnior. Aun si las cosas salen mal entre nosotros, siempre te consideraré parte de nosotros.

—Eso dices ahora. Estamos bajo la ilusión romántica de tener un hijo, pero si acabamos la relación y tienes a alguien nuevo en tu vida, no te hará ninguna gracia una madre biológica por el medio. Así que, hazme caso, yo vivo con los pies en la tierra y así quiero seguir.

—Eso ya lo discutiremos más adelante. De momento, por favor, prométeme que te pensarás lo del coche.

—Vale, lo pensaré —resopló ella, resignada—. Espero poder adaptarme a ti, Cristian, de verdad. ¡Si fueses un chico normal sería todo mucho más fácil!

—Si yo fuese un chico normal —dijo él, pavoneándose—, no te hubieras enamorado de mí en dos días.

—¡Engreído! —rió ella—. ¿Quién te ha dicho que estoy enamorada de ti?

Cristian la miró alarmado. ¿No estaba enamorada de él?

26

Minerva miraba con intensidad el espejo. Apoyó su frente sobre la superficie lisa y fría. La imagen reflejada de ella misma con el ceño fruncido indicaba que estaba nerviosa. Aquella sería la primera noche formal que pasarían juntos y la tercera de toda su corta relación. Cristian estaba en el piso de arriba cambiándose. Se peinó el pelo con esmero, ya que sabía que a él le gustaba tocárselo y se lo ató en una coleta alta. Se cepilló los dientes más de lo habitual y dudó si desmaquillarse o no. Decidió al final que había que hacerlo, era una de las pocas reglas de belleza que seguía a pie de la letra, porque era malísimo para el cutis no hacerlo. Salió del cuarto de baño con la cara limpia y sin más adornos. Llevaba un minúsculo pijama de seda color azul marino. La camiseta dejaba al descubierto la curva de sus pechos y el pantalón corto evidenciaba la fina línea de sus largas piernas. Se sentía expuesta y demasiado suelta, pero era necesario enseñarle a Cristian otra cosa que no fuera su aburrida lencería de algodón blanco. Aquella era su primera noche, de ellos como pareja formal. Se le aceleró el corazón al escuchar sus pasos bajando por la escalera. Intentó calmarse, tocándose el pecho con la mano, pero no le sirvió de mucho. La invadió el pánico y sintió las palmas de sus manos húmedas. Se volvió a preguntar si el corazón era solo un músculo o había algo más.

Él se paró delante de ella: llevaba un pantalón de pijama de color negro ceñido a las caderas y una camiseta de color blanco con la palabra *happy*, que enmarcaba sus trabajados pectorales, no dejando lugar a la imaginación. Se había duchado, olía a fresco y a masculinidad. El pelo mojado le caía despreocupado por la frente y, al sonreírle, en la parte izquierda de la cara le apareció su adorable hoyuelo. Los labios no los tenía demasiado grandes, pero estaban en perfecta armonía con el resto de la cara. El cuello lo tenía largo y bastante grueso, los hombros no demasiados anchos pero musculosos y duros... En unas pocas palabras, Minerva pensó que era un lujo tener que irse a dormir con semejante hombre.

Él se acercó a ella, le quitó con suavidad la coleta, dejándole el pelo en libertad, y le dijo con voz ronca:

—Hay una cosa que me apetece hacer. Ven conmigo.

—¿Qué es? —quiso saber ella.

Él no le respondió, enredó sus dedos con los de ella y la llevó al dormitorio. Tomó el cepillo de pelo y se sentó en la cama. A ella la sentó de espaldas, delante de él y empezó a cepillarle el pelo con esmero. Minerva se tensó al sentir cómo miles de corrientes eléctricas le traspasaban primero las sienes, luego los dedos de las manos y de los pies para que al final la electricidad bajase hacia su ingle. Un calor sofocante la envolvió al sentir sus labios pegarse en su cuello. Cuando los dientes de él provocaron un pequeño mordisco, ella jadeó. Cerró los ojos y experimentó una sensación de libertad total. Pronto empezaría a volar y lo sabía. El sintió su estado eufórico y dejó de cepillarla. Ella se quedó quieta, sin apenas moverse. Solo se escuchaba la respiración de ambos. Cristian le quitó los tirantes de la camiseta con cuidado, primero uno y después el otro. Le levantó los brazos y la despojó de la prenda, dejándole los pechos libres, turgentes y llenos. Después le dio la vuelta y la subió a horcajadas sobre sí mismo. Pronto sus grandes manos estaban recorriendo todas las partes de su cuerpo, tocando y pellizcando para dejar paso a su boca, que parecía insaciable. Los senos grandes y pesados de Minerva tuvieron un trato especial, al ser el centro del deseo de Cristian. Ella se dejó llevar por los sentidos, su cuerpo dejó de pertenecerle y se abandonó completamente en sus brazos. Sin quitarle el pantalón, él la tocaba a través de la tela, primero con suavidad y luego con más fuerza. Cuando sus dedos expertos se deslizaron dentro de la prenda y comenzaron el asalto hacia el centro de su placer, ella no pudo contenerse más: explotó en mil pedazos, gritando su nombre y mordiéndose el labio.

El la miraba satisfecho, le gustaba tenerla tumbada en la cama, con los ojos cerrados, el pelo revuelto y con una sonrisa de deleite dibujada en el rostro. Le excitaba verla indefensa y a su merced. La notaba bastante inexperta, pero ella lo compensaba con una desbordante sensualidad innata. Por el momento él marcaba los pasos, el ritmo y el tiempo, el cómo y el cuándo. ¡Y eso le gustaba! Se sentía su dueño.

Minerva despegó con pereza los párpados y buscó su mirada. Por la sensación vivida, el color de sus ojos había cambiado de gris a verde oscuro. Las pupilas dilatadas le proporcionaban un aspecto felino y enigmático. Se incorporó sin dejar de mirarlo, tomando la iniciativa. Primero le quitó la camiseta blanca, imitando lo que él había hecho antes, tocándole con la manos, besándole y mordisqueándole. Luego llegó el turno de los pantalones. Cuando ya lo tenía completamente desnudo, él volvió a tomar la iniciativa apresándola con su gran cuerpo. Le quito con rapidez el pantalón corto y, sin previo aviso, la penetró con brusquedad. Ella chilló por la sorpresa, por lo que él empezó a moverse con más suavidad. Empezaron a bailar de forma rítmica, aumentando la intensidad hasta que el cielo se partió en dos y ambos pudieron volar hasta lo más alto. Él ahogó un grito gutural en su cuello, mordiéndola sin piedad. Ella chilló de nuevo, por el placer y el dolor, convulsionada por los espasmos del orgasmo. Cuando los cuerpos recobraron la serenidad, los dos quedaron inertes, asimilando la sensación de plenitud que sentían.

Él fue el primero en volver a la Tierra. La atrajo a sí mismo y la abrazó con cariño. Ella se acurrucó a su lado sin decir nada.

—¿Te he hecho daño? —preguntó él, preocupado—. Lo siento, a veces pierdo el control y soy demasiado brusco. El placer y el dolor van de la mano, pero hace falta mucha práctica para sentirlo así. No quería ponerlo en práctica sin hablarlo antes contigo, pero no pude evitarlo, ha sido más fuerte que yo.

—Me has hecho un poco de daño, sí, pero no pasa nada. Yo no tengo mucha experiencia y no sé si esta mezcla de placer y dolor que he sentido es buena o mala —dijo ella mientras trazaba círculos sinuosos con el dedo sobre su cuerpo.

Él se incorporó apoyando la cabeza en el codo y demandó su atención:

—Llevamos muy poco tiempo juntos, poco a poco aprenderemos los gustos del otro, ya verás. En cuanto al dolor y el placer, eres como una manzana verde, ya madurarás. Vamos a ir despacio, aumentaremos el nivel con el tiempo, al ritmo que tú necesites, y seguro que te gustará. Quiero que sepas que puedo ser dulce y cariñoso para tu propio placer, pero para alcanzar el mío necesito fuerza y brusquedad.

Ella pareció despertar del estado de letargia en el que estaba sumisa, abrió los ojos con firmeza y le dijo:

—Acabó de pasar la primera noche formal contigo, he experimentado uno de los mejores orgasmos de mi vida, estoy satisfecha y vas tú y ¿lo único que se te ocurre es compararme con una manzana verde? ¡Qué obsesión tienes con las frutas y las vitaminas!

—Tienes razón —admitió él, divertido—, pero, dado que te he hecho daño, me ha parecido necesario contarte mis preferencias sexuales. Siento la estúpida comparación con la manzana verde.

—Estoy muy bien contigo, me haces feliz y me siento viva a tu lado. No te preocupes por nada más de momento, vamos a disfrutar el uno del otro. Experimentaremos y gozaremos. En la intimidad no quiero que marquemos reglas, ¡relájate y deja de controlarlo todo! Quiero que tengamos una relación espontánea y relajada, y si hay algo que me puede molestar, te lo diré.

Él le tomó la mano y le besó, los nudillos con suavidad, diciéndole en voz queda:

—Gracias. Es importante para mí saber que estás bien, satisfecha y feliz.

—¡Mírame! —le dijo ella con suavidad entrelazando sus dedos con los suyos—. Estoy bien, satisfecha y feliz. No te exijas tanto; a pesar de todo eres un hombre normal como cualquier otro, alguna vez puedes equivocarte como todos los demás. En la vida de todo se aprende y se suma. Así que, a partir de ahora, te quiero ver relajado y espontáneo; para mí también es importante saber que estás bien, satisfecho y feliz.

Y dicho esto, se tumbó sobre él y lo besó con ternura.

27

La habitación estaba poco iluminada y solo se escuchaban los pitidos rítmicos de un monitor de constantes vitales conectado a la paciente. En la cama, dormida, descansaba una niña. Minerva se acercó para comprobar los parámetros del monitor y, tras ver que todo estaba en orden, se sentó en la silla, mirándola. La niña que dormía tranquilamente en la cama se llamaba Isis. Era su primera paciente y por eso le tenía mucho cariño. Llevaba trabajando un mes como médica residente en la sección de Oncología y le tocaba encargarse de seis niños con cáncer. A Minerva le costó acostumbrarse a todo el sufrimiento de cada día, no tanto en los niños, que parecían llevar una coraza que les protegía y les daba fuerzas, como en los padres, que no podían aceptar la suerte de sus hijos. Delante de ellos guardaban la compostura, pero en cuanto los enfermeros se los llevaban para hacer algunas pruebas, los padres perdían los papeles. Minerva recordó el primer día que había entrado en la habitación de Isis. La niña estaba sentada en la cama mirando unos dibujos que había hecho.

—¡Hola! —dijo ella, acercándose a la cama sonriente—. Me llamo Minerva y a partir de ahora seré tu médica. —Como la niña no levantaba la mirada de sus dibujos, Minerva continuó en voz baja:

—Hoy es mi primer día y tú mi primera paciente oficial.

La niña no dijo nada, pero se paró a mirar un dibujo. Luego guardó los demás en una carpeta y, levantando por fin la vista, dijo:

—Toma, para ti. Si es tu primer día, necesitarás un regalo para recordarlo. ¿Te gusta?

Minerva se acercó y aceptó el dibujo. En un folio blanco la niña había dibujado cinco pares de ojos de distintos colores y tamaños.

—Es muy... original —afirmó sorprendida y sin saber muy bien qué tenía que decir—. ¿Qué significan tantos pares de ojos?

—Te voy a decir la verdad solo porque eres sincera —dijo la niña—. Podrías haber mentido y decir que mi dibujo era muy bonito. La gente en general hace eso con los niños enfermos para complacerlos, pero has sido sincera y has dicho que es «original». Este dibujo significa que nunca estamos solos en el mundo. Aun cuando así nos lo parece, hay muchos ojos que nos vigilan y nos cuidan en el universo. Estos te cuidarán a ti, lo necesitarás aquí. Muchos pacientes se mueren y los médicos piden traslados y se van.

Minerva se quedó impactada por sus palabras. Tomó el dibujo, le dio un beso en la mano y le dijo:

—Bueno, yo acabo de llegar, merezco una oportunidad.

Después, leyó el historial médico de Isis. Tenía solo siete años y le habían diagnosticado cáncer de médula espinal tan solo cinco meses atrás. No estaba muy avanzado, pero cada vez se formaban más células anormales en la médula espinal. La intervención quirúrgica estaba prevista para dentro de quince días. A partir de la extirpación de esas células, se podría dar un pronóstico en función de si quedaban células cancerosas. También había otros factores que influirían como la edad, que en ese caso era favorable, y si el tumor era reciente. Por último, había que ver si el cáncer reincidía. Minerva decidió que su recién estrenada paciente tenía muchas posibilidades de salir de la enfermedad.

Regresando de nuevo a la realidad, Minerva miraba a la pequeña Isis respirar rítmicamente. La habían operado con mucho éxito y hasta se hablaba de darle el alta en unos días cuando, de repente y de la nada, el estado de la niña empeoró. Tras hacerle las pruebas pertinentes, constataron que el cáncer había reincidido. Era lo peor que podía haber pasado y por el momento nada se podía hacer.

Con impotencia, abandonó la habitación de la niña. Sabía que no se podía implicar emocionalmente con sus pacientes, pero con Isis era demasiado tarde, era su paciente especial. Se cambió de ropa y salió del hospital dando su guardia de aquel día por finalizada. En el garaje del hospital la esperaba el flamante coche de su hijo. Al principio se resistió a utilizarlo, pero para las guardias de noche le era imprescindible.

Salió del garaje del hospital y se adentró en la carretera. A esas horas de la madrugada no había casi nadie por la calle. Pensó en Cristian y en su relación, el balance hasta el momento era positivo; cuando se veían, las horas parecían minutos, pero estaban estancados. Compartían química y pasión en la cama, pero no el día a día. Al principio intentaron participar el uno en la vida del otro, pero los múltiples compromisos de él no les dejaron muchas posibilidades de hacerlo: incontables fines de semana viajaba fuera con su equipo y, cuando estaba en casa, ella tenía guardias interminables y llegaba muy cansada del hospital. O se interponían los actos sociales que él tenía: galas deportivas, benéficas y otros eventos. Minerva sabía que no estaba preparada para acudir a esos actos, pero tenía que reconocer que estaba dolida porque él jamás la invitaba a acompañarle. No eran una pareja normal, al lado de Cristian era difícil serlo, pero el corazón no sabía diferenciar esos aspectos. El corazón late, siente y sufre. El corazón no es solo un músculo. En la última gala a la que Cristian había asistido, se había encontrado con Elena. La prensa les había fotografiado a los dos en diferentes momentos de la noche y enseguida lo colgaron en las redes sociales, por lo que Minerva se enteró del encuentro al momento. Toda la prensa digital habló sobre ellos y ponían fecha a una posible reconciliación.

¿Cómo se podrían aguantar situaciones así? Sufriendo y pidiendo perdón al corazón.

Minerva había llorado toda la noche y al día siguiente decidió no montar una escena. Él llegó muy tranquilo y le contó sin darle mayor importancia que habían coincidido y que las fotos eran obligadas, tanto para la publicidad de ella como para la de él. Por la mirada dolida de ella comprendió que estaba molesta y le dijo:

—No tienes que sentirte insegura por lo que sale en la prensa. Hoy por hoy estoy contigo y tú lo sabes. Pero es mejor que, de momento, lo llevemos en secreto. No estoy preparado para contestar preguntas sobre ti. Si lo hago tendré que decir la verdad y estará implicado Júnior. Luego, tú nunca más serás anónima: te perseguirán y te molestarán; y, créeme, es muy difícil vivir sin ser libre del todo. Todo el mundillo ese, y el famoseo, es una ilusión. Al principio te da alegrías y te peina el orgullo, pero luego no sabes cómo salir y huir de él.

—No sé cómo me siento —le dijo ella con voz cansada—. Lo último que quiero es recriminarte nada. Hemos tomado la decisión entre los dos de intentarlo. Sabía desde el principio dónde me metía, lo hacemos lo mejor que podemos, pero hay momentos en los que es difícil no ver la realidad o no estar dolida. Y la realidad, hoy por hoy, es que tú has pasado una velada con tu ex y, gracias a la prensa, yo tengo todos los detalles. ¿Cómo te sentirías si fuera al revés?

Él se quedó callado un momento y después, con gesto serio, dijo:

—Vale, admito que no me gustaría. Desde tu punto de vista se ve feo. Tendremos que ver cómo lo solucionamos y decidir si queremos avanzar. —Y mirándola con intensidad le preguntó—: ¿Quieres acompañarme a los eventos?

—No sé lo que quiero en este momento —contestó ella, rehuyendo su mirada—. Es tan difícil estar con alguien conocido... La prensa parece como una amiga envidiosa que te cuenta las cosas para hundirte. Además, están las fotos y los vídeos, que no dejan lugar a dudas. Yo no pertenezco a tu mundo, sabes que no soy muy sociable, me cuesta desenvolverme entre gente que no conozco. Pensaba que no me importarían tus actos, pero me importan. Por otro lado me gustaría pasar más tiempo contigo, pero estoy empezando mi carrera y tengo muchas guardias; si salgo contigo, en el hospital hablarán. Así que, resumiendo, no estoy preparada para entrar en tu mundo, pero tampoco me gusta que vayas con otras mujeres.

—¿Entonces qué hacemos? —preguntó él, mirando el techo y abriendo los brazos con impotencia—. Tú no quieres acompañarme, pero tampoco quieres que vaya con otras. Vas a tener que ceder en algunas cosas, Minerva. Tú quieres tener una vida normal a mi lado, pero eso no es posible. Asúmelo. ¿Qué hay de malo en venir conmigo a los eventos?

—Me siento mal por haber sacado el tema —dijo ella con desdén, limpiándose una lágrima que le rondaba por la mejilla—. No quiero presionarte. De alguna manera, me dices lo que quiero oír. Y, no sé, me da la sensación de que tomas decisiones con respecto a mí pensando en Júnior. Es como que te sabe mal hacer sufrir a la madre de tu hijo. Nunca podremos separar del todo el tema Júnior de nosotros como pareja.

La relación estaba estancada. Eran como dos niños perdidos en mitad del bosque que no sabían cómo continuar para salir ni tampoco podían regresar al punto de partida.

Con esos pensamientos rondándole por la cabeza, Minerva llegó a su piso. Se sentó en la terraza y admiró el despertar de una ciudad. Vio las luces de las casas encenderse, los coches pasando por la calle y a los vecinos que sacaban los perros a pasear.

La vida empezaba con fuerza cada mañana. Con la vista perdida en el horizonte, pensó que debía quitarse de encima muchos prejuicios y empezar a vivir de verdad.

Y en aquel instante, tomó la decisión de luchar por su amor como se merecía. Comprendió que él le había abierto la puerta para pasar a otro nivel en su relación y ella tenía que corresponderle. Todo lo demás no era importante, eran solo excusas. Feliz por haber encontrado la paz en su guerra interior, se fue a la cama para descansar.

28

Los expedientes estaban amontonados sobre la mesa. Días atrás se habían presentado en la clínica unos inspectores de Sanidad para hacer una inspección y Juan era el encargado de preparar los informes de los últimos años. Era una tarea difícil y minuciosa. La ficha de la donante, la analítica, las etiquetas de los óvulos y el número de la inseminación. Abrió el siguiente y vuelta a empezar. Era una tarea muy meticulosa y aburrida, pero los dueños de la clínica se lo habían encargado a Juan porque era uno de los empleados con más experiencia y capacidad. Paró un momento y miró el reloj: eran las siete de la tarde. Decidió que abriría unos cuantos más y luego se iría a casa. Abrió el número 319 y el corazón le dio un brinco al ver el nombre de la donante: Minerva Martín. Miró con cariño su ficha y su analítica, y vio que se habían utilizado sus óvulos en dos ocasiones. Examinó las etiquetas de las inseminaciones y vio que una era negativa, lo que indicaba que no había resultado un embrión válido. En la segunda etiqueta vio un número de serie, lo que significaba que en esa ocasión sí se había hecho efectiva la inseminación. Le entró la curiosidad por saber para quién se había utilizado y buscó el número de serie en los archivos. Era información clasificada, pero Juan tenía todos los permisos activados y, después de varias combinaciones de claves, pudo acceder al expediente de la inseminación. Para su sorpresa este no se abrió, sino que exigía otra clave. Al intentar averiguar por qué, le salió una ventana en rojo donde ponía «Acceso restringido: cliente VIP». Juan intentó varias combinaciones, pero ninguna le dio resultado, por lo que, con pesar, tuvo que abandonar. Miró de nuevo el reloj y, al ver que eran las diez menos cuarto, guardó los expedientes, cerró el despacho y se marchó.

El asunto del expediente secreto le tuvo en vela toda la noche. Sabía que tenía que averiguar qué se escondía bajo tantas claves y accesos restringidos. Para él era un tema más que personal: todo lo que tenía relación con Minerva tenía relación con él.

A primera hora de la mañana siguiente se tomó rápidamente un café amargo y dio de comer a su gato Lufer. Le acarició un par de veces su sedoso pelo negro y le dijo al salir:

—Me voy, Lufer. Nos estamos acercando a la verdad. Confía en mí, tengo una corazonada.

Salió apresurado y, por primera vez en mucho tiempo, se sintió animado. Nada más entrar en la clínica, avisó al departamento de Informática de que necesitaba ayuda. Sacó los expedientes que le quedaban por verificar y esperó paciente la llegada del informático. Cinco minutos más tarde, un chico alto y delgado con el pelo rizado y la mirada avispada entró en su despacho:

—Señor Sánchez, ¿en qué puedo ayudarle?

Juan contó mentalmente hasta diez para calmar sus nervios y luego, con aspecto despreocupado, dijo:

—Los jefes me han encargado la revisión de algunos expedientes. He de comprobar todos los datos, sin excepción. En el número 319 no puedo acceder a un archivo, me sale acceso restringido. Me lo tienes que desbloquear para poder seguir con la revisión.

—Hay accesos que ni siquiera nosotros podemos desbloquear. Déjeme ver de qué se trata. El informático se acercó al ordenador, tecleó con rapidez y, al dar con la ventana de color rojo, le dijo:

—Lo siento, pero esto es nivel tres. No lo podemos desbloquear. Es una clave especial que tienen los tres dueños de la clínica.

—No me has entendido, me temo —dijo Juan en tono pausado, mirándole con superioridad—. Los dueños de clínica nos han encargado una tarea. ¿Quieres que les avise de que no puedo continuar porque el departamento de Informática no me da apoyo?

—Yo comprendo su situación, pero aquí cada uno hace su trabajo. Por alguna razón se han habilitado estas claves y solo las pueden desbloquear los jefes, lo siento.

Dicho esto, el informático se marchó dejando a Juan más intrigado que nunca.

Se puso en marcha con los demás expedientes, cuando de repente se acordó de que tenía un conocido que era informático. Le contactó y le dijo que tenía una emergencia en el trabajo y necesitaba su ayuda. Le citó a las diez de la noche, cuando sabía que no quedaría nadie.

Pasó todo el día nervioso y, con la excusa de los expedientes, se quedó a trabajar después de haberse marchado todo el personal. Desconectó la alarma y las cámaras de vigilancia y esperó nervioso a su contacto. A las diez, este llegó puntual.

Juan le enseñó la ventana en rojo y le pidió desbloquearla. El informático sacó de una mochila un aparato pequeño llamado «decodificador», lo conectó al ordenador y empezó a teclear con manos expertas. Cada cierto tiempo se escuchaba un pitido y en la pantalla aparecieron multitud de códigos. Pasaron dos horas y a Juan le empezaron a entrar sudores fríos.

¿En qué se había metido? Si los informáticos de la clínica no se atrevían a desbloquearlos era porque se trataba de archivos secretos. En ese momento, Juan pensó que era un delincuente porque había metido a un ladrón en su trabajo para robar información.

Juan le tocó en el hombro con la intención de decirle que parase, cuando el informático le dijo en un suspiro:

—Un momento, la tengo. Tú espera y verás.

Acto seguido se escuchó un clic y, en la pantalla, una ventana verde indicó: «Acceso permitido».

—Ya está. Los archivos protegidos con este tipo de claves son casi imposibles de abrir. Es un trabajo complicado. Mañana quiero ver mil euros en mi cuenta. —Le dejó un papel sobre la mesa con el número de cuenta y se marchó.

Juan cerró la puerta y se dispuso a acceder al archivo secreto que tantos quebraderos de cabeza le había dado.

El cliente que había utilizado los óvulos de Minerva Martín no era otro que ¡Cristian Cros! Juan cerró los ojos, realizando unos ejercicios de respiración para calmar los nervios y pensar con claridad. Había descubierto la conexión entre Cristian y Minerva, y su vínculo común.

La inseminación había dado resultado: Cristian Cros tenía un hijo. El muy engreído la había buscado y le había metido en la cabeza que tenían un hijo en común.

Le había robado a Minerva contándole mentiras sobre hechos inexistentes. Ella no era la madre de su hijo, ni tenían nada que ver. La información sobre los datos de la donante estaba protegida por la ley. Juan había encontrado la clave y había resuelto el misterio. Sabía lo que tenía que hacer para recuperar lo que era suyo.

Ordenó con rapidez el despacho, sacó copias de todo el expediente de Cristian Cros, se conectó a Internet con su *tablet* y envió correos a todos los medios de comunicación importantes pidiendo reuniones.

Luego, reservó un vuelo para Valencia, escribió un correo a la jefa de personal de la clínica pidiéndole unos días de vacaciones por asuntos propios, conectó de nuevo la alarma y el circuito de vídeo, y se fue.

Llegó a casa de madrugada. El gato lo esperaba de mal humor, rehuyéndole. Juan le dio comida y le cambió el agua, diciéndole:

—Sé que estás enfadado conmigo y tienes razón, pero pronto te recompensaré. Voy a preparar mi equipaje y voy a recuperar a Minerva. Estará hecha polvo un tiempo, pero en cuanto la tormenta se acabe nosotros la apoyaremos y la traeremos a nuestro terreno. Nunca más estaremos solos. Te quedarás unos días con Mauri, nuestro vecino; será la última vez, te lo prometo.

El gato maulló desganado, como si rechazara aquella posibilidad. Juan le acarició con esmero y le dijo:

—No estés nervioso, ahora somos los dueños de la situación. Solo necesitamos un poco de paciencia y tacto.

Se quedó a recopilar información y a preparar la «bomba» hasta las cinco de la madrugada. Revisó la dirección de ella y, por la zona en la que se encontraba, dedujo que el piso era de Cristian. Luego, buscó las fotos del encuentro del hotel Hilton, las imprimió y juntó también las pruebas de la clínica Klass.

Cuando dio el asunto por terminado, preparó su maleta pensando en la mejor manera de soltar la bomba.

29

El partido estaba a punto de terminar. Cristian se movía en el campo de un lado a otro sin conseguir hacer ninguna genialidad para poder adelantarse en el marcador. Por fin, una buena oportunidad. Un saque de esquina en el último momento; tendría que aprovechar la ocasión. Miró a Karl y le hizo una señal. Luego chutó la pelota con fuerza, dirigiéndola hacia su compañero. Este se alzó para poder golpearla con la cabeza, pero un defensa del equipo contrario se metió por el medio y la jugada quedó en nada. Frustrado, Cristian levantó la mirada hacia el cielo y golpeó con rabia un punto inexistente del terreno. El árbitro pitó, dando el partido por terminado. Miró hacia el palco de los familiares y mandó un beso a Júnior, que estaba presente junto con su hermana Inés y Álvaro. Minerva no había venido. Llevaban varios días sin verse. Él había tenido entrenamientos todos los días y ella tenía los turnos de tarde y noche, por lo que prácticamente no coincidían. Algo tenían que hacer al respecto. Cuando la tenía cerca, Cristian se sentía bien, en paz y relajado. Con su sentido de realidad y su entereza, le daba fuerza y le mantenía en una línea recta. En cuanto no la veía, sus funciones vitales se aceleraban y su estado general empeoraba. No sabía a qué se debían aquellos sentimientos con respecto a ella: si al hecho de estar enamorado o al de necesitarla, pero no le importaba.

Sabía que estaba dolida por su aparición en la prensa con Elena. Cuanto más pensaba en el asunto, más comprendía que tendrían que hacer las cosas de forma diferente. En la vida, las cosas importantes se tenían que hacer bien, dando el cien por cien. Por su parte, él estaba dispuesto a avanzar. Presentaría a Minerva a la prensa como su novia, hablarían unos días, pero después de un tiempo la novedad pasaría y se calmaría la situación. Con estos pensamientos positivos rondándole por la cabeza, se metió en la ducha. Al salir, pasó por la rueda de prensa rebosando optimismo. El partido había ido mal, pero dejó claro a los periodistas que la siguiente semana podrían vencer y recuperar los puntos perdidos. Con un estado de ánimo inmejorable, Cristian fue al palco de los familiares para recoger a Júnior y se despidió de su hermana y de Álvaro. De camino hacia su casa decidió sacar el tema de Minerva con su hijo:

—¿Te ha gustado el partido, campeón?

—Ha sido un poco aburrido, papá, pero me lo he pasado muy bien en el palco, hemos estado jugando con Jorge y los gemelos.

—Oye, ¿y con Minerva cómo te llevas? —preguntó Cristian con cautela.

—Me gusta mucho, papá —dijo el niño, visiblemente emocionado—. ¡Y me ayuda con los deberes! Es tan lista... Se lo sabe todo. Creo que nadie tiene una mamá biológica tan diferente como ella.

—¿Diferente? —quiso saber su padre.

—Sí, ¡es joven, es lista y es guapa! Las mamás de los niños de mi clase no son tantas cosas. Y nunca me regaña ni se enfada. Me lo paso muy bien con ella. Un sábado que tú no estés quiero quedarme en su casa, en Valencia. Si me dejas ir haremos una fiesta de pijamas y también me llevará al hospital para que conozca a Isis.

—¿Quién es Isis? —preguntó Cristian, complacido por todo lo que escuchaba.

—La primera paciente de Minerva, una niña que está malita y a quien ella quiere mucho.

—¿Y qué te parecería si Minerva, además de tu madre biológica, fuera tu madre de verdad? —soltó Cristian, aguantando la respiración. Ahora que sus pensamientos habían cobrado voz, estaba asustado. ¿Sería una buena idea avanzar tan rápido?

—Mi madre de verdad.... —dijo el niño pensativo—. ¿Una madre que viva con nosotros, como todas las madres, y que duerma por la noche contigo y que a mí me lleve al colegio y a los cumples?

—Sí, algo así —asintió Cristian, sonriendo.

—¡Estaría muy feliz, papá! —exclamó el niño, ilusionado—. Pasas mucho tiempo fuera y yo a veces me siento solo. Con Minerva cerca ni me daría cuenta de que no estás.

—Vaya, hijo, muchas gracias. Yo también te necesito mucho... —bromeó.

—Tú eres mi héroe, papi —le dijo el niño, mirándole con cariño—, pero a veces me gustaría tener una familia de verdad, con un padre y una madre.

—Yo también quiero, Júnior. Voy a hablar con Minerva, pero tiene que ser una sorpresa, no le puedes contar nada. ¿Entendido?

—Cremallera —dijo el niño, haciendo una señal en la boca que indicaba que estaría totalmente sellada—. ¿Cuándo se lo dirás? ¿Mañana?

—Pues creo que sí, aunque primero quería preguntarte qué te parecía la idea y necesito tiempo para comprarle un anillo y pensar en algún plan especial para que diga que sí.

—¡Claro que te va a decir que sí, papá! —dijo el niño, convencido—. Yo creo que nos quiere mucho a los dos.

—Yo también lo creo, campeón —añadió Cristian para darse ánimos. Sin saber por qué, comenzó a tener dudas. Tal vez era demasiado pronto y ella rechazaría su propuesta. Además, cuando le había propuesto acompañarle a los eventos, ella no había parecido demasiado encantada con esa posibilidad. ¿Aceptaría Minerva casarse con él?

Una vez en casa, Cristian dejó a su hijo con Daryna y se fue a su despacho para pensar en su plan y avisar a Marcos de sus intenciones.

Al tercer tono, este le contestó:

—Cristian, ¿cómo te va?

—Marcos, tengo una buena noticia. Eres el primero en enterarte. ¡Adivina!

—Veo que estás contento, así que debe de ser algo bueno. No sé, déjame pensar...

—¡Me voy a casar! —anunció Cristian, triunfante.

—¿Que vas a hacer qué? —preguntó Marcos, incrédulo—. ¿Me estás tomando el pelo?

—No, estoy hablando completamente en serio. ¿No notas mi entusiasmo?

—Así que estás entusiasmado con casarte —dijo Marcos con cautela—. ¿Con quién, si puede saberse?

—Con la madre de Júnior, claro —contestó Cristian, seguro de sí mismo— ¿Con quién si no?

—Con la madre de Júnior, claro... —repitió, y luego añadió resignado—: ¡Dios, Cristian, esa mujer ha podido contigo! Hace dos meses no sabías que existía y hoy te quieres casar con ella. Me he quedado sin palabras. Sabía que no debías conocerla. Solo ha necesitado dos meses para dejarte K.O. —Acto seguido, apuntó en tono irónico—: ¿Qué será de ti dentro de un año?

—Es verdad —admitió el futbolista—. Hace poco no sabía que existía, pero ahora que lo sé, la quiero en mi vida. Este fin de semana la presentaré a la prensa. Necesito que pienses en una estrategia para que salga todo bien. Ella no está acostumbrada a este mundo, no quiero que se asuste. Y dentro de un año seré un hombre casado y completamente feliz.

Cuando a Marcos no le quedaron más argumentos para hacerle desistir, se rindió y concretaron los pasos que había que dar para hacer realidad los recientes planes del futbolista. Cristian se fue a dormir ilusionado y contento. Se paró un momento delante de su cama fría y vacía, pensando que en el futuro ella estaría allí, esperándole. Tomó el móvil y le escribió un mensaje:

> Estoy pensando en nosotros. Intenté llamarte, pero salta en buzón de voz, me imagino que estás de guardia en el hospital. Mañana pasaré a verte, tengo algo importante que contarte. No te canses mucho. Te quiero.

Nunca le había dicho que la quería, pero en aquel día tan especial Cristian sintió el deseo de exteriorizarlo. A partir del día siguiente, todo sería diferente. Esperó con ansiedad la respuesta de ella a su mensaje, pues la doble raya azul del WhatsApp le indicó que lo había leído. Pero no llegó. A pesar de ello, no se dejó vencer por la ansiedad y se durmió pensando en la futura señora Cros y en la maravillosa vida que tendrían.

30

De madrugada, por los alrededores de la casa del futbolista, empezaron a llegar periodistas, cámaras, coches y reporteros. Preparados para la acción, con los micrófonos y las cámaras encendidas, comentaban la noticia que saldría en todos los medios al día siguiente. Dos horas más tarde, la calle estaba bloqueada y los reporteros se empujaban unos a otros para no perder la posición delante de la casa.

Cristian se despertó por el ruido. Al principio pensó que estaba soñando, pero poco a poco se dio cuenta de que había ruido en la calle y se asomó a la ventana. Desde su dormitorio del piso de arriba tenía buena visibilidad. Se quedó más que sorprendido al ver la cantidad de periodistas y medios que estaban custodiando su casa. Encendió su móvil y vio que tenía varios mensajes de Cristina. Algo debía de haber pasado. Abrió el primer mensaje de Cristina:

> Cristian, es muy tarde y no quiero despertarte, pero hay algo que tienes que saber. No tengo una bonita manera de dar malas noticias, así que iré directa al grano: ha salido a la luz el asunto de Minerva. Lo siento. Mañana estará en todas partes. No tengo muchos más datos, dicen que tienen fotos y pruebas. Mañana veremos lo grave que es. No te pongas nervioso, esto también pasará, como siempre. Cuídate mucho.

Cristian se quedó un buen rato mirando fijamente la pantalla de su móvil. Leía una y otra vez el mensaje, pero no era capaz de comprenderlo. Flechas afiladas le traspasaban el cerebro, pero no quería hacerles caso. Sabía que en cuanto se permitiera perder el control, su vida se desmoronaría. Dejó el móvil y se quedó de pie al lado de la ventana viendo el bullicio que había al lado de su casa. No se podía mover ni pensar. Sencillamente, se quedó allí de pie en silencio, protegido por la oscuridad.

Al llegar el amanecer, Cristian sabía que no iba a ser un buen día. ¿Cómo no se había dado cuenta? Minerva había estado jugando con él como un gato con un ratón. Había sido débil y ciego. Y no podía decir que Marcos no le hubiese avisado de que de aquello no podía salir nada bueno. Se había montado él solito una película barata. Minerva había visto una oportunidad de sacar provecho de la situación y había sabido esperar y actuar. No le quedaba más remedio que aguantar y recomponerse, no solo por él, sino sobre todo por Júnior. ¿Y si no había sido ella? No podía ser que todo hubiese sido una mentira. Quizá lo mejor sería esperar a ver las noticias antes de tomar cualquier decisión.

El pitido del teléfono interrumpió sus pensamientos.

Con manos temblorosas, Cristian desbloqueó la pantalla. Cristina le había mandado más de veinte enlaces con todo lo que había salido en la prensa digital. Pinchó el primer enlace. El titular no podía ser más agresivo: «Cros encuentra a la madre de su hijo». Salía una foto de Minerva vestida de negro y, debajo, fotos de ellos dos delante del hotel Hilton en la noche en la que se conocieron. El artículo contaba la vida de ella y el hecho de que había sido donante con solo dieciocho años en la clínica Klass. El nombre de Minerva figuraba en letras mayúsculas al lado del de Júnior. Seguían algunas fotos de Cristian y su hijo. Al terminar el artículo, se contaba que habían comenzado una relación y apuntaban el hecho de que ella vivía en su piso. También había una foto de ella saliendo del hotel Hilton después de pasar la noche con él.

El resto de noticias decían más o menos lo mismo, y a Cristian le entraron ganas de gritar y de romper algo. No le quedaba ninguna duda de que había sido ella. Los periodistas se podrían haber enterado de que ella era la donante, pero nadie sabía de su encuentro en el Hilton el primer día que se conocieron. La adrenalina le subió por las venas y la rabia se apoderó de él.

Tenía que relajarse. Bajó las escaleras, necesitaba beber un poco de agua y pensar con claridad. De camino a la cocina, tropezó con el sofá de cuero beige al que hacía tiempo que le tenía manía. Desquiciado, agarró un cuchillo de la cocina y lo dejó hecho girones. Sentía que iba a volverse loco cuando entró su madre:

—Cristian, cariño, ¿qué es lo que pasa? —Se acercó a él y le quitó con cuidado el cuchillo de la mano. Luego le sujetó del codo y se sentaron en otro sofá, cerca de la ventana—. ¿Qué ha ocurrido? ¿Por qué hay toda esa gente ahí fuera? —preguntó su madre con cautela.

Cristian se acordó de repente de lo que estaba pasando y la rabia se volvió a apoderar de él. Se levantó de la silla y empezó a dar vueltas por la habitación. Se sentía como un toro encerrado. Tendría que hacer algo para aliviar la presión que tenía en el pecho.

De repente se escuchó el timbre de la entrada. Cristian consultó el reloj del salón: las siete y cuarto de la mañana.

—Es su representante, el señor Marcos —le indicó el encargado de la seguridad de la casa. ¿Le abro la verja?

Unos minutos más tarde, Marcos entró sonrojado por el esfuerzo de venir corriendo.

—¿Se puede saber qué ha pasado? Anoche te ibas a casar con ella y ahora esto. ¿Qué me he perdido?

—¿Cómo que te ibas a casar? —intervino su madre—. ¿Con quién?

—Tenía un amante —dijo Cristian, ignorándola—. Los vi juntos, pero me convenció de que solo eran amigos y yo la creí como un tonto. Me ha engañado, Marcos, se ha reído de mí...

—¿Quién tenía un amante? —La madre de Cristian no entendía nada.

Cristian se sentó de nuevo en el sofá. Notaba el dolor del pecho cada vez más intenso, parecía una garra de hierro que lo encorsetaba. Marcos se acercó y le dijo preocupado:

—No sé lo que ha pasado entre vosotros, está claro que algo feo. Estáis los dos en todos los periódicos y lo peor es que también está Júnior. Tenemos que tomar medidas y rápido. Ya son casi las ocho. Fuera será un infierno dentro de poco. ¿Avisamos a un médico para que te de un calmante?

Cristian señaló un «no» rotundo con la cabeza y se dirigió hacia su madre:

—Yo me quería casar con Minerva y formar una familia con ella, mamá. Por primera vez en mi vida he sentido la necesidad de tener a una persona a mi lado. Y Júnior estaba tan contento... ¿Qué le voy a decir ahora? ¡La odio!

—Pero, a ver. Si os queríais casar, entonces no ha sido ella. La prensa se habrá enterado por otro lado —dijo su madre, esperanzada.

—No se lo había dicho aún; hoy iba a ser el gran día.

—Y si estabais bien, ¿por qué crees que ha decidido contarlo todo? —siguió insistiendo su madre—. No entiendo nada. No tiene lógica.

—Porque ella tiene un amante. Solo ha entrado en mi vida con la intención de obtener pruebas y sacar la exclusiva. El otro día nos enfadamos, por unas fotos que me sacaron con Elena en un acto, y le insinué que podría acompañarme a los eventos. Si yo la hubiera presentado, no hubiera servido de nada la noticia, mamá, ya no sería una exclusiva. Me imagino que aquel día decidieron que tenían que actuar. Soy un estúpido, un grandísimo estúpido. ¡Los vi juntos y no me enteré de nada!

—¿A quién viste, papá? —preguntó Júnior con cara de sueño, entrando en el salón. Se acercó adonde estaba su padre. Llevaba un pijama con una familia de cerditos muy graciosos. En la parte de atrás, llevaba impreso con letras grandes *I love my mum*.

Cristian lo sentó sobre sus rodillas y lo abrazó con fuerza sin decir nada. Se había equivocado. Había permitido que su hijo se encariñara con ella. Cerró los ojos con fuerza. La rabia le consumía lentamente. Dejó al niño en el suelo y dijo:

—Júnior, ¿sabes qué? Nos tomaremos unas vacaciones. Tú, yo, la abuela, la tía Inés, el tío Álvaro y Jorge. ¿Qué te parece? Iremos unos días a Mallorca para descansar.

—¿Es allí donde te vas a casar con Minerva? —preguntó el niño con cara de felicidad.

Cristian cerró los ojos un momento para encontrar las palabras acertadas y dijo con voz prudente:

—No, Júnior. Dejaremos a Minerva sola un tiempo; estas vacaciones son para la familia.

—Pero ella también es nuestra familia —le gritó el niño—. Me has dicho que seremos una familia de verdad. ¡Yo quiero que venga!

María abrazó a su nieto y se lo llevó a su habitación para tranquilizarle.

—Mamá —le dijo Cristian antes de que entraran en el dormitorio de su hijo—, prepáralo todo, nos vamos unos días. Que venga también Daryna. —Luego se giró hacia un enmudecido Marcos y dijo—: Ocúpate del avión, por favor. Salimos al mediodía como muy tarde. Llama a Mallorca para avisar al personal de la casa de que vamos a estar allí. Habla con los del club, espero que entiendan que he de alejarme unos días de la ciudad. Esto va a ser un infierno.

Marcos estaba de pie, mirándole consternado. Se pasaba sin parar las manos por su canoso cabello, en señal de que estaba nervioso. Su penetrante mirada azul se postró sobre Cristian y le dijo con sensatez:

—Cristian, no puedes huir. Te esperarán, a la vuelta tendrás que enfrentarte a ellos y lo sabes.

—Marcos, estoy muy mal ahora. Me tengo que reponer. No es solo el daño lo que se ve a primera vista. Estoy destrozado por dentro. ¡Joder, yo amaba a esa mujer! Necesito unos días. Por favor, haz lo que te digo —le imploró Cristian.

Marcos asintió con la cabeza y le tocó el hombro con la mano:

—No te preocupes. Vosotros haced las maletas. Estará todo listo en unas horas. Te avisaré al móvil. Tranquilízate, seguro que habrá una explicación razonable a todo esto.

—Vale, te lo agradezco. Ahora vete, tengo prisa —le indicó el futbolista.

—¿Prisa? ¿Dónde pretendes ir en este estado? —preguntó Marcos, desconcertado—. Cristian, no hagas ninguna locura.

—Voy a *mi* casa a hablar con ella, claro está. Si no me desahogo pronto, explotaré.

—Pero, Cristian, si tiene un amante y ha participado en esto, lo más probable es que se haya ido con él.

—Iré a ver, no sé lo que encontraré, pero necesito hacerlo. Anoche le escribí un mensaje. ¿Te lo puedes creer? —Y se levantó como un resorte del sofá y empezó a pasearse con celeridad por el salón—: Le dije que la quería, y la muy cínica no me ha contestado nada. ¡Nada! Tienes razón, es muy probable que se haya ido, pero tengo que ir a comprobarlo.

—Vale, pues entonces yo te llevo. Las ventanillas de atrás de mi Rover están tintadas, te sacaré de la casa sin que nadie te vea. Luego tú vete directo al aeropuerto, yo volveré para sacar a tu familia.

—Gracias, Marcos, te debo una. En marcha.

Veinte minutos más tarde, Cristian entraba en su piso de la planta de arriba. Había periodistas por los alrededores, pero la comunidad estaba cerrada y tenía vigilancia, así que no podían acceder a ella. Bajó la escalera interior y entró en el piso de Minerva. Abrió despacio la puerta del dormitorio y se quedó muy sorprendido al verla dormir en la cama. Con una simple camiseta blanca de algodón y el pelo revuelto alrededor de la cara parecía un ángel. Cristian no desveló su presencia, se sentó en un sillón y la observó en silencio.

31

Minerva había salido del hospital a las seis de la mañana después de una guardia muy dura. El trabajo de médico era mucho más difícil de lo que ella había pensado. Tenían dos nuevos casos de niños muy pequeños que estaban luchando por sus vidas y el estado de Isis había empeorado: prácticamente no quedaban esperanzas.

En plena guardia había recibido un mensaje de Cristian: le decía que la quería. Minerva se quedó en estado de *shock*, porque no se lo esperaba. Se sintió hasta culpable de la felicidad que sentía en medio de la angustia que se vivía en la planta de Oncología pediátrica y aquello le impidió responder al momento. Decidió contestarle más tarde con un «yo también te quiero», pero no tuvo la oportunidad, porque el teléfono se había quedado sin batería.

Llegó a casa sobre las siete, se dio una ducha rápida y se quedó dormida con las palabras «te quiero» bailándole ante sus ojos. Su corazón estaba lleno de felicidad y pensaba que en cualquier momento le explotaría.

De repente, sintió una presencia en la habitación. Al principio pensó que era por el cansancio que arrastraba, pero el sentimiento de que alguien la estaba mirando crecía por momentos. Despegó las pestañas y se topó de frente con unos ojos oscuros, color carbón, que la miraban con intensidad.

Sus carnosos labios se ensancharon en una gran sonrisa y se incorporó cuando sintió que él le lanzaba unos fríos y oscuros destellos con la mirada. Le vio aplaudir sarcásticamente, y se frotó los ojos creyendo que se lo estaba imaginando. Pero, enseguida, lo escuchó decir:

—Te felicito. Has jugado el papel de tu vida. Estás malgastando tu talento trabajando en el hospital, eres una grandísima actriz.

—¿Qué estás diciendo? —consiguió balbucear ella sin entender nada—. ¿Qué haces aquí sentado en la oscuridad? ¿Qué ocurre?

—Estoy aquí porque esta es mi casa y me imaginé que te habías ido con el tío al que te estás tirando. Ya has cumplido tu misión.

Ella se despejó en un segundo, se tapó con la sabana y le preguntó:

—No entiendo nada. ¿Qué tío me estoy tirando? ¿Te puedes explicar?

—¡Ay! Santa Minerva nunca entiende nada. Eres una cínica. Te dije que te quería. —Luego, en voz baja, dijo para sí mismo—: Nunca se lo había dicho a nadie.

—¿Y estás enfadado porque no te contesté? —preguntó ella, incrédula—. He visto tu mensaje y te quería contestar, pero he tenido una guardia muy difícil y luego me quedé sin batería y...

Él la cortó en seco, diciéndole:

—Ahórrate tus explicaciones, ya no me interesan. Además, ya ha salido todo en la prensa. No finjas más, no tienes por qué. Venga, levántate y haz las maletas. Tu amante estará ansioso por verte y celebrar vuestra gran jugada.

Ella abrió la boca, pero la voz no logró traspasar su garganta. Él se levantó con celeridad y se marchó al salón. Empezó a tirar por el suelo todo lo que encontraba a su paso, estaba fuera de sí. Ella se quedó quieta, completamente congelada en la cama. Se arropó con la sábana y permaneció allí inerte y con la mente en blanco. No comprendía nada de lo que estaba pasando. Después de un buen rato, él volvió a entrar en el dormitorio y le dijo con amargura:

—Esta es mi casa y te quiero fuera de ella y de mi vida. Te doy una hora. Haz tus maletas y desaparece de mi vista. Corre a los brazos de tu amante.

A ella le temblaba el labio y se le contrajeron los músculos de la garganta. Sin poder dominar más la situación, empezó a llorar. Él se acercó, la tomó con una mano del cuello y se acercó con sus labios a los de ella, mordiéndolos con fuerza y diciéndole entre dientes:

—Si lo pienso mejor, podemos echar un último polvo. ¿Sabes que hoy iba a ser el día más feliz de mi vida? ¡ Hoy te iba a pedir matrimonio! Soy un idiota. Un grandísimo idiota.

Ella temblaba, llorando. Él pareció reaccionar, se separó de ella con brusquedad y le dijo sin mirarla:

—Tranquila, no pienso tocar a un monstruo como tú. Veo que no te apetece fingir más. Me voy arriba antes de cometer una estupidez. Tienes una hora para desaparecer, a partir de este momento no te conozco ni quiero saber nada más de ti. No eres nadie para mí, y para Júnior, evidentemente, tampoco. —Y levantando la vista la miró con intensidad y añadió—: No quiero volver a verte, jamás.

Dicho esto se marchó con paso decidido sin mirar atrás.

Minerva salió como un resorte de la cama y se encerró en el baño. Se miró en el espejo, tenía la cara desencajada, los ojos enrojecidos, los labios hinchados y el de abajo ensangrentado. Se dejó caer en el suelo sin poder moverse, ni reaccionar. Las lágrimas se secaron sobre sus mejillas y se sentía completamente vacía. Después de un rato se metió en la ducha y se lavó con agua fría. El cuerpo empezó a reaccionar y la mente a funcionar. Él la había acusado de que tenía un amante, mencionándole la prensa y que el juego había terminado. Algo muy grave debía de haber pasado para que él estuviera en un estado tan descontrolado.

Se dijo a sí misma que más tarde se enteraría y decidió que lo más importante era salir de su casa. Tenía miedo. El Cristian que estaba en el piso de arriba parecía un salvaje, un completo desconocido.

Se peinó el pelo, como no tenía tiempo para secarlo, se lo trenzó con rapidez, se vistió con unos vaqueros y un suéter suave de cachemira gris. Recogió con nerviosismo toda su ropa del armario, la dejó desordenada en la maleta, amontonó sus objetos personales y en media hora no quedaba ningún rastro de su estancia en el piso. Antes de salir buscó un boli y escribió con nerviosismo:

He salido de tu vida, como me has exigido. No he hecho nada malo, ni sé de qué me estás acusando. Te darás cuenta de tu error, pero no regresaré jamás contigo, nadie me ha tratado como tú lo has hecho hoy ni volverá a hacerlo. He sentido tu odio, me lo llevaré conmigo adonde vaya. Yo, por mi parte, lo que he sentido hacia ti desde el primer minuto que te conocí ha sido amor. Te iba a contestar hoy a tu mensaje de ayer diciéndote que yo también te quería, pero ya no. He conocido una parte de ti que preferiría no haber conocido nunca. Das miedo. Los dos sabíamos que teníamos pocas posibilidades de conservar lo nuestro, pero nunca pensé que me echarías de tu vida de la manera en que lo has hecho hoy. A Júnior le tengo cariño, cuando dejes de odiarme dile que siempre estará en mi corazón. Me voy de tu vida con el corazón roto, pero te agradezco todos los momentos felices que he vivido a tu lado. Os deseo lo mejor.

Minerva.

Dejó la nota y las llaves sobre la mesa de la sala de estar y salió en silencio, arrastrando como pudo sus dos pesadas maletas. Al llegar a la planta baja le pidió al portero que llamara un taxi.

No sabía adónde ir, pero se acordó del hotel donde se había alojado la primera vez que llegó a Valencia, así que le indicó al taxista que la llevara allí. El hombre la miraba sin disimulo y, al salir a la avenida, Minerva comprendió por qué. Decenas de periodistas, paparazis y otros medios asaltaron el coche haciéndole preguntas sobre Cristian, su relación, Júnior, la inseminación y qué sentía al ser la madre de un niño «de oro». Se tapó la cara con las manos y le pidió al taxista que continuara su camino. Hubo momentos de verdadera tensión: el taxi atrapado, la gente empujándose unos a otros sobre el coche y Minerva asustada sentada en un rincón. Cuando el taxi por fin pudo escabullirse, dejaron atrás todo el bullicio y siguieron el camino hacia el hotel. Allí, el taxista la ayudó con las dos pesadas maletas y le sonrió con comprensión. Minerva le dio las gracias y entró en la recepción para pedir una habitación. Detrás del mostrador vio a la misma recepcionista que la atendió en la noche que salió con Cristian. La reconoció enseguida y le quiso ofrecer la misma habitación, pero Minerva la rechazó, pensando que cuanto menos se acordase de él, mejor.

Por fin instalada, sacó su portátil y comprendió lo que había pasado. Salía en todas las portadas.

32

Minerva se quedó toda la mañana encerrada en la habitación del hotel, mirando los artículos publicados y llorando. Su propio rostro estaba impreso en la primera página de todos los periódicos. Su vida entera estaba expuesta, como si fuese un libro abierto. ¿Cómo era posible que supieran tanto sobre ella? ¿Cómo podía ser la prensa tan cruel y despiadada? Cristian le había advertido que inventaban constantemente cosas sobre él, podían haberla investigado, ¿pero de dónde salieron las fotos de su primer encuentro en el Hilton? Nadie sabía de aquel encuentro. Se tapó la cara con las manos y exhaló un suspiro. ¿Qué iba a hacer con la prensa a partir de ahora? Cuando recordaba cómo la habían perseguido al salir de casa de Cristian, le entraban escalofríos, pero ya nada de ello importaba; no después de lo que había pasado con él. Cuando revivía el último encuentro con Cristian, se le aceleraba el pulso y notaba unos golpes en el pecho. Él era un tipo acostumbrado a la prensa y a los escándalos mediáticos. ¿Por qué había reaccionado tan mal? Había mencionado un amante. Era un dato del que disponía, por lo visto, solo él, puesto que en la prensa no venía nada al respecto...

Se tumbó sobre la cama y dejó la mente vagar sin rumbo. Sentía dolor. Sentía miedo. Sentía pánico. Una garra se apoderó de su pecho y tuvo la certeza definitiva de que el corazón no era solo un músculo. Pensó en Cristian y, por mucho que lo intentó, no logró entender su actitud. Parecía estar cubierto por una cortina de humo denso que no dejaba traspasar nada. Él la odiaba y ella, aunque no podía hacerlo, no quería volver a acercarse a él. Todo había terminado. El cuento del padre, la madre y el niño biológico se esfumó como una quimera.

Miró el reloj: eran las dos de la tarde. Tenía el día libre, pero decidió ir al hospital para ver cómo seguía Isis y hablar con el médico jefe sobre su estado. Quiso salir y tomar un autobús, pero la prensa se había enterado de que estaba allí y delante del hotel la acosaron decenas de periodistas. Al salir, los focos la cegaron y una marea humana avanzó hacia ella, asaltándola con agresivas preguntas. Retrocedió sin contestar a ninguna pregunta y pidió un taxi. Una hora más tarde, después de pasar por un infierno, llegó al hospital. Las compañeras de la planta de Oncología cuchicheaban y la miraban de manera extraña. Al parecer todo el mundo sabía su historia. Saludó con timidez y pasó directamente a la habitación de Isis. La niña estaba despierta. Nada más verla, le deleitó con una débil sonrisa. Estaba muy pálida y tenía los labios secos y sin brillo. Minerva se sentó al borde de su cama, le sujetó su pequeña mano y la besó.

—Tienes mejor cara —mintió ella—. ¿Cómo estás hoy, mi amor?

—Minerva, se te da fatal mentir —le dijo la niña con dificultad—. Estoy muy cansada, no aguanto más las medicinas. Pronto me iré y las dos lo sabemos.

Minerva no pudo articular palabra alguna; lágrimas descontroladas se paseaban por su demacrada cara. Tomó la pequeña mano de la niña y la apretó con fuerza.

—Tranquila, ya no siento dolor —continuó la niña—. No te sientas culpable, eres la mejor médica que he conocido.

Luego, cerró los ojos y se quedó callada. Minerva permaneció quieta, escuchando en silencio los latidos de su corazón. Deseó por un momento estar en el lugar de la niña, tener su enfermedad para poder irse a descansar. No le quedaban fuerzas ni ilusión para enfrentarse a una vida tan injusta. Isis tenía aún tanto por ver y conocer... La vida era muy cruel.

En medio de aquellos pensamientos entró la madre de Isis con el médico jefe. Minerva la conocía bien, era una mujer de unos cincuenta años que había buscado durante mucho tiempo quedarse embarazada y estaba desconsolada con el hecho de perder a su pequeña. El médico volvió a leer los exámenes médicos de la niña, miró las constantes vitales y dijo en tono impersonal:

—Lo siento, habrá que prepararse. No pasará de esta noche.

La madre entró en un estado de *shock* y empezó a reírse de una manera histérica. Los médicos le inyectaron un calmante y la llevaron a otra sala. El padre de Isis pasó y se despidió de su hija. Minerva no podía moverse de su lado: cuando la niña se quedaba sola se sentaba con ella y le apretaba la mano para darle fuerzas. Isis volvió a abrir los ojos, su cara tenía una expresión serena. Habló con dificultad:

—Estoy muy cansada, déjame ir. Tú quédate y salva a otros niños. Tienes mi dibujo; él te ayudará.

Dicho esto esbozó una leve sonrisa, respiró con dificultad, inspiró una vez más y se quedó quieta y serena. El monitor empezó a sonar de una forma alta y continua. Entró enseguida una enfermera, comprobó el pulso de la niña y desconectó el monitor.

Con solo siete años, Isis había dejado de existir para irse al mundo de los cielos y los ángeles. No era justo, pensó Minerva con rabia.

Minutos después, perdió el control sobre sí misma y empezó a temblar y a llorar desconsoladamente, repitiendo una y otra vez:

—No pude salvar a la paloma y tampoco pude salvar a Isis. No puedo salvar a nadie, solo hago daño a los que quiero.

La tuvieron que sedar para tranquilizarla. Todas las emociones vividas en las últimas horas se toparon con el fallecimiento de Isis y perdió los nervios. A última hora de la tarde se encontraba mejor y pensó regresar al hotel para dormir unas horas. Antes de irse, sin embargo, el médico jefe la citó en su despacho.

—No puedes hacer esto, Minerva, no puedes implicarte con tus pacientes. Sé que eres joven, pero recuerda dónde estamos. Nosotros somos profesionales, hacemos todo lo que podemos, pero la muerte es parte del día a día en nuestra especialidad. Necesitamos mantener la cabeza fría para poder dar lo mejor de nosotros mismos.

—Lo sé —balbuceó—. No lo pude evitar; ella era especial.

—Todos son especiales, Minerva, todos lo son. Mira, eres una de las mejores de tu promoción, pero creo que te hace falta madurar; creo que no estás preparada para soportar la presión que tenemos aquí.

—¿Qué quiere decir con esto? —preguntó ella, asustada.

—Tranquila, no te voy a echar si tú no quieres. Somos humanos y todos hemos pasado por lo que tú ahora. Sé también acerca de tu otro problema: los alrededores del hospital están infestados por la prensa.

Ella bajó la mirada, avergonzada, sin decir nada. El médico continuó:

—Tengo una propuesta para ti. —Acto seguido se agachó, sacó unos papeles y dijo—: Llévatelos a casa y estúdialos. Mañana no vengas. El lunes lo volveremos a hablar.

—¿Qué es? —preguntó ella, aceptando los papeles.

—Un posible traslado para un intercambio en Inglaterra. Nos piden un médico residente. Normalmente mandamos los del último año, no principiantes como tú, pero con tu expediente académico no habrá problema, te aceptarán. Aquí está toda la información, míralo y lo hablamos el lunes. Ahora vete a casa, necesitas descansar.

Salió del hospital por la parte de atrás. Aun así, la persiguieron unos paparazis disparándole fotos sin piedad y haciéndole preguntas incómodas:

—Minerva, ¿qué se siente al enterarte de que tienes un hijo con un soltero de oro?

—¿Es verdad que estáis juntos?

—¿Por qué has decidido sacar toda la historia a la luz?

—¿Habrá alguna entrevista en televisión? Se rumorea que has cobrado por la exclusiva un millón de euros. ¿Es cierto?

Sin contestar a ninguna pregunta, paró un taxi y se fue al hotel. Con la muerte de Isis todavía muy presente en su retina, la separación de Cristian y el traslado a Londres, Minerva pensó que acababa de pasar el peor día de su vida.

33

Minerva siempre había tomado sola las decisiones importantes de su vida, pero ahora estaba completamente perdida y desolada, y necesitaba un punto de apoyo para orientarse. Después de pensarlo con detenimiento, decidió que necesitaba a su familia. No habían tenido una relación muy estrecha en los últimos años, pero admitió que no podía pasar por aquellos momentos sola. Necesitaba un abrazo y que alguien le dijera que era buena persona. Necesitaba que alguien le dijera que todo se iba a solucionar, que después de la tormenta siempre sale el sol.

Su hermano, después de haber visto las noticias, le había mandado varios mensajes preguntándole cómo estaba y ella no había tenido fuerzas para contestar, pero lo necesitaba, así que lo llamó y, unas horas más tarde, con la ayuda de la recepcionista del hotel, salió por la puerta trasera y se encontró con David y su novio. Su hermano la abrazó con fuerza y le presentó a Héctor. Minerva quedó sorprendida al verle: era un hombre muy atractivo. Le dio un abrazo sin preguntarle nada. A primera vista hacían una pareja extraña: un hombre en la treintena y apuesto al lado de un veinteañero delgado y tímido, pero si les mirabas con más atención encontrabas la conexión. Tenían la misma mirada soñadora y emanaban paz. Parecían estar en la misma onda, dos coordenadas con un punto común. Entre su hermano y su novio había química.

El camino hacia Alicante lo hicieron en silencio.

Héctor puso un CD de Yiruma, el cantante favorito de Minerva. Ella se dejó envolver por los suaves acordes y consiguió relajarse. Poco a poco empezó a ordenar sus ideas y decidió hablar:

—Gracias por venir a recogerme. Héctor, encantada de conocerte. Te pido disculpas por mi silencio, pero paso por momentos realmente difíciles. Mi hermano me ha hablado mucho de ti.

—Igualmente, Minerva —contestó Héctor—. No te preocupes, lo entiendo.

Su hermano se giró hacia ella, le tomó la mano y se la besó con dulzura.

Se instaló de nuevo el silencio. El coche avanzaba hacia la costa y por la ventana se podía admirar el mar. Tan azul y tan inmenso. Bajó la ventanilla para sentir el olor salado. Consiguió relajarse de nuevo y retomó la conversación:

—¿Me podéis dejar en Denia? Para aclararme necesito ir a casa.

—Claro —contestó David—. Lo único es que nosotros no entraremos. Mamá aún no está preparada para conocer a Héctor.

Minerva asintió con la cabeza.

—Entiendo, poco a poco se hará a la idea. Dadle tiempo. —Y después de una pausa continuó—: No sé quién ha podido ser, David; no sé quién ha podido filtrar la información, pero el que lo ha hecho lo sabe todo de mí. Estoy asustada. Hasta han salido fotos sobre nuestro primer encuentro en el hotel Hilton. Es horrible. Además, Cristian cree que he sido yo y no quiere ni verme. —Decidió no darle más detalles a su hermano; no quería que la juzgara por no odiar a Cristian.

—Pero no tiene lógica —dijo David—. Has rechazado el dinero que él te quería pagar al principio; lleváis ya un tiempo juntos; sabe cómo eres... Es extraño que piense que te interesa el dinero.

—Es una persona difícil, David. Cuando las cosas le van mal es complicado tratar con él. —Estaba siendo muy generosa, pensó Minerva—. Además no me ha dejado abrir la boca. Se ha desahogado y me ha echado de su casa. No es solo la exclusiva, es todavía más grave: me acusa de tener un amante y cree que estuve con él para reunir material.

—¡Pero qué absurdo! —intervino Héctor—.Tienes que hablar con él. Déjale un par de días e inténtalo. Si no, va a parecer que eres culpable.

Minerva negó con la cabeza, suspiró y dijo en voz baja:

—No quiero hablar con él. Me odia y me dijo algunas cosas que han herido mis sentimientos. Estoy muy dolida. Además, si ha sido capaz de pensar de mí que soy una adúltera y una interesada, es que nunca me ha conocido de verdad ni ha tenido ningún sentimiento por mí. No puedes pensar así de alguien a quien quieres.

—No sé..., tal vez fuera al revés —dijo David con cautela—. Cuando se quiere mucho, la mente te puede jugar malas pasadas. Cuando hay pasión, hay amor y odio. Sigo pensando que debes hablar con él, Minerva. No ahora, pero dentro de unos días, sí.

—Tal vez el destino hable por nosotros... Por todo el circo que se ha montado en el hospital, mi jefe me quiere mandar a Londres de intercambio.

—¿Estás considerando aceptar? —preguntó alarmado su hermano—. Piénsalo bien. Ahora todo parece de color negro, pero en unos días la prensa se olvidará de ti, hablarás con él y todo volverá a su sitio. No tomes decisiones importantes en momentos de crisis.

—No sé qué hacer, la verdad —respondió ella, distraída—. Por eso necesito ir a casa, para ordenar mis pensamientos y tomar decisiones. El lunes tengo que contestar. Si digo que sí, en una semana me iré. Tal vez sea lo mejor. Empezar de nuevo, en otro lugar. Olvidarme de él. Se dice que el tiempo y la distancia lo curan todo.

—Pero, Minerva, también tienes que ser práctica —dijo David—. ¿Dónde vas a vivir en Londres? La vivienda es muy cara. ¡Sola en un país desconocido!

—Como me manda el hospital, lo tengo todo solucionado. Me adjudicarán una vivienda gratuita por un año. Además, pasaré a tener nómina como médica residente, el sistema es diferente allí y parece que voy a tener un buen sueldo. No conozco Londres, pero hablo inglés, así que en teoría las cosas van a ser fáciles.

—No lo hagas, no huyas. Tú no eres una cobarde —le indicó David mientras le daba un fuerte apretón de manos para insuflarle ánimos.

—No soy cobarde, pero tengo orgullo. Aun cuando hable con él y las cosas se aclaren, no pienso perdonarle jamás. Me ha hecho mucho daño y ya no confío en él. Cada vez que tengamos problemas pasará lo mismo, sacará sus conclusiones y actuará como le venga en gana.

—En eso sí que tienes razón —dijo Héctor—. Decidas lo que decidas, estaremos de tu lado. Si necesitas cualquier cosa, solo nos tienes que avisar.

Dicho esto paró el coche a unos metros de la casa de Minerva.

Ella se despidió de ellos agradecida, pensando que era injusto que no pudiesen entrar en la casa. La vida estaba plagada de injusticias.

Regresaba a sus orígenes para poder decidir su futuro.

34

Después de pasar el fin de semana en su casa, Minerva regresó a Valencia. Había conseguido serenarse y ordenar sus ideas. Tenía claras dos cosas: no iba a regresar jamás con Cristian y estaba dispuesta a trasladarse a Londres.

Había llorado mucho y en los peores momentos estuvo a punto de llamarle, pero recordaba su último encuentro y desistía. Comprobaba el teléfono a cada momento por si él se ponía en contacto con ella para disculparse. Pero no, él no la había llamado ni le había enviado ningún mensaje; solo lo habían hecho sus antiguas compañeras de piso y de Facultad, probablemente para cotillear, y hasta Juan y decenas de números desconocidos, pero ella no había respondido a nadie; no estaba preparada para dar ningún tipo de explicación.

Aunque había pasado los días más difíciles de su vida, poco a poco consiguió ilusionarse con la idea de ir a Londres. En poco tiempo dejaría atrás la ciudad que le había dado tanta felicidad y tanto sufrimiento. Dejaría al que había sido su primer amor, a su hijo y a su país. Miró el dibujo de Isis. Los cinco pares de ojos de diferentes tamaños eran su talismán. Si no hubiese tenido aquel dibujo, no hubiera sobrevivido a los acontecimientos de los últimos días. A través de él, la niña la protegía y le daba fuerzas. Del paso de Cristian por su vida no le quedaba casi ninguna prueba, solo unas fotografías y decenas de titulares. Había, sin embargo, una imagen de ellos que sí le gustaba, una de los tres, en ella Cristian tenía a Júnior subido sobre sus hombros y Minerva, a su lado, sacaba la foto. Tenían todos las caras sonrojadas y reían felices.

Dejó de remover el pasado y miró los papeles del hospital. Tenía el precontrato, la carta de presentación del hospital, su expediente académico traducido y legalizado, el billete de avión y la dirección del hospital de Londres. Dentro de dos días emprendería el camino hacia una nueva vida.

Se había despedido de su madre, de su hermano y de Héctor. Solo le quedaba una despedida más: Júnior. Sabía que lo tendría difícil y que su padre se opondría, pero tenía que intentarlo, así que sin pensarlo más llamó al teléfono fijo de la casa de Cristian. Tuvo suerte y le contestó Daryna. Al escuchar que era ella, la mujer le dijo:

—Minerva, cariño, lo lamento, pero tenemos instrucciones de no dejarle hablar contigo.

—Lo sé y lo siento; no quiero crearte problemas, pero me iré una larga temporada y quiero despedirme de Júnior.

—Aun cuando quisiera dejarte hablar con él, no está; tiene entrenamiento de fútbol. —Y después de una breve pausa, Daryna preguntó—: ¿Sabes dónde entrena?

—Lo sé —dijo Minerva, agradecida—. Gracias de corazón.

—No hay de qué —respondió la niñera con cariño—. Al fin y al cabo, de una manera u otra, las dos somos sus madres, aunque ninguna de verdad. Él está sufriendo, de hecho los dos lo están. Intenta hablar con Cristian, no es mala persona, de verdad, solo que a veces...

—Gracias por todo, cuida de los dos —le rogó Minerva, haciendo caso omiso a sus recomendaciones.

—Cuídate tú también —le dijo Daryna, en tono afable—. Una cosa más: si vas a ver a Júnior, ve con cuidado, su padre puede que esté allí.

Se despidieron y Minerva tomó un taxi hasta la zona deportiva de Paterna donde entrenaba Júnior. El campo era grande, pero al estar situado en medio de la nada era difícil pasar inadvertida. Se puso una gorra de color oscuro, escondió su pelo, agachó la cabeza y se acercó al campo.

En las gradas había mucha gente, padres, abuelos y demás familiares que venían a ver el entrenamiento de los más pequeños. Se sentó en un rincón y vio a Cristian. Estaba rodeado de gente, pero no hablaba con nadie y parecía de mal humor. Tenía el pelo más corto, iba vestido de colores oscuros y parecía más delgado. Miraba a su hijo y, de vez en cuando, le daba instrucciones de cómo hacer las cosas. En respuesta a sus indicaciones, Júnior hacía justo lo contrario: si su padre le pedía que chutara despacio, él lo hacía con fuerza; si su padre le recomendaba que realizara una jugada individual, el niño daba pase a un compañero. Minerva entendió que Júnior estaba dolido y se comportaba de aquella manera por considerar a su padre culpable de toda la situación.

Sintió pena por Júnior, por Cristian y por ella misma. Toda la felicidad que tuvieron se había desmoronado. Todo parecía tan lejano...

Después de unos momentos, vio a Cristian levantarse e irse a otra parte donde no había gente para hablar por teléfono. Estaba gesticulando, parecía haber recibido malas noticias. Después de colgar se acercó al entrenador y le dijo algo; luego, con paso apresurado, recogió su coche y se fue.

Ella le vio alejarse y se despidió de él en voz baja:

—Adiós, Cristian. A pesar de todo, siempre estarás en mi corazón.

Después de perderle de vista se concentró en Júnior y no dio crédito a su buena suerte. Vio la oportunidad de aproximarse al niño cuando se hizo un parón en el terreno. Se acercó al lado de una verja lateral y le llamó.

Júnior, al escuchar su voz, miró desconcertado a la grada, pero a la segunda llamada la vio y se acercó a la verja.

No le podía abrazar ni tocar, estaban separados por unos barrotes de hierro, pero metió la mano entre ellos y Júnior se la agarró. A ella se le saltaban las lágrimas y a Júnior le temblaba la barbilla.

—Júnior, tengo que irme una larga temporada y he venido a despedirme. Pero no puedo quedarme mucho tiempo; creo que a tu padre no le gustaría verme aquí —dijo Minerva, apretándole la mano.

—¡Te vas por su culpa! —acusó el niño con un mohín.

—No es eso, cariño, a veces los mayores tenemos problemas y nadie tiene la culpa. —Ella intentó controlar las emociones que la envolvían como alas imaginarias, se limpió las lágrimas que corrían por su desmejorada cara y continuó—: Prométeme que te cuidarás mucho. Más adelante seguro que podremos hablar por teléfono.

El niño empezó también a llorar, alargó la mano y tocó la cara de Minerva. Ella introdujo de nuevo la mano entre los barrotes y, con dedos temblorosos, le limpió las lágrimas y dijo:

—Te quiero mucho, no me olvides.

El entrenador llamó a Júnior y se tuvieron que separar. El niño, antes de irse se giró hacia ella y le dijo:

—Yo también te quiero, mamá.

Y se fue, llevándose con él el corazón de Minerva.

35

Marcos se puso una camisa que sabía que le sacaba partido a su mirada penetrante y entró con paso decidido en el hospital La Fe. Tenía que buscar respuestas para dar por zanjado el «asunto Minerva». Ese tema le había traído demasiados quebraderos de cabeza. Cristian estaba enfadado, huraño, no dormía bien por las noches, sufría mucha ansiedad, en los partidos no se concentraba y su rendimiento había caído en picado. En el último partido, el entrenador le había dejado en el banquillo. Después de pasar unos días en Mallorca para serenarse, Cristian había regresado con la esperanza de que la prensa se hubiera olvidado del tema, pero al volver se encontró que los periodistas le esperaban en la puerta de su casa y tuvo que dar la cara y confirmar la noticia: tenían los papeles de la clínica y no quedaba más remedio. Sin embargo, la situación se había calmado al cabo de unos días, ya que por parte de Minerva no hubo ni declaraciones, ni más fotos, ni entrevistas en televisión. Todo eso tenía a Marcos desconcertado. Si el asunto lo habían filtrado ella y su amante, como afirmaba con convicción Cristian, ¿por qué no aprovecharon la noticia para seguir ganando dinero? No tenía sentido. Se había informado a través de algunos amigos periodistas y supo que se había pagado un millón de euros por la exclusiva. No pudo averiguar quién había sido. También le informaron de que ella había rechazado todas las apariciones en televisión, y era una fortuna lo que le querían pagar. Cristian le dijo que la había echado de casa y que no sabía nada más sobre su vida. No le había pedido a Marcos que hiciera averiguaciones sobre ella, pero le veía mal y sabía que necesitaba algunas respuestas para poder olvidarse de ella. Júnior estaba enfadado con su padre y pedía ver a Minerva. Nadie le explicaba nada y el niño estaba enfurruñado y contestón. Si en un primer momento Marcos desconfiaba de Minerva, ahora estaba casi convencido de que ella era lo que necesitaba Cristian para estar equilibrado. Esa mujer era buena para él.

Entró en la sección de Oncología y fichó a una candidata perfecta para sacarle información. Laya era una enfermera alegre de más de cuarenta años.

—Disculpe, estoy buscando a una amiga que es médica residente en esta sección —dijo él, sacando a relucir su perfecta dentadura y curvando los labios en una seductora sonrisa.

La enfermera dejó de mirar la pantalla del ordenador y le contestó con interés:

—Claro, dígame cómo se llama y verifico si está. Como sabrá, los residentes tienen un horario muy variable.

Marcos aguantó un segundo la respiración y dijo con aplomo:

—Claro, se llama Minerva Martín.

—¿Minerva Martín? —repitió incrédula la enfermera—. ¿La madre del hijo del futbolista?

—Sí —contestó Marcos, intentando parecer despreocupado y sin dar más detalles—. La misma. Hace días que no consigo dar con ella.

—Ya no trabaja aquí —aclaró la enfermera—. Se marchó hace unos días. La mandaron para un intercambio de especialistas a Londres.

—¿A Londres? —repitió Marcos, y disimulando añadió—: Qué extraño, no me ha dicho nada. ¿Para un tiempo en concreto?

—No sabría decirle. Aunque la mayoría de los médicos que se van no regresan. Ya sabe, allí los sueldos son mucho más elevados que aquí.

—Pero si llevaba muy poco tiempo aquí —insistió Marcos—. ¿Cómo es posible?

—Pasó lo de ese futbolista y la chica estaba sola, agobiada, no podía salir ni entrar en el hospital; se ve que dormía mal y no comía bien. Además, se le murió una paciente a la que ella quería mucho y se derrumbó. Hasta la tuvieron que sedar para tranquilizarla —comentó la enfermera en tono confidencial.

—¡Vaya, cuánto lo siento! —dijo Marcos, fingiendo estar apenado cuando en realidad estaba muy contento por haberse enterado de tantos detalles en un tiempo récord. Decidió forzar su suerte un poco más y dijo—: ¿Me puede dar su dirección en Londres?

La mujer pareció darse cuenta de que había hablado de más y le contestó con otra pregunta:

—¿No será usted periodista?

—No, solo soy un buen amigo.

—Pues si es así, llámela y pregúnteselo usted mismo —le indicó la enfermera, un poco molesta—. Yo no dispongo de esa información.

Marcos finalizó la improvisada conversación, le dio las gracias a la enfermera y salió contento del hospital. Llamó a Cristian y le dijo que pasaría a verle. Este aceptó sin muchas ganas y, unos minutos más tarde, le abrió la puerta de su piso de Valencia con cara de pocos amigos.

—¡Menuda cara tienes! —le regañó Marcos nada más entrar—. Últimamente pasas mucho tiempo en el piso. ¿Estás acompañado?

—No, estoy solo y así quiero seguir si no te importa. Si has venido para echarme la bronca por estar en el banquillo, pierdes tu tiempo, es lo que hay —dijo levantando los brazos hacia sí mismo con impotencia.

—Cristian, no solo soy tu representante, soy tu amigo —dijo Marcos, dolido por su actitud—. No puedes verlo todo de manera tan negativa. ¡Despierta! Hay más vida ahí fuera.

—Ya, es fácil decirlo, pero no se me va de la cabeza. No encuentro la paz, joder. Marcos tomó asiento en el sofá, le indicó que se sentara a su lado y le dijo:

—Me imagino que lo estás pasando mal, porque el tema Minerva está sin cerrar. No sabemos, a estas alturas, si ella tuvo o no alguna culpa. Y, para serte sincero, yo creo que no. Mira lo que he averiguado hoy.

—No quiero saber nada sobre ella, Marcos —le cortó Cristian—. Estoy convencido de que es culpable. Si no lo fuera habría dado señales de vida. ¡Y está *desaparecida*!

—Exacto, *desaparecida* —dijo el representante—. ¿Qué te indica a ti esta palabra? —Dado que Cristian le miraba desconcertado, continuó—: Estás tan lleno de rabia que no te permites ver más allá de tus narices. Desde el día en que saltó la noticia, esta mujer no ha abierto la boca. Fue perseguida, acosada y nunca ha dicho nada. ¡Nunca! Le han ofrecido entrevistas millonarias y las ha rechazado todas. ¿Por qué? Lo lógico de vender una exclusiva es sacarle todo el jugo. Si no le importaras tú y Júnior, ¿por qué parar?

—No lo sé —dijo Cristian, pensativo—. Tal vez se hayan contentado con el dinero ganado con la exclusiva.

—Cristian, ¡por favor! Nadie se contenta con un millón cuando puede ganar dos. Piénsalo. Además, tengo más datos sobre ella. Cuando estés dispuesto a saber, pregúntame.

—A ver, déjame adivinar —dijo el futbolista, lleno de rabia—. La señorita Minerva ha pedido el traslado y se ha ido a Madrid con su amante, punto final de la historia.

—Sí, es verdad —afirmó Marcos—. La han trasladado, pero no a Madrid, sino a Londres.

—¡Vaya! —dijo Cristian, zalamero—. Los tortolitos se han ido a disfrutar de su amor a Londres.

—No creo que se haya ido con él. Escucha lo que he averiguado. El día que salió la exclusiva, ella sufrió una crisis nerviosa. Se ve que estaba sin dormir, sin comer, se le murió una paciente, una niña que ella quería, y se derrumbó. La tuvieron que sedar. Acosada por la prensa, no podía entrar ni salir del hospital. La dejamos sola con un montón de buitres pisándole los talones —dijo Marcos con pesar.

Las facciones de Cristian se suavizaron, y los hombros se le cayeron en señal de que había dejado de estar en guardia. Dijo con amargura:

—Si eso es verdad, nunca me perdonaré por hacer lo que hice y sé que ella tampoco me perdonará a mí. Preferiría pensar que tengo razón.

—Tal vez, Cristian, pero necesitas saber la verdad para reencontrarte y seguir con tu vida. Dentro de unas semanas cumples treintaiún años, estás en la mejor etapa de tu vida.

—Está bien, Marcos —dijo Cristian con determinación—. Búscala y encuéntrala. Si vive sola, sabemos que no ha sido ella. Si vive con... él, tenemos la prueba más contundente que podíamos pedir.

—Sí, hombre. «Búscala». Pronto me cambiaré de oficio, de representante a detective privado. ¿No sabes quién es la madre de tu hijo? Marcos la busca. ¿No sabes dónde vive? Marcos la busca. ¿Qué importa que esté una ciudad con más de ocho millones de personas?

—Si alguien consigue cosas imposibles, ese eres tú —dijo Cristian más animado—. Solo necesitaré que me digas que vive sola. Con esto me salvarás. Entonces dedicaré todo mis esfuerzos a recuperarla y a conseguir que me perdone. Dios, por favor, devuélvemela.

—Cristian, nos conocemos desde hace más de doce años y es la primera vez en mi vida que te escucho decir la palabra *Dios*. Ahora lo veo todo claro: tú estás celoso. En realidad te importa más bien poco lo de la prensa, ¡lo único que te importa es lo del tipo ese! Ahora lo entiendo... —Y añadió, divertido—: ¡Bienvenido al mundo real! No te irá mal bajar de vez en cuando de tu pedestal. No te preocupes, iré a por tu chica, la encontraré, cuenta conmigo. ¿Qué son ocho millones de personas? En un par de años, seguro doy con ella.

—¡¿Un par de años?! —exclamó Cristian, levantando la voz—. No puedes hacerme esto. ¡Sabes que sufro ansiedad! No aguantaré ni un par de días.

Se levantó del sofá y empezó a pasearse nervioso por el salón. Después de unos segundos se giró hacia Marcos y le dijo:

—Gracias por preocuparte por mí y hacerme ver la situación de otra manera. Eres un buen amigo. Ahora, date prisa, Londres te espera.

—Claro, Londres me espera —repitió Marcos, resignado—. Sabes que no se me dan bien los idiomas y mi punto fuerte son las mujeres. No hablo ni papa de inglés y no tengo ningún plan; no sé cómo voy a conseguirlo, la verdad.

—Con tus encantos, no te hace falta hablar —le animó Cristian—. Además, cuando te esfuerzas puedes con todo, así que date prisa, es una situación de emergencia. Y, amigo, mi vida sin ella se reduce a cero. Si tú te quedas el 20% de mis ganancias y estas bajan a cero, tu porcentaje va a ser igual.

Marcos le lanzó una mirada asesina y no dijo nada más. Cristian se levantó y lo empujó hacia la puerta, diciéndole:

—¡Vamos! No podemos perder ni un segundo más.

36

Cristian tomó en cuenta por primera vez la posibilidad de que ella fuera inocente. Pero, si era así, ¿cómo la podría recuperar ahora que vivía en otro país?

Intentó ordenar en su mente sus recuerdos con ella. La vida los había unido de una manera muy extraña y extraños eran también los momentos que habían compartido, pero ahora, sin ella, nada parecía tener sentido. ¿Había sido solo una casualidad? ¿O tal vez el destino?

Su idea de tener un hijo completamente solo ¿había sido el primer paso que le conduciría a la mujer de su vida o simplemente un cúmulo de circunstancias y casualidades sin ninguna finalidad? ¿Por qué no podía olvidarla?

Estaba resentido, las dudas y los celos eran malos consejeros, pero aun así pensaba en ella y deseaba con todas sus fuerzas tenerla de nuevo junto a él. Todavía contemplaba la posibilidad de que ella estuviera con el psicólogo y se sorprendió pensando que, aunque así fuera, si ella regresaba y le pedía perdón, sería capaz de perdonarla. Se odiaba a sí mismo por ser tan débil y pensar de aquella manera, pero no lo podía evitar. Ante sí mismo no tenía por qué aparentar ni fingir: el Cristian Cros que había engañado a decenas de mujeres estaba dispuesto a perdonar a la única que, quizá, le había traicionado a él.

El dolor que había sufrido en su alma al sentirse engañado le había cambiado. Por una parte se había mantenido frío y duro, la había echado de su vida sin contemplaciones y no había dudado en separarse de ella. Por otra parte, se sentía débil al ver que estaba deseando su regreso. Pero ¿y si ella no era culpable de lo sucedido? Si la teoría de Marcos era cierta y ella era inocente, significaba que había tenido en sus manos la felicidad y la había desperdiciado. ¿Cómo podría perdonarse a sí mismo y encontrar el valor de pedirle perdón por todo lo que había hecho?

Asaltado por las dudas y los remordimientos, se fue al dormitorio donde había dormido Minerva. No había tenido valor de entrar allí desde que ella se había marchado. La cama estaba ordenada; estiró la gruesa colcha y se alegró al ver que las sábanas seguían allí todavía. Se tumbó en la cama y abrazó su almohada, que todavía olía a ella. Consiguió relajarse.

Desde que Minerva se había ido, acudía siempre que podía al piso de Valencia. No quería reconocerlo, pero en un oscuro rincón de su mente pensaba que ella regresaría allí, a él. Leía y releía su carta de despedida, una y mil veces. A veces le parecía sincera y otras, cuando los demonios lo envolvían, le parecía una gran mentira.

Tumbado en la cama empezó a recordar lo feliz que había sido en ese mismo lugar tan solo unos días atrás. Recordó la visita de Marcos y, con la mente más abierta hacia la inocencia de ella, empezó a tener miedo. Miedo de que no fuera culpable y de no poder recuperarla jamás. ¿Cómo podría volver con él después de haberla echado de su casa y de tratarla como lo había hecho? Ella ya no confiaría en él.

Le dolía el alma, le dolía todo el cuerpo. Se levantó de la cama con brusquedad, enfadado consigo mismo por dejarse llevar por los recuerdos, y se fue al baño. Se lavó la cara con agua fría y se miró al espejo. Era el mismo de siempre, tal vez más delgado y ojeroso, pero al fin y al cabo él era Cristian Cros, un hombre fuerte al que la vida le había sonreído siempre.

Tenía que dejar de atormentarse, pronto uniría las piezas que le faltaban y sabría la verdad. Ya tomaría decisiones entonces. Por el momento, lo único que podía hacer era seguir con su vida, quizá salir con otras mujeres para recuperar su autoestima y hacer las paces consigo mismo y con Júnior. Habría que tomárselo con calma. No se le daba muy bien, tendría que vencer su ansiedad, pero había llegado el momento de convertirse en dueño de la situación. Si su destino era acabar juntos, así sería por muy negro que pareciera ahora mismo el panorama. Si se había equivocado con Minerva, le pediría perdón y, si ella le amaba de verdad, volvería con él.

37

El avión perdió altura y aterrizó en la pista con un golpe seco. Los pasajeros se vieron propulsados hacia delante, pero los cinturones de seguridad cumplieron su función y nadie se movió de su asiento. Después de unos segundos, el avión paró en la pista. Las luces de emergencia se apagaron y los pasajeros se levantaron apresurados para recoger sus pertenencias.

Minerva recuperó su desgastada maleta de piel y la arrastró con dificultad por las escaleras. Al pisar suelo londinense, pensó que el día no podía ser más gris, la lluvia más densa y el cielo más oscuro. Consultó con el ceño fruncido el fino reloj que abrazaba su muñeca: solo eran las tres de la tarde.

El lugar donde iba destinada era el hospital St. Thomas y era un importante hospital de Londres, parte integrante del King's College, ubicado en Lambeth.

Tomó un taxi y desde su asiento comprobó que la zona de Lambeth era un punto destacado del paisaje urbano de la ciudad, debido a su ubicación sobre el río Támesis y a la cercanía del Palacio de Westminster. El hospital era, cómo no, de color gris; un edificio grande de diez plantas, diseñado en líneas rectas con ventanales cuadrados que daban un aspecto severo a todo el conjunto. Minerva dejó de mirar el edificio, inspiró con avidez y entró por la puerta principal. Al pasar cerca de un ventanal y ver su imagen reflejada en el mismo, pensó que tenía un aspecto lamentable, con el pelo encrespado por la lluvia, la cara demacrada por el cansancio y la ropa arrugada. Se alisó el pelo con la mano, arregló como pudo su aspecto y se dirigió hacia el mostrador. Repitió en su mente tres veces la frase que iba a decir en inglés para no equivocarse, y sonriente le dijo a la recepcionista quién era.

La mujer no tenía ninguna expresión en la cara; parecía más bien un robot que cumplía con sus funciones. No le sonrió ni le preguntó qué tal el vuelo, simplemente le dijo que subiera a la quinta planta, al pabellón de Pediatría, donde ya estaban avisados de su llegada.

El médico jefe era un hombre alto, delgado, con cara seria y mirada inteligente. Cuando hablaba, redondeaba de tal manera las palabras que Minerva a duras penas entendía lo que le decía.

Le invitó pasar a su despacho y le informó sobre los procedimientos del hospital, los horarios, tarjetas de acceso y otros detalles relacionados con su trabajo.

—Tenemos un acuerdo para facilitarles la vivienda. Es usted médica residente, así que le corresponde una de nivel uno, pero me temo que no queda ninguna disponible en este momento —se excusó—. Los médicos que vienen de otros países deciden quedarse y hemos tenido un problema de planificación. Ahora veremos cómo solucionarlo.

Dicho esto, se colocó unas gafas redondas, agarró el móvil y escribió algo en él.

Minerva, entre el cansancio del vuelo, la lluvia, el tener que hablar en otro idioma y los nervios de la primera entrevista, no era capaz de articular palabra. Solo pudo pensar que su aventura en Londres había empezado mal. ¿Podría cambiar su suerte alguna vez, para variar?

Unos minutos más tarde, entró en la habitación una chica alta, rubia, con aspecto distinguido y mirada arrogante. John Clark, el médico jefe, le dio las gracias por venir y le dijo:

—Laura, te presento a Minerva Martín, es la pediatra residente que viene de España.

Laura la estudió sin disimular y le tendió la mano, soltándole sin previo aviso:

—No pareces española.

Minerva se quedó sin palabras. ¿Qué se suponía que tenía que decir? ¿Aquello era un cumplido o un insulto?

Laura, al ver que no respondía, le preguntó a John:

—¿Habla inglés? —Y mirándola de nuevo le dijo sonriente en español—: *hola, tapas, fiesta.*

Minerva no encontró ningún sentido a aquellas palabras; pensó que la chica había hecho algún viaje a España y quería presumir, así que asintió con la cabeza sin despegar los labios.

—Definitivamente, no pareces española —apuntó de nuevo la chica inglesa—. No eres nada simpática.

A Minerva se le encendió la mirada, por lo que John tuvo que intervenir para calmar los ánimos:

—Laura, la gente que no te conoce pensará de ti que eres una maleducada. Necesito tu ayuda, ha habido un problema de logística y me han informado de que no nos quedan residencias para médicos. La vivienda reservada para Michael está desocupada. ¿Crees que le importará si se la damos a ella mientras resolvemos el asunto?

Laura contestó, apresurada:

—Minerva lo siento, espero no haberte ofendido, es que mi voz es más veloz que mi cerebro. —Y mirando a John continuó en tono tranquilo—: Sabes que a Michael le gusta tener su espacio cuando viene, pero él puede quedarse conmigo cuando venga, mi chalet es grande.

Minerva no quería deberle nada a aquella chica y decidió abrir la boca para defender sus intereses:

—No quiero crear ningún inconveniente. Si no quedan viviendas para médicos, tal vez haya para enfermeras; no me importa, solo necesito un sitio donde alojarme. No conozco a nadie, es la primera vez que estoy en Londres.

—De ninguna manera —rehusó John con vehemencia—. Ya está decidido. Laura, necesito unos minutos más para hablar con la señorita Martín; por favor, acompáñala después. Enséñale la casa y ayúdala en lo que necesite.

—John, tengo mucho trabajo —se quejó la chica, pero mirando al médico jefe pareció entender que no tenía alternativa y claudicó—. De acuerdo, yo me ocuparé de todo.

Unos minutos más tarde, Minerva se enteró por el médico jefe de que Laura Hills pertenecía a una familia distinguida de Londres. La familia Hills tenía una fundación a través de la cual se financiaban la mayoría de los proyectos de investigación del hospital. Michael, el hermano de Laura, era el presidente y ella se estaba formando para ocupar su puesto y tomar en el futuro las riendas de la fundación.

Minerva, al enterarse de que ocuparía la vivienda de Michael Hills, solo pudo pensar con amargura que últimamente el destino la mandaba a alojarse en casas de hombres importantes: primero el piso de Cristian y ahora nada menos que la casa del presidente de la fundación del hospital. Decidió hacer un último esfuerzo por no tener que vivir en una casa que no le correspondía:

—Señor Clark, yo... estoy preocupada por ocupar esa vivienda. ¿No hay posibilidad de encontrar alguna alternativa?

—Señorita Martín, de verdad, no se preocupe; esa vivienda está desocupada. El señor Hills apenas viene, viaja mucho por negocios y no le importará quedarse con su hermana cuando venga, ya lo verá.

—Bien, en ese caso, iré a instalarme —accedió ella medio convencida.

Se levantó de la silla, recogiendo los documentos que su jefe le facilitó. Tras comprobar el gráfico con el horario, observó:

—Según esto, tengo que incorporarme el viernes a las diez de la mañana, pero hoy es lunes. ¿Puedo venir antes? Tengo ganas de empezar.

—Seguro que sí, pero son las normas —le indicó John con voz afable, mientras la acompañaba a la salida—. Instálese con tranquilidad, conozca la zona, léase los procedimientos... Encontrará información sobre créditos especiales por si quiere comprarse un coche. Cualquier duda, pregunte a Laura; es muy franca y siempre dice lo que piensa, pero es muy buena persona.

Unos minutos después, una sonriente Laura le preguntó con optimismo, asomando la cabeza detrás del marco de la puerta:

—¿Preparada para conocer Londres?

38

Lufer se abalanzó sobre su brazo, con la velocidad de un rayo. No le dio tiempo a reaccionar. La arañó sin piedad, dejándole unas marcas ensangrentadas por todo el brazo. Minerva intentó gritar, pero no encontró la voz. Una y otra vez. Cuando la tensión se le hizo insoportable, por fin halló un hilo de voz y empezó a vociferar. En aquel momento abrió los ojos. Estaba en la cama y comprendió que solo había tenido una pesadilla. Lufer era el gato de Juan.

Se levantó de la cama, temblando por el frío y la impresión de la pesadilla. Bajó a la cocina, calentó un vaso de leche y pronto se encontró mejor.

Llevaba una semana viviendo en Londres, estaba instalada en su propia casa, en una zona tranquila con casas grandes, ordenadas en fila y rodeadas por densa vegetación. La suya y la de Laura eran iguales, situadas de forma simétrica, de tal manera que una parecía el fiel reflejo de la otra. Grandes, de color marrón, con fachadas de ladrillo y ventanas amplias de color blanco. En la planta baja se encontraba un salón enorme, muy luminoso, decorado en tonos tierra. Este daba paso a la terraza que se abría sobre un inmenso jardín al que se accedía desde las dos viviendas. Unas escaleras de mármol comunicaban la planta baja con el primer piso, donde se encontraban tres dormitorios dobles y dos cuartos de baño. Todo era muy funcional y estaba muy bien organizado, pero lo que más le gustaba a Minerva era la buhardilla, situada en la segunda planta. Se trataba de una habitación amplia, con un gran ventanal y techo inclinado que estaba habilitada como despacho.

En un principio la fuerte personalidad de Laura la sorprendió, pero enseguida se acostumbró a su franca manera de ser y comprendió que era la amiga que había esperado toda su vida y nunca había tenido: espontánea, sincera y leal.

Al convivir en la misma parcela, a menudo desayunaban juntas y, a veces, cuando los horarios coincidían, cenaban en la terraza.

—¡Pero si aquí llueve todo el día! —se quejó Minerva una mañana, mientras tomaban el café.

—Claro, es primavera, pero no hay nada de malo en la lluvia —le contestó Laura, mientras alargaba la mano y la fina llovizna la salpicaba.

—¿Cómo que no? —insistió Minerva—. Todo el día estamos en guardia, con los hombros rígidos y vamos corriendo de aquí para allá. ¡Cómo añoro el cielo de mi ciudad! Tan azul y tan inmenso.

—El cielo azul te parece bonito, porque ya lo conoces. Con la lluvia pasa lo mismo, hay que aceptarla, conocerla y entenderla. Después ya verás cómo te gustará —le aseguró la fiel defensora de la lluvia.

—Uf, no lo creo. Que me llegue a acostumbrar, tal vez, pero de aquí a gustarme...

—Confía en mí —dijo Laura, mientras salía al jardín con los brazos levantados, dejándose empapar—. Mira, la lluvia te habla, te abraza y te da besos si le das la oportunidad.

Con el recuerdo de las palabras de Laura, Minerva acabó su vaso de leche y decidió que había llegado la hora de hablar con Juan. Se había deshecho de su antiguo teléfono para escapar del acoso de la prensa y para evitar caer en la tentación de consultar el WhatsApp de Cristian, por lo que utilizó su nuevo *smartphone* con número inglés. No tenía muchas ganas de reencontrarse con su pasado, con gente que le haría preguntas, pero Juan siempre había sido su fiel amigo y con seguridad estaría preocupado por ella, puesto que se había ido sin decirle nada y sin comunicarle su cambio de número. Debido a que era muy temprano todavía, le escribió un mensaje:

Juan, soy Minerva. Este es mi nuevo número de teléfono. Siento no haber llamado antes, ni haber respondido a las llamadas, pero necesitaba unos días de desconexión. A estas alturas ya sabrás que Cristian Cros fue mi amor secreto y que soy la

madre biológica de su hijo. Hemos roto por culpa de lo
sucedido y ahora estoy viviendo en Londres. Llámame un día
de estos y hablamos.

Regresó a la cama y se tapó con la colcha hasta la barbilla. Le quedaban unas horas de sueño antes de ir al hospital. Sin poder evitarlo, pensó en Cristian y se preguntó si la echaba de menos o si había intentado buscarla.

Cerró los ojos con fuerza para ahuyentar los recuerdos, pero su imagen bailaba en el techo y su sonrisa llenaba el dormitorio. Escuchaba su voz y sentía su olor.

¡Le añoraba cada día! ¡Le odiaba cada minuto!

Un sonido estridente la sacó de sus pensamientos: Juan había contestado su mensaje.

¡Minerva, casi me muero por la preocupación! ¿Cómo que vives
en Londres? Has pasado por un infierno y no has acudido a mí,
sabes que te hubiera apoyado. ¡Te echo de menos!

Minerva se apresuró en responder pidiéndole disculpas y explicándole la situación, y Juan le dijo que el viernes siguiente iría a verla a Londres para celebrar el inicio de su nueva vida. Unas horas después, él le confirmó que llegaría el viernes a primera hora de la tarde y ella le dijo que no buscara alojamiento, que en su nueva casa había espacio suficiente.

Estuvo ocupada toda la semana. Aparte del trabajo en el hospital tuvo que hacer algunos trámites para regularizar su situación y se sorprendió por la cantidad de españoles que habían emigrado a Inglaterra. Solo en el hospital trabajaban dos médicos, tres enfermeras y cuatro auxiliares de enfermería.

También esa semana firmó el contrato de trabajo y quedó más que sorprendida por el elevado salario que recibiría como médica residente. Minerva comprendió que Dios la había compensado, quitándole la felicidad y el amor de su vida, y ofreciéndole a cambio dinero y bienestar. Se preguntó qué iba a hacer con tanto dinero. La vida en Londres era bastante cara, pero aun así, Minerva supo que había llegado el momento de darse algún capricho. Se lo había ganado.

Decidió comprarse un coche; los créditos para el sector sanitario eran especiales y muy ventajosos. Ahora solo quedaba aprender a conducir en la parte derecha y listo. Minerva estaba completamente integrada en Londres. Lo que en su propio país ni se había atrevido a soñar, aquí se lo habían ofrecido sin pedirlo.

Después de dos semanas viviendo en Londres, Minerva había empezado a aceptar la lluvia.

39

Minerva llegó veinte minutos antes de la hora prevista al aeropuerto y aparcó con dificultad en el inmenso garaje subterráneo. Últimamente no se había portado muy bien con Juan. Él no tenía la culpa de la mala racha por la que había pasado y era su único amigo.

Entró en el aeropuerto y leyó en un panel luminoso que el avión de Madrid llegaba en hora. Se sentó en un banco y se dispuso a esperar. A su lado se instalaron un grupo de jóvenes que hablaban fuerte y reían con ganas. Eran españoles. ¡Cómo echaba de menos el espíritu libre y despreocupado de sus paisanos! En Londres, las personas eran más bien estiradas y cometidas. Nadie reía con ganas.

Juan apareció unos minutos más tarde. Muy elegante, vestido con un traje de color azul oscuro, zapatos de piel marrón conjuntados con la maleta. El pelo corto, al raso le enmarcaba una cara muy cuidada. La expresión de autosuficiencia combinada con su sofisticado aspecto, le hacían parecer más joven. Nada más verla, apresuró el paso y al llegar junto a ella le dijo:

—¡Estoy tan feliz de verte! —Y agarrándole las dos manos con autoridad, la miró a los ojos y añadió—: Nunca más desaparezcas, por favor.

—Pero si fui yo quien te buscó —rio ella—. Vamos a tomar un café y te pongo al día.

Juan se quedó con ella todo el fin de semana. A Minerva le hizo bien tenerlo cerca, era comprensivo y sabía escuchar. Le contó con tranquilidad todos los momentos vividos con Cristian, y él vino a decirle que se olvidara de ese engreído, que no se la merecía.

El domingo, mientras cenaban, Juan dejó los cubiertos sobre la mesa, apartó el plato casi sin tocar y, aclarándose la voz, dijo:

—Mañana regreso a Madrid. Antes de irme a casa, quiero hablar en serio contigo. Conoces mis sentimientos. Nunca, desde que te conocí, han cambiado.

Ella dejó de comer, sopesando una respuesta. Ante la mirada expectante de Juan, resopló agobiada.

—Juan, no sé por qué sacas este tema. —Ella le intentó cortar el entusiasmo, luchando por liberarse del nudo que se había instalado en su garganta—. No es un buen momento.

—Déjame seguir, por favor —le pidió él, mientras se acercaba a ella, asiéndole las manos con firmeza—. Sí es un buen momento. Hice muchas cosas por ti, es hora de ser francos.

—No sé de qué me hablas —balbuceó ella confusa, mientras se liberaba las manos—. No te debo nada, ni a ti ni a nadie. Acabo de pasar por un trauma, no puedo hablar de sentimientos. Además, lo nuestro terminó hace mucho tiempo.

Los colores abandonaron la cara de Juan y se instauró un incómodo silencio, por lo que Minerva añadió en voz baja, apenas audible:

—Después de haber conocido y amado a Cristian, te puedo asegurar que lo que tuvimos tú y yo, no fue amor. Lo siento.

Él tragó saliva con dificultad, su mirada cambió en un instante de amable a fría. La expresión de su cara reflejaba dolor. Se levantó de la mesa, se alejó de ella con paso apresurado y salió del salón, dando un portazo. A Minerva le invadió el arrepentimiento; no quería herirle. Se vio obligada a hablarle con sinceridad, por no alentar sus esperanzas. Era muy raro que él, a estas alturas, tuviera sentimientos por ella.

Se acercó a la ventana con la intención de llamarle para arreglar la situación. En el suelo, el portátil de Juan se encontraba conectado a la red eléctrica. Sin querer, Minerva lo rozó con el pie y el salvapantallas se activó, mostrando una foto suya. Se acercó para verla y le llamó la atención una carpeta con su nombre, «Minerva». Miró de nuevo por la ventana y vio a Juan sentado en un banco.

Decidió abrir la carpeta. El corazón le latía a mil y la tensión aumentó por momentos. Pinchó con el ratón y en pocos segundos la carpeta se abrió, mostrando varios archivos. Empezó con el primero: en la pantalla apareció una foto de ella y Cristian, delante del hotel Hilton.

«¿Por qué tenía él esa foto?», se preguntó Minerva, sorprendida.

En el Hilton, ella y Cristian solo estuvieron una vez, la noche en la que se conocieron. Nadie sabía de aquel encuentro.

Cerró el archivo y volvió a mirar por la ventana. Juan estaba de pie, con las manos metidas en los bolsillos, mirando el horizonte. Pinchó en el segundo archivo; apareció otra foto de ella caminando sola por la calle. No recordaba que él le hiciera ninguna foto como aquella. Aumentó la foto y vio la misma vestimenta de aquella noche, por lo que empezó a sospechar que él la había seguido. ¿Pero por qué? ¿Qué podía significar aquello?

Divisó de nuevo a través de la ventana. Juan ya no estaba en su campo visual. Podría entrar en cualquier momento y pillarla. Se arriesgó y pinchó el tercer archivo: era un comunicado de prensa, donde se comentaba la relación de ella y Cristian, firmado por Juan.

Minerva notó las piernas flaquear. Al sentirse mareada, se apoyó en el marco de la ventana, dejándose caer despacio al suelo. Su cerebro empezó a funcionar ordenando la información recibida. El resultado era sorprendente y aterrador.

¡Juan era la causa de su desgracia! ¡Cristian había tenido razón!

Se levantó del suelo con dificultad y volvió a mirar por la ventana. Juan regresaba con paso apresurado, como si hubiera presentido que le había descubierto. Minerva ya no sentía tensión, ni miedo, así que volvió a pinchar con tranquilidad el cuarto archivo. Se abrió una fotografía con un cheque. Tras aumentar la foto comprobó que era un cheque de un millón de euros a nombre de Juan. Detrás de ella, le escuchó entrar. Se quedó quieta, sin darse la vuelta. El juego había terminado.

Él se acercó de forma precipitada, respirando con dificultad y, sin decir nada, le quitó el portátil de las manos, cerrando la tapa del mismo con un golpe seco. Mientras lo guardaba en su maleta, le dijo enfadado:

—No deberías fisgonear en mis cosas, pero ya que lo has hecho, que sepas que lo que has visto no es tan malo como parece.

—Nunca lo es —respondió ella, sin mirarlo—. ¿Verdad?

—Lo hice por ti, solo quise protegerte de ti misma —dijo él, tomándole la barbilla con firmeza y, cuando sus miradas se encontraron, añadió con pesar—: Estabas perdida.

—Quisiste protegerme de mí misma —repitió ella, en voz queda—. ¿En calidad de qué?

—Eres tan ingenua. Tú siempre fuiste mía —sentenció él—. Yo cuido de lo mío.

Ella levantó el mentón, inspiró con fuerza y le dijo con la mirada encendida:

—Tú estás enfermo; ahora veo muchas cosas con claridad. Estás enfermo y lo peor de todo es que no lo sabes. Esto te convierte en peligroso. No quiero tenerte cerca, se acabó. —Y después de una breve pausa añadió—: Márchate de mi casa y de mi vida.

—No voy a renunciar a ti —dijo él, levantando la voz—. Nunca te librarás de mí.

Tras escuchar sus últimas palabras, Minerva entendió que estaba en peligro. La locura y el enfado habían exaltado todavía más a Juan. Decidió cambiar de táctica y, modulando la voz, le dijo:

—Mira, Juan, sé que tus intenciones fueron buenas, pero entiéndeme, estoy dolida, me siento traicionada por ti. Has actuado a mis espaldas. Necesito tiempo para asimilar la información y necesito estar sola. Vete, por favor, cuando esté lista para hablar de ello, te avisaré.

Él estaba todavía a la defensiva, pero el cambio de actitud de ella le hizo dudar y asintió con la cabeza sin decir nada más. Se vistió con su abrigo de lana, enrolló con gesto metódico alrededor del cuello su fular y, antes de salir, le dijo con voz clara y pausada:

—Volveré, no lo olvides, Minerva.

Ella se dejó caer en la silla, preguntándose en qué momento de su vida su mejor amigo se había convertido en su peor pesadilla.

40

Marcos pisaba inquieto las baldosas de la sala de espera. Consultó su reloj con nerviosismo, llevaba esperando más de cuarenta minutos. Esto le saldría caro a Cristian.

Volvió a contar los pasos que había que dar para recorrer la sala de espera, de un lado a otro. Le salía el mismo resultado que dos minutos atrás: ocho pasos. Se paró delante de una pared donde estaban colgados varios cuadros minimalistas, imposibles de describir.

Llevaba una semana en Londres intentando dar con Minerva. Como había supuesto, Londres no era Madrid. Se había dejado la piel, buscándola por todos los hospitales y asociaciones de españoles de la ciudad sin conseguir encontrar ni una pista. ¡Ni una! Había intentado todas las posibilidades, sacando a relucir todos sus encantos. Nada había funcionado. En su España querida, ante su bonita sonrisa, las mujeres quedaban desarmadas, pero en Londres eran todas inmunes a sus encantos. Y su mal inglés no había hecho más que dejarle en ridículo. No le quedaba plan A ni plan B, pero por suerte estaba a la espera del plan C. Si esto no daba resultado, sintiéndolo mucho, tendría que aceptar el fracaso. Regresaría a casa, sin nada.

La puerta del despacho por fin se abrió y Marcos escuchó que le llamaban por su nombre. Recorrió los ocho pasos en un segundo y entró.

El hombre, que estaba sentado en un sillón delante de una mesa rectangular, era de mediana edad y llevaba una barba imposible de describir. Se trataba de un detective privado llamado Harper. Se lo había recomendado el investigador que lo había ayudado a encontrar información sobre Minerva y le había costado un ojo de la cara.

—Siéntese —le indicó el hombre con la mano—. Tengo el caso resuelto.

—¿De verdad? —dijo Marcos, atropellando las palabras—. ¿La ha encontrado?

El hombre movió los labios y la poblada barba de color rojizo se estiró, por lo que supuso que estaba sonriendo.

—¿Acaso lo dudaba? Nuestras tarifas son caras, pero somos los mejores. Solo no podemos encontrar lo que no existe. Y Minerva Martín existe.

—Dígame que lo sabe —pidió Marcos, exaltado.

Harper le entregó una carpeta, dando un breve golpe en la mesa.

—Aquí tiene todo lo que hay que saber —dijo el detective—. Le haré un resumen. La encontramos el viernes y la seguimos todo el fin de semana. Trabaja en el hospital St. Thomas y vive con un hombre en un barrio exclusivo, cerca del hospital.

Marcos pagó los honorarios, se llevó la carpeta y abandonó el despacho. Se sentó en la sala de espera y abrió el expediente. Encontró un folio completo con todos los datos de Minerva y varias fotos con la fecha y la hora en que habían sido tomadas. En la primera foto, Minerva salía del hospital, conduciendo un coche nuevo. En otra, salía de su casa en compañía de un hombre. Por la descripción que le hizo Cristian, Marcos supo que era su amante. En la tercera, entraba en su casa, de noche, acompañada por el mismo hombre. Marcos miró la fecha y la hora de la foto; databa del día anterior. No quedaba ninguna duda. Cristian tenía razón. Minerva y el psicólogo eran amantes y vivían juntos. ¡Y vivían bien! Tenían una buena casa y ella conducía un coche nuevo; habían dado buena utilidad al dinero de la exclusiva. Sin saber muy bien por qué, Marcos se sintió decepcionado. En Valencia todo indicaba que no había sido ella la culpable y delante de él tenía la prueba más concluyente de que se había equivocado. ¿Cómo iba a darle la noticia a Cristian?

Si a él le había molestado descubrir la cruda realidad, ¿cómo se lo tomaría el propio interesado? En vísperas del cumpleaños de Cristian, tendría que hacerle ese amargo regalo.

Marcos guardó la carpeta en la pequeña maleta que llevaba y, sin perder el tiempo, compró un billete por Internet y se dirigió al aeropuerto. A las siete y media aterrizó en el aeropuerto de Manises, y se fue directo al piso de Cristian, pues este estaba en su derecho de conocer la verdad cuanto antes. Se pondría histérico, rompería algunos objetos, pero con el tiempo se calmaría.

De camino, ensayó varias veces la forma de darle la noticia. Lo enfocaría como si no tuviera mayor importancia y recalcaría a cada paso el hecho de que Cristian siempre había tenido razón. De esa manera, su orgullo no quedaría tan maltrecho. Aunque...

Llamó al timbre y esperó. Cristian le abrió la puerta con el semblante serio. Había adelgazado. El pelo lo llevaba bastante más corto de lo habitual, peinado al estilo militar, por lo que sus facciones se habían endurecido. Vestía ropa deportiva de color negro y se movía con celeridad, hecho que indicaba que estaba ansioso.

—Vaya, hombre, por fin apareces. —Le dio dos palmaditas en la espalda y le dejó pasar—. Parece que hayas ido a la Luna.

—Yo también me alegro de verte —contestó Marcos en tono burlón, y mientras se acomodaba en el sofá, añadió—: Tráeme algo de beber, por favor, vengo directo del aeropuerto y estoy sediento.

—¿Has traído buenas noticias? —preguntó Cristian, mientras sacaba una cerveza del frigorífico.

—Depende de lo que tú consideres a estas alturas «buenas noticias» —contestó el interpelado con cautela, intentando parecer despreocupado—. Tráete algo de beber.

—Si tú me animas a tomar algo, significa que traes malas noticias —dijo Cristian, mientras dejaba dos botellas de cerveza sobre la mesa—, aunque tienes razón, a estas alturas...

Mientras abría la cerveza, Marcos decidió cambiar de tema para suavizar el camino y preguntó por Júnior:

—¿Cómo está mi ahijado?

—En su línea, enfadado con el mundo. Ahora, para castigarme, dice que no le gusta el fútbol y que no va a jugar más.

—¡Pero eso, no es posible! —dijo Marcos, sobresaltado.

—No es posible, lo sé, pero estamos en guerra. Es listo y sabe cuál es mi punto débil. Sabes de quién es la culpa, ¿verdad? —preguntó Cristian, mientras quitaba con fuerza la tapa de la botella verde de Heineken que tenía delante.

—Pues hablando del origen de la guerra, siéntate y toma aire. La encontré y siento tener que darte la razón: viven juntos en un bonito barrio de Londres.

A Cristian no se le movió ni un solo músculo de la cara. Si la noticia le impresionó de alguna manera, lo disimuló muy bien. Parecía que le habían comunicado que por la tarde iba a llover. No preguntó nada más. Ni abrió la carpeta. Ni tocó su cerveza.

Marcos había esperado una crisis de histeria, un ataque de ansiedad, un sofá roto a jirones, pero nada de esto había ocurrido. Cristian estaba callado y quieto.

Después de un buen rato de estar en silencio, Marcos, sin saber qué hacer, se levantó y se marchó del piso de su representado. Había cumplido su misión. Cristian era un hombre fuerte y mujeres había a millones. ¿Por qué preocuparse? Pero algo en su interior le decía que esto no iba a acabar tan fácilmente, que aquel silencio significaba la calma de antes de la tormenta. Y Cristian Cros podía ser la tormenta misma si lo provocabas.

41

Cristian escuchó el sonido de la alarma, que empezó en tonos suaves y después subió a crescendo. ¡Hora de levantarse! Era el día de su cumpleaños y, después de lo vivido, tocaba empezar una nueva etapa. Era un hombre que había cumplido casi todos sus sueños y que tenía más de lo que necesitaba en todos los sentidos. ¿Significaba eso que era feliz?

Feliz feliz no podía estar, se dijo a sí mismo, no después de que le confirmasen que lo habían engañado con otro. Sobre todo porque era la primera vez que le pasaba. Pero, por otro lado, había podido cerrar el asunto de Minerva y aquello ya no debía importarle. Sin embargo, Cristian tenía la impresión de que en todo aquel puzle faltaba una pieza que no encajaba. Rememoraba una y otra vez el tiempo que estuvieron juntos, la manera de ella de mirarle, de responder a sus besos y a sus caricias. No podía haber fingido. ¿O sí? Recordó el momento de recriminarle haber vendido su historia a la prensa. La cara de ella estaba totalmente desencajada y la expresión de su dolido rostro parecía sincera.

¿Entonces, por qué sus actos indicaban todo lo contrario? ¿Qué le podía ofrecer aquel psicólogo que casi le duplicaba la edad? Enfadado consigo mismo por permitirse pensar ella, se levantó de la cama con brusquedad y entró en la ducha. Desnudo, se miró en el espejo. Había adelgazado, pero sus músculos se habían endurecido. Para calmar la ansiedad de las últimas semanas, había aumentado los ejercicios en el gimnasio. Los pectorales sobresalían con fuerza, marcando una tableta bien delimitada. Los hombros eran fuertes; los brazos, bien definidos y duros. La piel bronceada le daba un aspecto saludable. El pelo corto evidenciaba los pómulos y resaltaba su mirada, pero al mismo tiempo le daba un aspecto de tipo duro. Después de sufrir en sus propias carnes un engaño, Cristian había cambiado. Sonreía cada vez menos y refunfuñaba más. Para desquitarse se había acostado con algunas mujeres; con una distinta cada día. Pero aun así, no era capaz de quitársela de la cabeza. Para su fiesta de cumpleaños había invitado a Aria, una modelo rusa impresionante, de ojos negros y pelo como la noche. Todavía no se había acostado con ella, pero su metro ochenta de altura y su delicada piel prometían. Contento por desviar la atención de Minerva, abrió el grifo, dejándose envolver por el agua fría. Se enjabonó el cuerpo con energía y, después de un cuarto de hora, salió revitalizado.

El día lo pasó en compañía de su familia. Después de comer, sopló las tradicionales velas, abrió los regalos y escuchó las felicitaciones y los buenos deseos de cada uno. Su hijo estaba todavía enfadado con él porque entendía que, por su culpa, Minerva se había ido.

¿Cómo explicarle a un niño pequeño que su madre los había engañado? ¿Que había estado con ellos por interés? Júnior le regaló un dibujo donde aparecían ellos dos sentados al lado de un árbol y lejos, cerca de un río, dibujó a una mujer. Era su manera de reclamar a Minerva. Cristian pensó que tendría que llevar el dibujo a su psicoanalista para analizarlo; a lo mejor Júnior necesitaba ayuda.

A las ocho de la tarde, vestido de manera informal, se subió a su deportivo favorito y se dirigió al centro de la ciudad para recoger a Aria. Ella podría ser su salvación. La chica llegó puntual a la cita y con un aspecto impresionante: vestía un top color rosa chicle que acentuaba su bronceado y una falda minúscula que dejaba a relucir sus interminables piernas. Su pelo negro y brillante se ondeaba sobre sus hombros y unos labios carnosos y *glosseados* le daban la bienvenida con una cálida sonrisa. La chica prometía, pensó de nuevo Cristian, contento.

Al llegar al club donde celebraba sus cumpleaños, como era de esperar, había prensa. Cristian, en esta ocasión, se alegró. Era un día especial en su vida y quería compartirlo con todos «los amigos de Facebook» y de todo el mundo.

Salió del coche y, con un estudiado gesto, abrazó a la chica por los hombros. Hacían una pareja explosiva y él lo sabía. Quería que el mundo entero le viera despreocupado, feliz y bien acompañado. Aquella foto daría la vuelta al planeta. Con un poco de suerte, Minerva la podría ver y se daría cuenta de que no era irremplazable, que ya estaba olvidada. Aria estaba ronroneando de felicidad; no se había esperado toda aquella atención por su parte. La noche iba a tener un final feliz. ¡Seguro!

Una vez finalizada la sesión fotográfica y acabada la charla con los periodistas, Cristian y su acompañante entraron en el local. Allí le esperaban unas cincuenta personas: sus compañeros de equipo, algunos colegas de la selección nacional con sus respectivas parejas, su representante, su hermana y su cuñado. Le dieron una calurosa bienvenida, montones de regalos, divertidas sorpresas y le desearon suerte, felicidad y éxitos.

Su cuñado Álvaro había organizado una fiesta inolvidable. Sobre las once de la noche, cuando los efectos de la buena comida y el exquisito vino se dejaron ver, se apagaron las luces y, después del brindis, su cuñado anunció con entusiasmo:

—Y ahora, la primera sorpresa de la noche. Tenemos con nosotros en este día tan especial a un gran amigo del cumpleañero: ¡Enrique Iglesias!

Empezaron a sonar los acuerdos de la conocida canción *Bailando* y el cantante entró en escena. Los asistentes vitorearon y aplaudieron contentos.

Cristian estaba feliz, admiraba mucho a Enrique y hacía tiempo que no le veía. Tras saludarle y dejar a la multitud darle besos y pedirle autógrafos, Enrique animó la fiesta como mejor sabía, con su música. Todos bailaron y cantaron, y Cristian terminó otra copa. Sería la cuarta, ¿o tal vez la quinta? Estaba de un humor inmejorable y escuchó al cantante decir que finalizaba su improvisado concierto con su último éxito: *El perdón*.

Nada más escuchar los primeros versos, Cristian se levantó de su asiento y se dirigió al escenario, cuando de fondo sonaba:

Dime si es verdad.
Me dijeron que te estás casando.
Tú no sabes cómo estoy sufriendo.
Esto te lo tengo que decir.

Al llegar al escenario, vio un sombrero negro, se lo colocó sobre su cabeza, ligeramente inclinado hacia un lado y empezó a cantar junto al cantante:

Tu despedida para mí fue dura.
Será que te llevó a la luna.
Y yo no supe hacerlo así.

Animado por los efectos del alcohol, bailó y cantó junto a Enrique, sintiendo las palabras de la canción como cuchillos que se clavaban en su alma. Sus amigos le miraban desconcertados, no era propio de él hacer aquel tipo de espectáculo. Algunos compañeros más jóvenes, ajenos a su drama personal, se unieron a él y entre todos formaron un bullicio indescriptible. Manos arriba, gritos y pérdida de ritmo. La canción acabó con unas más que significativas palabras «y yo te pido perdón» y la improvisada tropa regresó a sus asientos. La noche siguió en la misma línea, con canciones, bailes y buena compañía. Pero a partir del *Perdón* Cristian dejó de disfrutar. Un dolor interno, acompañado de un sentimiento de pérdida, le indicó, muy a su pesar, que estaba todavía sufriendo por ella.

42

Minerva entró en casa apresurada. Tenía mucho frío; a pesar de estar en junio, el tiempo en Londres era inestable y lluvioso. Encendió la calefacción y entró rápidamente en el dormitorio para cambiarse. Había tenido una guardia muy larga y estaba agotada.

En poco tiempo la temperatura de la casa aumentó y ella se sintió mejor. Subió al despacho de la segunda planta y encendió el ordenador. En Google saltó una alarma, señal de que había novedades sobre Cristian Cros. Pinchó el enlace y encontró una gran cantidad de noticias y fotos con motivo de su cumpleaños. Le llamó la atención un titular: «Cristian y su nueva conquista». Comentaban su intensa vida sentimental de las últimas semanas y hablaban de la explosiva chica que le acompañaba, una modelo rusa de éxito. La foto decía más que mil palabras. Un Cristian impresionante, más delgado y con el pelo más corto, abrazaba a la chica con delicadeza por los hombros, clara indicación de que le importaba. Ella irradiaba sensualidad y belleza.

Minerva sintió un dolor muy fuerte en el pecho y la invadió una sensación de falta de aire. A ella nunca la había presentado a la prensa ni había tenido ningún gesto de afecto en público. Sin poder contenerse más, dio rienda suelta a sus emociones y estalló en llanto. Ella había tenido que ser fuerte para seguir el ritmo de la vida, no se había permitido el lujo de llorar su pérdida ni de guardar luto por su amor, pero lo sucedido con Juan y esa foto terminaron por derrumbar a la terrenal Minerva.

Estaba sola y asustada en un país extraño. Antes de irse, Juan la había amenazado de alguna manera y Minerva vivía en un estado de alerta permanente. Y ver a Cristian feliz y atento con otra mujer, le hizo comprender que ella era su pasado y que había quedado olvidada para siempre.

Después de un par de horas de lamentaciones y lágrimas, Minerva encontró la calma y visionó más fotos y vídeos del encuentro. Le llamó la atención un vídeo que se había filtrado del interior de la fiesta, donde Cristian y otros chicos bailaban y cantaban. Parecían borrachos. Él llevaba un sobrero negro, torcido, y cantaba con sentimiento. En un artículo le criticaban por tener esta actitud y pasarse con las copas. Minerva estaba sorprendida; nunca le había visto tomar más de dos copas seguidas, pero pensó que no se cumplían años todos los días y la ocasión lo merecía.

Guardó en su ordenador las fotos donde aparecía él y entró en la ducha para quitarse el malestar con el aroma de lilas que desprendía su nuevo gel corporal. Al salir, se sintió más animada. Tras observarse en el espejo, se dio cuenta de que ella también estaba más delgada. Pero claro, ella estaba sufriendo. ¿Estaría sufriendo él también?

En recuerdo a lo vivido con Cristian, se vistió con un pijama corto de seda, color azul marino, que había llevado varias veces cuando había dormido con él. Buscando la calma e intentando no pensar más en la belleza de la rusa, Minerva consiguió por fin pasar página y dormirse.

En el silencio de la noche se escuchó una llave intentando entrar en la cerradura. Minerva abrió los ojos de golpe, pensando que estaba soñando. Sin moverse, agudizó el oído. La puerta se cerró con un golpe seco. ¡No estaba soñando! Alguien había entrado en plena noche en su casa. Escuchó pasos.

Muerta de miedo se quedó congelada en la cama. Pensó en Juan. ¿Y si venía a matarla?

Alcanzó el móvil con manos temblorosas y llamó a la policía. Dio la dirección con celeridad y explicó que alguien había entrado en su casa. Miró el reloj: eran las tres de la madrugada.

Bajó en silencio de la cama y se asomó a la puerta. Quienquiera que fuera el intruso no se escondía, había encendido la radio y, por el ruido del agua, intuyó que estaba en el baño. De repente, le escuchó subir por las escaleras. Minerva se aguantó el pecho con las dos manos y creyó ver su corazón salirse por la velocidad con la que latía. Decidió ser valiente y avisar al intruso de que la policía estaba de camino, así que gritó tanto como la situación le permitía:

—Ni un paso más, quieto, la policía está a punto de llegar.

Los pasos se detuvieron y Minerva escuchó que le contestaba un hombre en un perfecto inglés:

—Que venga la policía, yo soy el dueño de la casa y estaré más que encantado de que me expliques qué haces aquí.

—Mientes, esta es mi casa, baja las escaleras; de lo contrario, activaré la alarma —indicó ella con determinación.

—De acuerdo, bajaré, tranquila.

Minerva estaba desconcertada, el intruso no parecía un ladrón, hablaba de manera educada, pero ¿qué hacía en su casa a las tres de la madrugada? En medio de aquel bullicio, escuchó la sirena de la policía. Sin pensarlo dos veces, Minerva salió disparada para hablar con ellos. No se preocupó por su aspecto: iba descalza, con el pelo revuelto y arropada por el minúsculo pijama que no dejaba nada a la imaginación.

Al salir de la casa, vio al intruso en la terraza, esperando de pie. Era un hombre rubio y atractivo de unos treinta y cinco años, bien vestido. No parecía nervioso ni preocupado; por lo visto él también esperaba a la policía.

«¿Sería tal vez otro médico?», se preguntó desconcertada Minerva. Sopesó la posibilidad de que en el hospital, por equivocación, le hubieran asignado la misma vivienda.

El hombre la miraba sorprendido: al parecer, se esperaba ver salir cualquier cosa de la casa, menos una mujer joven, descalza y medio vestida.

No le dio tiempo a hablar con el intruso; los policías habían llegado a la terraza y miraban a Minerva con cara sorprendida.

—Buenas noches —saludó uno de ellos—. Soy el agente Miles y este es mi compañero Rogers. ¿Quién ha llamado a la policía?

—He sido yo —dijo Minerva, dando un paso al frente—. Me llamo Minerva Martín y esta es mi casa.

El intruso la miraba divertido. ¿Se lo estaba pasando bien a su costa?

—Bien, señora, necesitamos su documentación, por favor —indicó Rogers y, girándose hacia el intruso, le preguntó:

—Bien, la señora dice que es la dueña. ¿Usted quién es?

En ese momento, hizo acto de presencia Laura:

—Michael, ¿eres tú? ¿Qué está pasando? —de repente pareció entender, se llevó la mano a la cabeza y dijo con pesar—: Se me olvidó avisarte.

—No lo sé, intentamos solucionar este asunto —indicó Michael mientras ofrecía su documentación a los agentes—. Me llamo Michael Hills y *yo* soy el dueño de esta casa. Aquí tienen mi identificación.

—Agentes, sé lo que está pasando —afirmó Laura con rotundidad—. Yo puedo explicarlo.

Los agentes se miraron desconcertados.

— ¿Y usted quién es? —preguntó Miles en tono autoritario. —Presente la documentación.

En este punto, regresó Minerva, llevando su DNI en la mano. Al ver a Laura, corrió a su lado, agradecida por ver una cara conocida y dijo:

—Laura, este hombre ha entrado en mi casa. Diles a los agentes que es mía y que se vaya, por favor. ¡He pasado mucho miedo!

—Lo siento mucho, os pido disculpas a ambos —dijo Laura con pesar y, mirando a los agentes, aclaró la situación—: La casa está asignada a mi hermano Michael, pero como apenas viene por aquí, en el hospital se la reasignaron a Minerva. Yo debería haber avisado a Michael, pero se me olvidó. Así que teóricamente los dos tienen razón.

Minerva tenía los ojos abiertos como platos, pensando que el hombre que consideraba un intruso era el presidente de la fundación. Iba a matar a Laura.

Esta se dio cuenta de lo ridícula que era la situación y empezó a reír:

—Lo siento, lo siento, no me miréis los dos con cara de querer asesinarme. Os voy a presentar: Michael, te presento a Minerva, es médica residente en el St. Thomas y mi amiga. Es española. —Y mirando a Minerva, dijo avergonzada—: Minerva, mi hermano. Siento que os hayáis conocido en estas circunstancias.

Michael dio un paso al frente, alargó su mano y, mientras le lanzaba una mirada divertida, dijo:

—Sorprendido y encantado de conocerte, Minerva —bajó la vista hacia sus pechos y ella fue consciente, por fin, de que estaba medio desnuda.

Le dio la mano, balbuceó algo que quería decir que «igual de encantada», se excusó, entró en la casa, se puso una bata y volvió a salir presentable.

Michael y Laura tramitaron la anulación de la denuncia y media hora más tarde el asunto quedó resuelto.

Tras quedarse los tres a solas, Minerva le recriminó a su amiga:

—Pero, Laura, ¿cómo es posible que no hayas avisado a tu hermano? Casi me da un ataque al corazón al escuchar pasos subir por las escaleras.

—¡Se me olvidó! Además, él siempre me avisa cuando llega —se excusó Laura con pesar. Y mirando a su hermano, preguntó levantando la voz—: ¿Por qué no has dicho nada en esta ocasión?

Michael abrió los brazos en señal de impotencia y exclamó:

—¡Claro, ahora resulta que el culpable soy yo! Siempre estás con la cabeza en las nubes, Laura.

Minerva se sintió culpable, así que intervino para aplacar el enfado de los dos hermanos.

—Michael, tu habitación está como la dejaste, yo me instalé en el dormitorio de la derecha. Si quieres, quédate, yo puedo ir con Laura y mañana con tranquilidad vemos qué hacemos.

—De ninguna manera, es tu casa. No te preocupes, no estoy enfadado; es más, ¡me lo he pasado de maravilla! Ver la cara de los agentes, cuando saliste medio desnuda, no tuvo precio.

Ella bajó la mirada avergonzada y dijo:

—Ya me lo imagino, pasé tanto miedo que no me puse a pensar en mi aspecto. —Y mirando a Laura, le dijo—: ¡Ya hablaremos tú y yo!

Laura simuló sin éxito estar arrepentida y, para poner punto y final a los acontecimientos de la noche, añadió:

—Chicos, lo siento. Para que me perdonéis, os invito a comer mañana y ya veréis cómo todo esto va a pareceros divertido.

—¡¿Divertido?! — preguntaron los dos a la vez.

43

A las dos de la tarde, Minerva finalizó su turno y fue a cambiarse; había quedado con Laura y su hermano para comer y no quería llegar tarde. Todavía se sentía avergonzada por el malentendido de la vivienda, pero quien lo tenía peor era Laura, que con su irresponsabilidad había obligado a su hermano y a su amiga a pasar por una situación desagradable.

Después del incidente y sin querer admitirlo del todo, Minerva entendió una cosa: tenía miedo de Juan. Nada más comprender que alguien entraba en su casa, pensó automáticamente en él. Tendría que hablarlo con Laura y pedir su consejo. ¿Debería denunciarle por si acaso?

Se estaba arreglando más de lo normal, de algún modo quería que el hermano de Laura cambiara la opinión que tenía sobre ella. La noche anterior le había enseñado una pésima versión de sí misma. Había elegido un traje chaqueta de color verde militar, compuesto por un pantalón pitillo y una americana clásica con cinturón y bolsillos cuadrados. Por debajo de la chaqueta, para quitarle rigor al intenso color, llevaba una camisa de seda color champán que daba un aire elegante al traje y resaltaba el color de su piel. Se hizo un sencillo moño detrás de la nuca, delimitado por dos trenzas finas, y, para dar un toque de elegancia a su aspecto, se puso dos pendientes del mismo color que la camisa y unas bailarinas color claro. El resultado le quedó sorprendente. Elegante sin opulencia, sencilla sin adornos.

Quince minutos más tarde estaba lista. Salió a la calle y tomó un taxi. No conocía el restaurante y quería llegar puntual. Comer a las dos y media era inaudito para los ingleses, y se preguntó qué tipo de restaurante frecuentarían Laura y su hermano, pues su estatus era superior al de ella. Pero a esas alturas, Minerva ya estaba acostumbrada a encajar en cualquier categoría social. Recordó que, en una ocasión, Cristian le había dicho: «Solo se trata de dinero». Y ella ahora tenía dinero.

Al entrar en el restaurante The Rose pensó que el nombre era más que acertado. Era un sitio relativamente pequeño, decorado en tonos pastel. Sobre el mantel color violeta pálido, descansaba un ramo de rosas y las paredes estaban forradas con papel de seda, en tono azul perla. Entendió que Laura les había llevado a un sitio cálido para limar asperezas. No olía a comida, solo a un suave perfume primaveral.

El metre la llevó con sus amigos. Laura estaba espectacular, enfundada en un vestido azul cielo que hacía justicia a sus ojos celestes. El pelo rubio claro lo llevaba sujeto con una pinza violeta y parecía una niña vestida de señora. Tenía una elegancia innata para estar bien con cualquier prenda que se pusiera. Se levantó y le dio dos besos, costumbre que aprendió de Minerva, pues en Londres no eran muy adeptos al beso de bienvenida. Su hermano la imitó y tardó un segundo más de lo políticamente correcto con los labios pegados a su piel. A Minerva le recorrió un extraño sentimiento y le miró desconcertada.

Michael vestía con elegancia y era tremendamente sofisticado. Tenía los mismos ojos azules de su hermana. Hablaba de manera pausada y le acomodó la silla cuando ella se quiso sentar. Si tenía que utilizar una palabra para describirle, era la de «caballero».

Comieron un menú con suflés y gelatinas de frutas que costó una pequeña fortuna y que Minerva no supo cómo calificar. Hablaron en un principio de trivialidades y de sus vidas en general. Laura explicó que le quedaban seis meses para finalizar el Máster de Ciencias Empresariales Hospitalarias, que realizaba porque su hermano, como estaba muy ocupado, tenía la intención de nombrarla, en el futuro, presidenta de la fundación.

Michael era el cabeza de familia desde hacía dos años, cuando su padre había fallecido de manera repentina. La madre de ambos se llamaba Anne y vivía en una mansión a las afueras de Londres. Poseían varias empresas textiles y la marca Hills era muy conocida por un tipo de lana que producían las ovejas de una de sus propiedades. Además, se dedicaban a los negocios inmobiliarios: las casas que ponían a la disposición de los médicos les pertenecían. Como si todo aquello no fuera bastante, eran de linaje noble: Michael había heredado de su padre el título de duque de Willow.

—Así que, técnicamente, eché de su casa a un duque propietario de la misma, genial —dijo Minerva, asombrada por escuchar todo aquello.

—No te preocupes —la tranquilizó Laura—. La vida de mi hermano es de lo más aburrida; así ha disfrutado de un poco de emoción.

Michael la fulminó con la mirada al escuchar que su hermana le llamaba «aburrido» en público. Ella rió con ganas y, mirando a Minerva, dijo:

—Ya sabía yo que, debajo de esa fachada tuya de seriedad, se escondía el espíritu español de una mujer de armas tomar.

Minerva se sintió incómoda por el cumplido y se sonrojó muy a su pesar. Michael se percató de su estado y la sacó del apuro en que la había metido su hermana:

—Vamos a brindar por Minerva y por la etapa que acaba de empezar. Por cierto, ¿te gusta Londres?

Laura, espontánea como siempre, se adelantó y contestó por ella:

— Le gusta todo, menos la lluvia.

—Con respecto a la lluvia, he pasado a la fase de aceptación —la corrigió Minerva, curvando sus carnosos labios y dando paso a una generosa sonrisa.

Hablaron sobre la ciudad y sus respectivos trabajos y, cuando estaban degustando una deliciosa tarta de frutas exóticas, Michael preguntó:

—Te quiero hacer una pregunta personal; espero que no te importe.

Minerva asintió con la cabeza y él continuó:

—Anoche reaccionaste en cuestión de segundos otra persona en tu lugar no se hubiera percatado tan rápido de que alguien había entrado en la casa. Calculo que, nada más entrar, llamaste a la policía. ¿Tienes miedo de algo, duermes mal?

Minerva se quedó sorprendida por su perspicacia. Era cierto, desde que Juan se había marchado, tenía miedo y dormía mal. No sabía si compartirlo con ellos. Era demasiado personal.

Él, al darse cuenta de que había dado en el clavo, siguió insistiendo:

—También has nombrado una alarma. Yo sabía que no teníamos una instalada, pero para que te quedaras tranquila, no dije nada. Te lo pregunto porque, si te pasa algo y quieres tener alarma, podemos activar una en los dos chalets. —Después de una breve pausa, preguntó de manera directa—: ¿Tienes miedo de vivir sola?

Minerva decidió contarles la verdad. Al fin y al cabo eran personas cercanas a ella y, si le pasaba algo, eran los únicos que la echarían en falta y la podían ayudar en el caso de que Juan regresase.

Y contó su historia. Sin ocultar detalles. Empezó por su vida de estudiante en Madrid, la donación de óvulos, la corta relación con el psicólogo Juan Sánchez y el momento de conocer a Cristian Cros. Llegaron los cafés y el aroma amargo e intenso la animó a desnudar todavía más su alma. Contó su estancia en Valencia, describió con emoción a Júnior y a su famoso padre. Finalizó la historia de su vida contando cómo saltó la noticia en los medios de comunicación y la muerte de Isis. Por último, relató la visita de Juan y el hecho de que había sido él quien había filtrado la noticia a la prensa, para romper la relación de ella y Cristian.

Laura dijo, boquiabierta:

—¡Ya sabía yo que no podías ser como aparentabas cuando te vi!

—¡Laura! —la regañó su hermano con cariño—. Minerva ha pasado por un trauma muy grande. ¿No se te ocurre nada más apropiado que decir?

—Lo siento —dijo ella, levantando las manos en señal de rendición—. No sé quién es Cristian Cros. Venga, sacad los móviles para verle. ¿Es guapo?

La espontaneidad de Laura relajó a Minerva, y le enseñó una foto de Cristian que tenía guardada en el móvil.

—¡Guau! Sí que es guapo —concluyó Laura—. Qué suerte, de todos los hombres del universo te ha tocado este como padre de tu hijo.

—Según se mire, no sé si fue la suerte, el destino o una casualidad —aclaró Minerva, mientras guardaba el móvil en su bolso.

Michael se mantuvo callado mientras las chicas cuchicheaban sobre el atractivo del futbolista. No dijo su opinión al respecto y preguntó:

—Minerva, es una historia increíble; lo que no me queda claro es por qué le tienes miedo a Juan. Ya has descubierto su juego y se ha ido a Madrid, así que asunto cerrado.

—Bueno, eso me gustaría creer, pero está enfermo. Él opina que lo nuestro no puede ser por culpa de Cristian y el niño. Antes de irse me dijo, textualmente, que no me libraría de él.

—¡Eso es una amenaza en toda regla, Minerva! —dijo Laura, escandalizada—: Deberías denunciarle.

—Sí, Minerva, yo opino lo mismo —indicó Michael—. Es más, yo creo que deberías hablar con Cristian y contarle la verdad. Primero, porque no es justo que se quede con esa opinión sobre ti, y, segundo, porque tiene que estar atento; este loco puede considerar al niño el culpable de su desgracia e intentar hacerle daño, o al mismo Cristian. Si ha sido capaz de amenazarte a ti, este hombre será capaz de todo.

Y en aquel momento, Minerva comprendió que había llegado la hora de hablar con Cristian.

44

Cristian estaba enfadado consigo mismo y con el mundo entero. Tras la fiesta de su cumpleaños, se había filtrado el vídeo donde salía cantando y bailando junto a otros compañeros. La prensa habló varios días sobre lo mismo y las redes sociales estaban al rojo vivo. Todo el mundo se creía con derecho a juzgar. Había cumplido años, ¿no podía emborracharse en un día tan especial y pasarlo bien, como cualquier otro mortal? Por lo visto, todo el mundo opinaba que no.

Para echarle más leña al fuego, su equipo había perdido el último partido con un fulminante 4-0. Y ahí sí que la gente tenía razón en enfadarse. ¡Habían hecho el ridículo con mayúsculas!

No tenían opciones para ganar ningún título aquella temporada; el campeonato se les había ido de las manos y en la Champions no habían pasado de semifinales. Por suerte, pronto podría disfrutar de unas breves vacaciones y podría recuperarse y empezar de nuevo.

La culpa por los malos resultados no le pertenecía solo a él, pero Cristian se adjudicaba gran parte de ella. ¡Tendría que mejorar su rendimiento!

El sonido de su teléfono lo sacó de sus pensamientos. Al mirar la pantalla vio un número largo, extranjero. Cristian jamás contestaba llamadas desconocidas; podía ser cualquier fan que hubiera conseguido su número. El teléfono dejó de sonar y, por alguna extraña razón, Cristian se arrepintió de no haber contestado. Miró de nuevo el número y el corazón le dio un vuelco al ver que el prefijo era de Inglaterra. ¿Podría ser ella?

Quedó todo el día pendiente del teléfono por si el misterioso número volvía a reclamarle, pero no, no apareció ninguna llamada más. La ansiedad casi le empujó a devolver la llamada, pero su orgullo se lo impidió. Ni siquiera sabía si había sido ella y, aunque lo hubiera sido, ¿para qué hablar? ¿Quedaba algo por decir? No, no quedaba nada.

A las diez de la noche, Cristian se encontraba dando vueltas por la casa sin poder remediar la ansiedad que sentía. Decidió entrar en su despacho para fisgonear en las redes sociales, cuando escuchó sonar su teléfono. ¡El mismo número extranjero!

Se obligó a no responder a la primera y, después de dos tonos, contestó y escuchó la voz que más temía. La voz de ella.

—Hola, Cristian, soy Minerva. ¿Podemos hablar un momento?

Él cerró los ojos, su orgullo le empujaba a cortar la llamada sin más, pero la curiosidad fue más fuerte y ganó:

—Podemos, pero no tenemos nada más que decirnos. Creí haber sido claro contigo la última vez que te vi.

—Sí, fuiste muy claro —admitió ella en tono neutro—. No era mi intención molestarte, pero han ocurrido algunas cosas y creo saber lo que ha pasado con la exclusiva.

—Ah, pues, si es eso, no te molestes —le contestó él, irónico—. Yo lo sé desde el primer momento.

—Cristian, por favor —le suplicó ella—. No me lo pongas tan difícil, si no fuese realmente urgente que hablemos, no te hubiera llamado.

Él se mantuvo callado, dejando que se instalase la tensión entre ellos. Cuando el silencio se hizo inaguantable, apuntó con frialdad:

—Entonces, dime, ¿qué es tan urgente?

—No te lo voy a contar por teléfono, es muy personal, prefiero en persona —aclaró ella.

—¡Vaya, así que es eso! —dijo él, mientras estallaba en una risa sarcástica—. ¿Qué pasa, has terminado el dinero y necesitas más material?

Ella no replicó y se impuso de nuevo una breve pausa, que él aprovechó para volver a la carga:

—De verdad que lo tuyo es increíble. ¿En qué mala hora decidí buscarte? —Su orgullo se reponía por momentos.

Pasados unos segundos, se escuchó la voz de ella al otro lado de la línea:

—Si te hace sentir mejor hablarme así, adelante. La Tierra siempre gira en torno a ti, pero te aseguro que no imaginas el infierno por el que yo pasé.

—Ya me lo imagino; jugar a dos bandas debe de ser agotador, querida —él apuntó un nuevo punto a su favor.

—Mira, no sé si lo sabes, pero ahora vivo en Londres. Este es mi número; si cambias de opinión y quieres saber lo que ocurrió, llámame. Pero, por favor, ten cuidado y vigila a Júnior. No se trata solo de nosotros dos; él podría estar en peligro. Tú mismo a partir de ahora —apuntó ella, resignada.

—Eres muy lista, sabes que sufro ansiedad y no puedo quedarme de brazos cruzados, y menos si me adviertes de un posible peligro. Viajaré a Londres y quedaré contigo, pero no a solas. No confío en ti —dijo él, acentuando las últimas palabras.

—Pues tendrás que hacerlo —contestó ella en tono tranquilo—. No puedo contarte cosas íntimas que tienen relación conmigo, contigo y con Júnior delante de una tercera persona.

—Sí que puedo y lo haré —protestó él, autoritario—. Viajaré con mi novia; de esta manera aprovecharé y pasaré con ella unos días en Londres.

—Pero, Cristian, ¿cómo te voy a contar cosas íntimas delante de tu novia? —preguntó ella, exasperada.

—Confío en ella plenamente. —Él volvió a lanzar otro dardo envenenado—. Y por lo demás, tranquila, no habla español. Es rusa y, aparte de *hola, adiós* y *te quiero,* no entiende nada más.

—Bien, entonces como prefieras —claudicó ella, molesta—. Llámame un día antes de llegar, para organizarme en el hospital.

Cristian se sintió un poco decepcionado por la rendición de ella. Era gratificante arrojar palabras envenenadas.

—De acuerdo, te digo algo pronto. Faltan cuatro días antes del próximo partido y estamos fuera de cualquier competición y título importante, así que podré viajar sin problemas.

—Lo siento, parece que tu carrera no va muy bien —dijo ella con suavidad.

—No lo sientas, no es asunto tuyo —él volvió a cargar otro dardo envenenado—. Mira, terminemos con esto cuanto antes; hablaré con

Aria y, si está disponible, viajaremos el miércoles por la mañana, así que por la tarde podríamos vernos. Te diré algo pronto.

Cristian estaba contento; si aquello fuese un partido de boxeo, él se hubiera llevado toda la puntuación.

—Bien, esperaré tus noticias —Después de una breve pausa, Minerva preguntó—: ¿Cómo está Júnior?

—¡Dolido! —contestó él, tajante—. ¿Cómo iba a estar?

—Lo siento, voy a colgar ahora —claudicó ella con voz temblorosa.

—Adelante —dijo él, fingiendo indiferencia.

A pesar de sentir la tentación de colgar, Cristian se mantuvo al teléfono. Ella parecía desconcertada, retomó con timidez la conversación y dijo con un hilo de voz:

—De acuerdo y... Cristian, gracias por escucharme. —Y colgó.

Cristian se quedó un tiempo mirando el teléfono. Estaba en trance intentando encontrar alguna explicación lógica a lo que acababa de pasar y, como no encontraba ninguna, pensó que tendría que viajar lo antes posible para encontrar respuestas.

Estaban en guerra y ella lanzaba otro ataque, pero en esta ocasión no le pillaría desprevenido.

45

Minerva se acercó a la máquina de café, insertó una moneda y pulsó el número veintisiete. La máquina emitió un largo pitido. Unos segundos más tarde, el aroma amargo e intenso de un buen café americano, negro y sin azúcar, le inundó los sentidos. Tomó el vaso de plástico y se dirigió a la sala habilitada para el almuerzo. Después de la discusión del día anterior con Cristian, los recuerdos la habían asaltado y no había podido dormir en toda la noche. En este momento pagaba la factura: estaba pálida, ojerosa y sin vitalidad.

Nada más sentarse para tomarse el humeante café, vio acercarse a Laura. Su amiga se sentó a su lado y le preguntó:

—¿Se ha muerto alguien?

Minerva la miró sorprendida:

—No. ¿Por qué?

—Por la cara que traes —afirmó Laura, riéndose con ganas—. De luto total.

—¿Será posible? —preguntó Minerva, fingiendo estar escandalizada—. Siempre estás igual. ¿Cuándo vas a crecer?

Laura rió de nuevo y dijo despreocupada:

—Algún día. Va, no me cambies de tema; si no ha muerto nadie, entonces ¿qué te pasa?

—Anoche hablé con él —dijo Minerva con voz temblorosa.

—¿Tan mal ha ido? —preguntó Laura levantando una ceja.

—Peor de lo esperado —indicó ella, cubriéndose la cara con las manos—. Estuvo atacándome todo el tiempo, me despreció y, para colmo, vendrá a Londres para hablar conmigo acompañado por su novia. ¿Cómo lo resistiré?

—Si aceptó verte, entonces no ha ido tan mal —afirmó su amiga con convicción.

—¿Tú crees? —preguntó Minerva, esperanzada.

—Pues claro que lo creo —la animó Laura—. Si viene a verte es porque todavía le queda algún sentimiento por ti. Se lleva a la novia porque se quiere desquitar. No olvides que él cree que le has sido infiel.

—Mira, no me hables de la novia. No sabes cómo es. Las comparaciones son odiosas, pero en este caso va a ser directamente cruel. Me sentiré fatal. —Y tomando un sorbo de café, añadió—: Creo que no voy a ir.

—Claro que vas a ir. Vamos, saca el móvil para ver a la competencia. Tu opinión no cuenta, eres subjetiva, deja a la experta opinar.

Más animada por las palabras de su amiga, Minerva empezó a buscar en el móvil la foto de su adversaria. Al encontrarla, se la enseñó. Laura estudió la foto con ojo crítico, luego dejó el teléfono sobre la mesa y dijo despreocupada:

—Yo solo veo dos labios enormes, poco pecho y mucha pierna. Para abatirla irás a la cita enseñando pecho; con eso es muy difícil competir. Es lo que más gusta a los hombres.

—¡Habló la experta! Pues tú no lo sacas muy a menudo que digamos; nunca sales con nadie.

—Lo mío es complicado —dijo Laura con la mirada ensombrecida—. El carácter que tengo asusta a los hombres.

—Perdona, no quería ofenderte —dijo Minerva, tocándole la mano.

—Tranquila, no lo has hecho. Estoy intentando ser más comedida, pero no lo consigo. Sigamos con lo tuyo; tengo un buen plan para ganar la batalla.

—No iré a la cita en plan guerra —dijo Minerva, con determinación—. Le explicaré lo que ha pasado y le advertiré sobre Juan. Me da igual no estar a la altura de la otra, al fin y al cabo no persigo recuperarle.

—¡Pero qué ingenua eres! —la regañó Laura con cariño—. Sí, tú ve recatada y que te coman viva entre los dos. ¿No te das cuenta? Estás en guerra, y en la guerra y en el amor, todo vale.

—Puede que tengas razón —accedió Minerva pensativa—. No lo había enfocado desde ese punto de vista. El plan tiene que ser fácil, solo tenemos un día.

Laura sacó del bolsillo un cuaderno pequeño y un bolígrafo:

—Vamos a preparar la estrategia. A ver, ¿cómo solías ser cuando estabais juntos?

—¿Qué quieres decir? —preguntó Minerva, desconcertada—. Era igual que ahora.

—Eso quiere decir que ibas recatada, sin enseñar nada, vestida de oscuro y sin sacar las uñas, ¿verdad?

—Cada uno con su estilo. Y sí, más o menos —dijo ella, molesta por el gris resumen que había hecho su amiga.

—Pues el punto número uno de la lista se llama: *sorprender* —indicó Laura mientras escribía la palabra en el papel—. Él espera verte de esa manera y tú vas a aparecer completamente diferente.

—No va a salir bien, Laura —se lamentó Minerva—. ¿Tú quieres que haga el ridículo y la rusa se muera de la risa?

—No te subestimes, vamos a centrarnos —le pidió Laura—. A ver, hay que apuntar y organizar. Primero, llevarás un vestido llamativo; un rojo Carolina Herrera sería ideal para una cita en plena tarde.

—Un vestido rojo, ¿yo? —preguntó Minerva, cubriéndose la cara con las manos—. No voy a poder. Me sentiré ridícula.

—Te sentirás divina y sensual —le indicó su amiga con optimismo—. Hasta que no pruebes ese rojo no digas nada más, está decidido; hazte a la idea, visualízate. ¿Qué ves?

Minerva cerró los ojos y fingió estar en trance; luego los abrió de golpe y dijo, sin poder aguantar la risa:

—Veo a los dos novios apartar la mirada de la ceguera que les va a provocar el rojo Carolina Herrera, en plena tarde.

—Bien —dijo Laura, contenta—. Vamos por buen camino; que aparten la mirada es mejor que dejarlos indiferentes ante un triste gris, ¿no crees?

—Vale, voy pillando tu estrategia —dijo Minerva en tono severo, simulando un saludo militar—. En la guerra y en el amor todo vale, mi sargenta.

—Muy bien, aprendes rápido. —Y Laura le devolvió el saludo—. Seguimos: el segundo punto es el pelo; lo llevabas liso, me imagino, pues mañana vas a lucir unas ondas surferas.

—¿Y de dónde sacaremos unas ondas surferas para mañana? —preguntó Minerva, divertida.

Laura se quedó mirándola con expresión contrariada:

—Te arreglará mi peluquera. ¿Quién si no?

—Pero, Laura, no iré a la cita peinada por una peluquera. Con el vestido rojo y el pelo con bucles, estaré horrible —se lamentó de nuevo Minerva—. ¿Tú me quieres ayudar o me quieres hundir?

—¡Pero qué antigua eres! Las peluqueras de hoy en día te arreglan para que parezca que vas desarreglada.

—No sé, no me veo —insistió Minerva—. Él me conoció con el pelo liso y le gustaba mucho.

—No lo dudo, pero ahora no queremos que estés bien, queremos que dejes huella. Vamos a recapitular: vestido rojo, pelo con ondas surferas, labios bien definidos, vamos a necesitar un rojo Channel, y zapatos elegantes. Ah, y llevarás lencería de encaje. Si una mujer se quiere sentir bien por fuera, tiene que estar espectacular por dentro. — Laura dio por terminado el resumen de la «transformación».

—¡Tú estás loca! Además, yo no provengo de una familia de duques y no voy a tener dinero hasta que vuelva a cobrar mi salario dentro de unos días —suspiró Minerva.

—Ni una palabra más. Mi plan se va a cumplir a rajatabla. En la vida, antes de ganar algo hay que invertir —indicó Laura con sabiduría.

—De acuerdo —claudicó Minerva, levantando la mano en señal de rendición—. Me dejo en tus manos.

—Así me gusta —la animó Laura—. Vamos a entrenar durante todo el día el punto número tres de la lista: *atreverse*. Tendrás que aprender a ser mala y contestona. Es decir, si te ataca, tú atacas; si te quedas callada, atacará cada vez más fuerte. Además, he pensado en algo que lo dejará fuera de combate. Llevarás contigo un as en la manga y con esto ganarás la batalla.

Laura aplaudió contenta. Le gustaba cómo había quedado su plan. ¡Sencillamente perfecto!

46

Minerva consultó el reloj con impaciencia. Las tres de la tarde. Quedaban menos de dos horas para ver a Cristian. A Cristian y a su novia. Todo el arsenal que debía llevar, según el plan de Laura, estaba esparcido sobre la cama.

El interfono de su puerta emitió varios pitidos, lo que significaba que había llegado Laura con la peluquera.

Media hora más tarde, Minerva tuvo que admitir que las ondas surferas la favorecían mucho. La teoría de Laura sobre las peluqueras del siglo XXI era cierta: el resultado quedó muy natural. El pelo tenía más volumen y más brillo, los distintos tonos de rubio se ondeaban con mucho glamur y, además, desprendía un agradable olor a almendras.

Se maquilló un poco los ojos, sin recargarlos, ya que según el plan de la sargenta había que dar prioridad a los labios y el rojo Channel no aceptaba otros adornos. Se sintió especial al ponerse la fina lencería de encaje, que le agrandó los pechos y le elevó el trasero. Laura tenía razón: la lencería íntima subía la autoestima. Y mucho.

El día amaneció como de costumbre, lluvioso. En este aspecto Laura no pudo intervenir, así que debería de llevar medias. Minerva empezó a ponerse unas de seda, color beige, y se sintió la protagonista de una película. Después se colocó los zapatos color miel con tacón de punta y, por último, se enfundó el vestido de Carolina Herrera. Era rojo, pero en un tono dulce que entonaba a la perfección con la grisácea tarde de junio, y tenía un escote sugerente que invitaba a descubrir. Las mangas francesas le enmarcaban los brazos y le perfilaba los hombros. Un cinturón estrecho definía su cintura, evidenciando su esbelta figura. No era corto, pero tampoco largo. Laura definió la medida como *inglesa*. Cuando terminó de vestirse se miró al espejo: estaba irreconocible, sensual y elegante.

Laura vino a despedirla y le regaló unos pendientes pequeños, dos círculos de plata con un rubí engastado, y le dijo emocionada:

—Estoy muy orgullosa de ti. Recuerda sacar a la leona que llevas dentro.

Minerva se emocionó; no sabía cómo darle las gracias por toda su ayuda. La abrazó con fuerza y le dio un beso en la mejilla:

—No tengo palabras para expresarte mi gratitud. No sé cómo darte las gracias. No es solo por el cambio de aspecto; es el hecho de que he recuperado la confianza en mí misma gracias a ti. Has hecho que me reencuentre. Algún día te devolveré el favor.

—No seas tonta, no hay nada que agradecer, estoy disfrutándolo tanto como tú. Si no fuera porque ya hay mucha gente que va a esta cita, me apuntaría. —Y riendo, añadió—: Encajo en el perfil; yo tampoco hablo español.

Minerva rió con ganas; su amiga había conseguido que fuera a la cita feliz y relajada. No le preocupaba la competencia en absoluto. Se colocó los pendientes, admiró el resultado final y dijo:

—Hora de ir a la batalla. Son las cuatro y media. El «as» estará a punto de llegar.

Bajaron las dos y en la puerta vieron llegar a Michael. Él era, según el plan de Laura, el golpe de gracia. Si él venía con refuerzos, lo justo era que ella también.

Minerva y Michael hacían una bonita pareja. Él iba vestido en su línea, con una elegante camisa blanca y una americana azul petróleo que resaltaba sus preciosos ojos.

—Michael, quiero que sepas que esto ha sido idea de Laura —apuntó Minerva mientras salían de la urbanización—. Jamás se me habría ocurrido pedirte algo así. Si estás incómodo o no te apetece, quédate solo cinco minutos, te inventas alguna excusa y te vas, ¿de acuerdo?

Michael dejó de mirar la carretera un momento, se giró hacia ella y le dijo:

—En nuestra cultura, si un hombre acompaña a una mujer, lo hace hasta el final. No importan las razones. Además, quiero ayudarte; eres la amiga de mi hermana y te aseguro que, por su manera de ser, no tiene muchas. Si para ella eres especial, para mí también lo eres.

—No sé qué decir —dijo ella, visiblemente emocionada—. ¡Sois tan generosos los dos!

—Puede que sea lo único que tengamos en común mi hermana y yo —dijo él, mientras detenía el coche en un semáforo—. Además, me apetece ir contigo, ¡vivo una aventura tras otra a tu lado! No entenderé gran parte de la conversación, pero estoy seguro de que la tarde no tendrá desperdicio —concluyó divertido.

—En ese caso, gracias —respondió Minerva, complacida.

—De nada —contestó él, reanudando la marcha y centrando de nuevo la atención en la carretera—. Además, hoy estás muy guapa, casi tanto como en la noche que te conocí, así que es todo un lujo acompañarte.

Ella se sonrojó ligeramente y esbozó una amplia sonrisa, después encendió el móvil y releyó el escueto mensaje que Cristian le había mandado:

Mañana a las 17:00 en la cafetería Black. Sé puntual.

Minutos más tarde, al entrar en la cafetería entendió por qué la había elegido Cristian. Era un sitio exclusivo, compuesto por varios reservados. Les dio la bienvenida una mujer vestida en traje de hombre que se presentó como la encargada y les acompañó hasta un *separé*.

Cuando Cristian estuvo avisado de que su invitada había llegado, pudieron pasar. Primero entró Minerva con paso decidido, le miró a los ojos, le saludó e hizo caso omiso a la tradición española de dar dos besos. Cuando Michael entró en escena, le entraron ganas de reír al ver la cara de Cristian: totalmente desencajada.

Minerva decidió que había llegado la hora de las presentaciones; en inglés, para todos los asistentes:

—Cristian, me alegro de verte. Para que no haya malentendidos por parte de tu novia, vengo acompañada, os presento a Michael.

Cristian se levantó de la silla, le dio la mano cortés y presentó a Aria. Una vez hechas las presentaciones, se sentaron los cuatro y pidieron cafés, pasteles variados y agua mineral.

Mientras un silencioso camarero servía la merienda, un enfurruñado Cristian dijo en español:

—¿Qué pasa aquí, Minerva? Cada vez te entiendo menos. Parece una escena sacada de un mal chiste.

—¿Por qué lo dices? —preguntó ella con fingida inocencia.

Él ignoró su pregunta y continuó:

—«¿Qué hacen sentados en la misma mesa de una cafetería un inglés, una rusa y dos españoles?»

Ella rió despreocupada, moviendo la cabeza para dar a sus ondas surferas la oportunidad de ser admiradas y contestó:

—¿Iba a ser mejor tu opción?

—¿Qué quieres decir? —preguntó él, sorprendido.

—«¿Qué hacen sentados en la misma mesa de una cafetería el ex, la ex y la novia del ex?»

—Minerva, ¿me has hecho venir desde Valencia para contar chistes? —le espetó él, enfadado.

—Has empezado tú —dijo ella con tranquilidad—. ¿Qué pasa, tú puedes hacer ciertas cosas, pero yo no? ¿Tú puedes traer una mujer a esta cita y, cuando yo hago lo mismo, no te sienta bien? Diría que el Cristian que yo conocí no era así.

—El Cristian que tú conociste ya no existe —puntualizó él con amargura—. Gracias a ti.

47

Cristian estaba de mal humor. La cita había empezado mal. ¿Esa mujer estaba loca? ¿No le bastaba lo que había hecho con el trajeado de Madrid? No señor, ahora traía a la cita «señoritos de papá» de Londres. ¡A su cita!

Le lanzaba afilados cuchillos con la mirada, pero ella no se daba por aludida. Estaba sentada a un paso de él, más impresionante que nunca, con el pelo brillante y un vestido sugerente.

¡Estaban tan cerca y a la vez tan lejos! ¿Para quién se había molestado en ponerse tan guapa?

Si fuera para él no hubiera traído a la cita a aquel tipo, ¿verdad?

No podía desviarse de su objetivo, tenía que mostrarse frío, recordar que lo había engañado. Lo único que tenía que hacer era saber qué era aquello que quería decirle y salir corriendo. Seguro que ella tenía algún plan oculto.

Los acompañantes estaban hablando entre ellos, por lo que tenían vía libre para empezar la batalla. Sería la final, Cristian no tenía la intención de volver a verla.

—Minerva, ahora que «tu acompañante» entretiene a mi novia, podemos empezar —dijo él, aparentando indiferencia.

Ella hizo caso omiso al tono con el que se refirió a Michael y contestó de manera pausada:

—De acuerdo, pero quiero que me dejes hablar hasta el final. Si me vas a interrumpir con tus chistes y comentarios hirientes, me iré. Me has acusado de muchos disparates y no me has dado la oportunidad de defenderme. La mañana que empezó todo, estaba tan confusa que no pude abrir la boca. Tú hablaste y yo escuché. Ahora me toca a mí. Yo hablaré y tú escucharás. Si no vas a creerte mi versión es tu problema. Según ves, nuestros caminos se han separado, pero no es justo que te quedes con la opinión que tienes ahora mismo sobre mí.

Él ladeó la cabeza y levantó dos dedos en alto, moviéndolos de un lado a otro, en señal de que pedía permiso para preguntar algo.

La rusa y el inglés se giraron hacia ellos, mirándoles sorprendidos. No pretendían ser indiscretos, pero el gesto no había pasado inadvertido. Minerva le bajó los dedos con un gesto breve y le dijo:

—Si montas escenitas, no voy a seguir. No estamos en el colegio.

—Ya lo sé — dijo él esbozando una amplia sonrisa y sacando a relucir su perfecta dentadura—. Pero ya que vienes en plan presumida y por lo visto yo no puedo decir nada, levanto los dedos y pido permiso para hablar.

—Permiso concedido —contestó ella, irritada—. Pregunta y no interrumpas más, no tenemos todo el día. No creo que tu novia tenga muchos temas de conversación y Michael y yo tenemos otras cosas que hacer.

Ahora fue él quien omitió el sarcástico comentario de Minerva, se aclaró la voz y preguntó:

—¿Por qué quieres contarme tu versión ahora?

—Porque hace unos días me enteré de lo que pasó. Como te dije antes, yo no tuve nada que ver con la exclusiva. Con Juan rompí la relación hace cinco años y, desde que me fui de Madrid, apenas había hablado con él. Mi relación contigo fue completamente sincera. Estaba muy enamorada de ti. En la mañana que entraste en mi habitación como una tormenta, no entendí nada. Fue después cuando me enteré de la exclusiva y de las fotos. Estaba sola e indefensa, no sabía cómo llevar el acoso al que me tuvo sometida la prensa, así que desde el hospital me mandaron a Londres. Y fue lo mejor para mí. En España, no hubiera podido pasar página a lo nuestro.

—¿Y en Londres has logrado pasar página? —preguntó él, mirándola a los ojos sin pestañear.

Ella sostuvo su mirada y tardó unos segundos en contestar:

—Lo estoy haciendo. Al estar lejos de todo y al volverme anónima es más fácil. Me quedaba pendiente una última conversación contigo; me la imaginaba de manera diferente, los dos solos, relajados, pero bueno, no ha podido ser. Además, me acusas a mí, pero veo que tú has rehecho tu vida sin problemas.

— ¿Te molesta? —atacó él de nuevo, buscándole los ojos con insistencia.

Ella rehuyó su mirada, tomó un sorbo de café y centró por un momento la atención en Michael. Después enderezó sus hombros, devolvió su mirada hacia él y retomó con tranquilidad la conversación:

—No seas engreído, Cristian, no todo gira en torno a ti. Quise verte para contarte mi parte de la historia, no tengo ningún otro interés; no después de lo que pasó en tu piso el día que me echaste. Para mí hay dos Cristian: el de antes de aquel día y el de después. Así que contestando a tu pregunta: no, no me molesta. Ni me molesta ni me importa. El Cristian de ahora no es asunto mío.

Él jugueteó con sus llaves de manera ausente y después le dijo con amargura:

—Aquello no tendría que haber pasado. Si no...

—Déjalo. Aún serías capaz de echarme la culpa de lo que hiciste y no quiero oírlo. Vamos a hablar como dos adultos que somos, dejando las culpas de lado —rogó ella, tapándose la cara con las manos. Después añadió, inspirando con avidez—: esto es más difícil de lo que yo pensaba. Tal vez no esté preparada para hablar contigo todavía. No me lo pones nada fácil.

Sus bonitos ojos color tormenta estaban bañados en lágrimas. Cristian no sabía si era por impotencia o porque aún quedaban sentimientos. Le tomó la mano con delicadeza y depositó un beso sobre sus nudillos. Un gesto simple que no pudo contener. Lo hizo sin pensar, y fue consciente de ello cuando se encontró con la helada mirada de Aria. La chica dio un brinco y salió furiosa del reservado. Cristian no intentó retenerla, tan solo le dijo:

—No es lo que parece, Aria. Nos vemos más tarde en el hotel.

Michael interrogó a Minerva con la mirada y, al obtener la respuesta que esperaba, se excusó y se marchó también.

Por fin a solas, se quedaron en silencio. Las emociones fluían en el aire y los corazones latían deprisa. Ella dejó de llorar y, quitándose las lágrimas con una servilleta, dijo intentando sonreír:

—Sabíamos que esto no podía salir bien, ¿verdad?

—¿El qué? —preguntó él en tono suave.

—Lo de la Europa unida: los rusos son demasiado recalcitrantes, los ingleses se han batido en retirada y solo quedamos los españoles. ¿Significa eso que hemos ganado? —Minerva intentó bromear para romper la tensión.

—Todavía no —dijo él, tocándole el cabello con suavidad—. Pero agradezco a nuestros aliados que se hayan ido; tenía muchas ganas de tocarte. Estoy muy dolido contigo y he venido a la cita con la intención de portarme fatal y de hacerte sufrir, y no sé, después de cinco minutos a tu lado, solo puedo mirar tu boca y pensar en tu piel. Aunque esto también me enfurece y pienso que todo, tanto lo bueno como lo malo, es culpa tuya.

—Cristian, no sigas —le suplicó ella, al tiempo que le retiraba la mano del cabello con suavidad—. Esto es difícil para los dos, estamos dolidos, cada uno por su lado.

—Tienes razón —dijo él, con la mirada ensombrecida—. Será mejor terminar cuanto antes.

—Bien, me alegro de que por una vez estemos de acuerdo. Déjame contarte por qué estamos aquí: el pasado fin de semana, Juan vino a verme. No había hablado con él desde que saltó la noticia. Me sentí culpable, al fin y al cabo era mi amigo y mi mentor, lo llamé y decidió venir a visitarme. Se quedó conmigo todo el fin de semana y el domingo, mientras cenábamos, empezamos a discutir porque sentenció que él y yo teníamos que estar juntos.

—¿Ves como tenía razón? —saltó Cristian, con la mirada encendida—. Siempre supe que ese hombre tenía algo oscuro y que no era un simple amigo.

—Sí, es verdad —admitió ella—. Ahora, sabiendo lo que sé, te doy la razón. Juan no es buena persona. El asunto es todavía más grave, Cristian. Mucho más. Se ve que me seguía sin yo saber nada. En nuestra primera cita en el Hilton me siguió, nos sacó fotos y por lo visto me esperó toda la noche delante del hotel.

—Entonces, ¡de allí salieron las fotos! —dedujo Cristian con amargura.

—Sí, él vendió la exclusiva. El domingo vi sin querer su ordenador desbloqueado y en la pantalla había una foto mía. Me acerqué para ver qué foto era y encontré una carpeta con mi nombre. Me llamó la atención, la abrí y así me enteré de todo: allí estaban las fotos, la nota enviada a los medios firmada por él, el cheque... ¡Ha cobrado un millón de euros por filtrar la noticia!

En este punto Minerva dejó de hablar. Sus ojos verdes irradiaban luz, sus facciones estaban relajadas. Ya estaba todo dicho.

Se levantó apartando la silla con cuidado, tocó la mano de Cristian con la suya y, buscando su mirada, le dijo:

—Lo siento mucho, Cristian, al final sí fue por mi culpa. No directamente, pero en definitiva, fue por mí. Tal vez si nuestra relación hubiese sido más sólida, podríamos haberlo superado. Mi parte de culpa fue atraer a este loco hacia nosotros y la tuya, no haber confiado en mí. En el fondo sabías que lo nuestro no podía ser una mentira, pero elegiste la vía fácil y me has hecho mucho daño. Te quería mucho, Cristian.

—Si te soy sincero, aún no sé si creerte —dijo él, retirándole la mano y liberando la suya—. Lo comprobaré y, si es verdad, te pediré perdón. Y me pediré perdón a mí mismo por todo el daño: hacia ti y hacia nosotros.

—Haz lo que quieras. —Minerva estaba triste pero resignada—. Tengo que marcharme, Cristian. Pero antes, una cosa más, ya te lo dije el otro día: ten mucho cuidado. Juan puede ser peligroso y tengo miedo por ti y por Júnior. Por esto decidí llamarte. Se podría decir que, antes de irse de mi casa, me amenazó y, por algún motivo, cree que tú eres la razón por la que él y yo no estamos juntos. Como habrás adivinado, Michael es solo un amigo.

Cristian se levantó también de la silla y se miraron con intensidad. Ella se acercó, le dio un corto abrazo, le rozó la cara con los labios y le dijo:

—Cuídate mucho y cuida de Júnior, por favor.

Él asintió, la atrajo hacia sí, hundió la cara en su pelo y le dijo en un susurro:

—Cuídate tú también. Quiero creerte, pero necesito comprobarlo. Si tu versión es cierta volveré y haré todo lo posible para que me perdones, te lo aseguro.

Se separaron en silencio, cada uno con sus pensamientos.

48

Nada más regresar de Londres, Cristian empezó a buscar la manera de encontrar la verdad. Si alguien le hubiera preguntado cómo había ido el encuentro con Minerva, no hubiese sabido contestar si bien o mal. Por un lado estaba más tranquilo, la historia había tenido un final y una explicación, pero ahora faltaba comprobar la versión de Minerva. ¿Podría haber estado él tan equivocado?

No dudaba de Marcos, sabía que le había dicho la verdad, pero podía ser que el momento de la investigación del detective privado hubiera coincidido con la corta visita de Juan a Londres. Si esto era cierto, menuda mala suerte. ¿Casualidad o destino? Difícil saberlo.

En esta ocasión decidió encargarse él mismo de la investigación. Para llegar al fondo del asunto, no le bastaba un informe hecho por un tercero. Si Minerva decía la verdad, a la vista estaba que, a pesar de la fortuna que había costado, el detective no había investigado a fondo. Necesitaba hacerlo él mismo y entrar en las redes de comunicación de Juan. Si lo que decía ella era cierto, encontraría el rastro de los mensajes enviados a la prensa. Tenía que contratar a alguien que pudiera infiltrarse en el ordenador y el teléfono del psicólogo con el fin de obtener toda la información privada que hubiera. Y sabía quién sería ese alguien: el mismo *hacker* que le había proporcionado la aplicación móvil que le permitía geolocalizar cualquier número de teléfono que estuviese conectado.

Sabía que no era fácil contactar con él, así que encendió el ordenador, buscó la carpeta en la que había guardado el contacto, copió el *link* que aparecía en él y lo pegó en la barra de direcciones de Internet. Se abrió una ventana en la que tuvo que poner un teléfono y un correo electrónico de contacto, los rellenó, le dio al *enter* y asumió que tenía que esperar. Sabía cómo funcionaba eso.

En general, Cristian nunca hacía gestiones por sí mismo y, cuando necesitaba algo, exigía rapidez. No le gustaban las esperas, le generaban demasiada ansiedad. Pero sabía que, en esta ocasión, no le quedaba otra alternativa.

Para hacer tiempo acudió a la cocina y se preparó un batido de frutas. Tomó un sorbo disfrutando del sabor agrio-amargo de la bebida y regresó junto al ordenador. A pesar de no conocerle de nada, confiaba en aquel *hacker* que le había sido recomendado por un compañero y le había prestado algún servicio con anterioridad. Sin embargo, le asaltaron las dudas: ¿y si se infiltraba en sus redes, tenía acceso a toda su información y la vendía a la prensa? Había cometido una locura, pero ¿qué más podía hacer? Tenía que saber lo que había pasado; no podía seguir con esa incertidumbre. Había que terminar con esta historia por el bien de todos. ¿Pero no podía hacer las cosas bien y dejarlo en manos de profesionales, en vez de cometer infracciones y juntarse con delincuentes?

En medio de estas dudas, sonó el teléfono de tarjeta cuyo número había dado al *hacker*. Cristian respondió enseguida. En la otra línea una voz peculiar, parecida a la de un adolescente, le dijo:

—Si tienes mis datos significa que eres alguien importante; no trabajo para cualquiera.

—Tengo tus datos porque trabajaste para mí hace algún tiempo —contestó Cristian, intentando parecer despreocupado.

—No quiero saber quién eres —continuó la extraña voz—. Te recordaré mi manera de trabajar. En unos tres días vas a disponer de un enlace que te proporcionará la información que necesitas. Se te abrirá una pantalla como si fuera una copia de la pantalla del ordenador que te interesa, accederás a todos los documentos de dicho ordenador, es decir, como si lo tuvieras delante de ti. Es una ilusión óptica. Es lo último en tecnología, pero es caro. Si quieres acceder solo al ordenador te costará 5.800 €; si además de al ordenador quieres acceder al teléfono móvil o cualquier otro dispositivo que tenga el cliente, te costará 2.000 € adicionales. La mitad del dinero por adelantado.

—Ok —aceptó Cristian, sin pensarlo—. No hay problema, estoy dispuesto a pagar de más si tengo la información antes. Digamos... ¿hoy mismo?

—Haré todo lo posible —le aseguró la voz—. Te informaré a través de este móvil. Ahora abre el correo electrónico: necesito más datos del objetivo; cuanto más completos, mejor. —Y colgó.

Cristian abrió el correo y encontró otro formulario que tenía que rellenar con los datos de Juan. No sabía mucho sobre él; tan solo el nombre completo y el lugar de trabajo y de residencia. Esperaba que fuera suficiente. Nada más enviar el formulario le llegaron las indicaciones para realizar el ingreso del 50% del precio del servicio.

Cristian dudó una milésima de segundo, pero no tenía otra alternativa mejor, así que se gastó el dinero sin rechistar. Después de pagar, se instauró el silencio. No recibió más correos ni más llamadas. Cristian daba vueltas por la habitación. ¿Y si había hecho el ridículo más grande de toda su vida? Una cosa era bajarse una aplicación para geolocalizar teléfonos y otra era entrar en el ordenador de alguien. ¿Y si el *hacker* le había tomado el pelo? No le molestaba el dinero perdido, sino el tiempo malgastado. Esperó paciente un tiempo, pero al ver que el *hacker* no daba señales de vida, salió a correr para calmarse.

Era todavía temprano, pero el mes de junio había entrado con fuerza y hacía mucho calor. Empezó a correr, dejando la mente viajar sin guion, y consiguió relajarse. Aumentó el ritmo y pronto se sintió mejor; el deporte era su mejor aliado en tiempos de crisis.

Una hora más tarde, entró sudoroso en la casa. Se duchó, se tomó otro batido y volvió a abrir el correo.

Para su sorpresa, había otro *link* que esperaba ser abierto.

Al pincharlo, Cristian se topó de frente con una pantalla virtual que supo al instante que era el ordenador de Juan. Tenía los nervios tensados al máximo cuando vio la carpeta: «Minerva». Poco a poco desfilaban delante de sus ojos los documentos que ella le había indicado que había visto por casualidad. Allí estaban el cheque de un millón de euros, la exclusiva firmada por Juan, el resumen sobre la vida de ella y los archivos secretos de la clínica Klass. También había muchas fotos de ellos dos sacadas en la noche que se habían conocido.

En otra carpeta que abrió Cristian al azar había cientos de fotos de ella. Desde que era muy jovencita hasta la fecha, Juan la había seguido y la había fotografiado. Allí estaba una Minerva joven, casi una niña, en diferentes poses. Había instantáneas de ella entre compañeros, en la Facultad, entrando y saliendo de su trabajo, o simplemente caminando por la calle. Luego, con el paso de los años, parecía que su obsesión por ella había crecido, ya que le tomaba fotos más particulares enfocando distintas partes de su cuerpo. Los labios de ella al tomar un helado, su mirada sorprendida, la curva de sus pechos y otras imágenes parecidas.

Cristian estaba satisfecho, pero también preocupado. Juan no era solo una mala persona, sino que estaba obsesionado con ella, que era mucho peor. Probablemente la creía suya y sería capaz de todo para que nadie se la quitase.

En el ordenador de Juan encontró también libros y artículos relacionados con el poder de la mente y maneras de controlarla. Por lo visto, Juan era un experto en controlar las emociones y las habilidades mentales.

Cristian pasó horas revisándolo todo y tomando fotos de los datos que aparecían en el ordenador: su cuenta bancaria, sus propiedades, direcciones, aficiones, etc. Al ser una pantalla virtual podías ver la información, pero no guardarla.

Por último, encontró una reserva de avión con destino a Londres. Juan tenía intención de viajar dentro de tres semanas. Estaba claro que iba a por ella.

Tendría que actuar rápido. Su enemigo no le dejaba mucho tiempo para reponerse. La guerra había empezado hacía tiempo y lo peor era que él se acababa de enterar.

49

Al mediodía, Cristian llegó el primero al salón de su casa, donde había convocado la reunión. Estaba ansioso y necesitaba descargar la adrenalina acumulada a lo largo de la mañana. Se sentó en la mesa rectangular, ocupando el lugar principal.

La mesa estaba llena de aperitivos y bebidas. Tomó una oliva y se entretuvo un rato descubriendo su sabor, pasando del ácido sabor inicial hasta percibir, lentamente, un aroma amargo intenso.

La primera en entrar fue su madre, acompañada por Júnior. María, a sus sesentaiún años se mantenía muy vivaz y ágil. Los ojos se le movían sin descanso, señal de que estaba nerviosa. Cristian no convocaba reuniones a menudo. Se acercó a su hijo, le dio un beso en la mejilla y se sentó a su lado. Júnior se abalanzó sobre la mesa, probó un canapé de paté y empezó a beber Coca-Cola directamente de la botella.

Cristian estuvo a punto de decirle que no podía beber Coca-Cola y menos aún de la botella, pero estaba demasiado preocupado por la reunión, así que hizo caso omiso por una vez. Júnior, al ver que nadie lo regañaba, perdió rápidamente el interés por el refresco, dejó la botella a un lado y se fue a jugar.

A la una y media entró Daryna en silencio, como para no molestar, y con una expresión de duda dibujada en la cara, parecía asustada. La siguió su hermana Inés, que pisaba fuerte y con energía. Le lanzó un beso desde el aire y se sentó al lado de su madre. Tenía una expresión de autosuficiencia en la cara y no parecía para nada preocupada. Sonrió con cariño al ver aparecer a su marido Álvaro y le indicó con un gesto que se sentará a su lado.

Álvaro era un hombre alto y de buen ver. Mirándolo con detenimiento, Cristian advirtió que le habían salido algunas canas. Se sentó al lado de su mujer y probó una loncha de jamón.

El anfitrión se llevó un vaso de agua a la boca con gesto metódico y bebió un sorbo. Tomó un pastelito de sésamo y lo masticó en silencio.

Cristina, su secretaria, iba a estar ausente; su madre había enfermado recientemente de cáncer y tenía que cuidarla, por lo que Cristian le había propuesto que se tomase tantos días libres como necesitara.

Solo faltaba Marcos y podrían empezar la reunión. Miró por la ventana y le vio aparcar el coche. Inspiró con avidez. Le esperaba una batalla difícil.

Marcos entró en el salón con la mirada alegre, saludando a todos con su habitual jovialidad.

Cristian se levantó y se dirigió a los asistentes esbozando una forzada sonrisa:

—Gracias a todos por venir. Sé que esto os parecerá extraño y que tenéis mil cosas que hacer un viernes al mediodía, pero es un asunto importante y de alguna manera nos afecta a todos los que estamos presentes.

—Tú dirás —dijo su representante; los demás le miraban con impaciencia.

—Estamos todos aquí porque cada uno de nosotros somos las piezas de una gran empresa. Yo, en particular, me considero el motor de la misma. —Llegado a este punto, Cristian hizo una pausa, bebió otro sorbo de agua y continuó en tono tajante—: Pues bien, quiero cambiar la empresa de sitio.

—¿Esto qué quiere decir? —preguntó su madre, desconcertada.

—Todos sabéis que no he tenido una buena temporada en Valencia y me apetece cambiar de aires.

—Pero, Cristian, esto deberías hablarlo primero conmigo —intervino Marcos—. Que yo sepa, no tenemos ninguna oferta nueva. En Valencia te quedan aún dos años de contrato, cobrarás lo mismo y tenemos muy buenas ofertas publicitarias. No veo ningún motivo para movernos ahora.

—Cristian, hemos viajado contigo a lo largo de tu carrera a varios países —se quejó su hermana—. Me gusta Valencia, todos estamos bien aquí.

—Nadie está obligado a seguirme, Inés —le indicó su hermano con frialdad—. Solo os presento mis nuevos planes. Júnior irá conmigo sí o sí, claro, los demás podéis decidir lo que más os convenga. Sé que no os gustará mucho el destino elegido, Inglaterra.

Marcos movía la cabeza en señal de negativa y su madre le miraba con el ceño fruncido. Cristian levantó una ceja esperando preguntas, pero, dado que nadie hacía ninguna, pilló una loncha de queso y la comió despacio. Al terminarla se limpió la boca con una servilleta y dijo con tranquilidad:

—¿Preguntas?

—Pues sí, yo tengo una muy importante —dijo Marcos—. Que yo sepa, de Inglaterra solo tenemos una oferta, del Chelsea. Es una oferta más baja de lo que cobras actualmente. Están en mala posición en el campeonato y no participan en las grandes competiciones. Mi pregunta es: ¿por qué quieres acabar tu carrera antes de tiempo?

—Tengo mis razones y, Marcos, creo que es hora de trabajar más y quejarse menos. Consígueme una buena oferta del Chelsea o tal vez del Arsenal y todos felices. No te olvides de que todavía soy uno de los mejores.

—¡Tienes tus razones! —repitió Marcos en voz baja—. ¿Otra vez ella? ¿Qué me he perdido esta vez?

—¿De quién estamos hablando? —intervino su madre—. ¿De la rusa? ¡Si apenas la conoces!

—¡Mucho peor que eso! —dijo Marcos, negando con la cabeza con sutileza, dado que Júnior estaba presente.

Los asistentes habían comprendido de quién se trataba y por la impresión no encontraban nada que decir. Estaban totalmente sorprendidos.

—Pero, Cristian, ¿no te das cuenta? —dijo su madre, dolida—. Después de lo que ha hecho, va a ser tu perdición. Y, además, esta vez va a ser peor: romperás con tu familia, arriesgarás tu carrera. Aun cuando quieras perdonarla, jamás vas a ser feliz con ella. —Y mirando a Júnior de reojo, añadió—: No lo hagas por quien ya sabes; él está mejor así que con alguien como ella.

Cristian permaneció callado, recibiendo con tranquilidad todos los ataques. Sabía que no iba a ser fácil. Decidió abandonar el silencio para defender a Minerva:

—Estaba equivocado, mamá. No tengo nada que perdonarle; es ella quien tiene que hacerlo, y puede que no lo haga. No fue ella, lo he comprobado.

—¡No entiendo nada!—apuntó Marcos, desconcertado—. ¿Hablamos idiomas diferentes tú y yo?

—Tranquilo, te lo explicaré más tarde. Os lo explicaré a todos más tarde, ahora no es el momento —le cortó Cristian.

—¿Habláis de mi madre? —intervino Júnior en la discusión.

—Cielo, sabes que Minerva no es del todo tu madre, ¿verdad? —apuntó la abuela con aparente pesar.

—¡Mamá! —estalló Cristian, regañándola con la mirada.

—¿Vamos a Inglaterra para estar con mamá? Si es para estar con ella, yo voy a Inglaterra, papá. Y, abuela, ella donó las vitaminas; si además estamos juntos, será mi madre de verdad —apuntó con orgullo Júnior.

La abuela se comió el malestar y no replicó nada más. Fue la primera en levantarse con rigidez y dijo:

—Conmigo no cuentes. Lo siento. Si quieres tirar tu vida por la borda, por lo menos no seré testigo directo de ello. Lo único que te ruego es que lo pienses con detenimiento.

El siguiente en salir fue Marcos. No expresó en voz alta su decisión, pero en su cara se podía ver dibujado un «no» rotundo. Le tocó el hombro a Cristian y dijo antes de salir:

—Por lo menos, piénsatelo bien. No es propio de ti tomar decisiones precipitadas. Saldrá mal y lo sabes.

Cristian asintió con la cabeza y prestó atención al siguiente asistente que se levantaba de la mesa con la misma negativa dibujada en el rostro. Era su hermana.

—Me da igual lo que tengas que contarme sobre ella. No voy a ir. Lo hablaremos en privado y veremos cómo lo solucionamos, pero a Inglaterra no voy. Lo siento.

Su marido la siguió y le dijo en forma de disculpa a Cristian:

—Personalmente no tengo nada en contra de Londres, pero donde hay capitán no manda marinero, así que ya veremos.

Daryna se levantó con la misma mirada asustada que la acompañó durante toda la reunión y le dijo con voz agradable:

—Yo voy con Júnior adonde sea. Cuenta conmigo. Si Minerva es tu felicidad, lucha por ella.

Cristian se quedó solo en el inmenso salón. Todas las personas importantes de su vida le habían dado la espalda; todas excepto Daryna, que había sido la única en pensar en su felicidad y apoyarle. Tendría que replantearse muchas cosas.

50

Cristian cambió de carril y pisó el acelerador a fondo. El motor del deportivo rugió con fuerza propulsando el vehículo a gran velocidad. Bajó la ventanilla y el aire fresco le abrazó como una caricia. Las cosas se habían arreglado con su familia. Menos su madre, todos habían decidido ir con él a Londres. Marcos seguiría siendo su representante y viviría a caballo entre Londres y Madrid. Le había conseguido un contrato ventajoso en el Chelsea y Cristian comenzaría la temporada en septiembre. Todavía no habían hecho su nombramiento oficial. Sabía que la prensa le perseguiría y que la noticia causaría mucho revuelo, por lo que prefirió mantenerlo en secreto por el momento hablarlo primero con Minerva. Ella tenía que enterarse por él y no por la prensa. Además, no quería presionarla. Deseaba que lo perdonase por amor, no por sentirse obligada.

Por el momento había viajado solo a Londres para resolver el tema del alojamiento antes de la llegada de toda la familia. Había comprado un coche y una mansión en Hampstead, al norte de la ciudad. Le gustaba esa zona, porque las casas eran amplias y estaban rodeadas por espacios naturales y grandes parques. Necesitaba tranquilidad y espacio, y este exclusivo barrio residencial lo tenía todo. Su hermana intentó resistirse, pero al final había claudicado, por lo que la vida de Cristian no sufriría grandes cambios. Su madre seguía todavía enfadada con él, pero Cristian sabía que sin sus nietos e hijos su vida estaría vacía y pronto la tendrían con ellos.

¿Entonces por qué ese desasosiego?

Inspiró a fondo y volvió a pisar el acelerador. La aguja que marcaba las revoluciones del motor se inclinó casi al máximo.

¿Qué le estaba pasando? ¿Acaso temía que Minerva no lo perdonara? Llevaba más de una semana en Londres y todavía no se había atrevido a llamarla. No estaba preparado. Esta vez tenía que hacer las cosas bien, sin prisas.

Cristian no quería pensar en un posible fracaso. Había abandonado su club arriesgándose a terminar su carrera antes de tiempo y había arrastrado con él a prácticamente toda su familia. Júnior se tendría que adaptar a su corta edad a vivir en otro país. Había actuado por impulso y en este momento tenía que enfrentar la realidad: era muy probable que ella no le perdonase. Iba a hacer lo imposible para conseguir su perdón y tenía un plan en mente, pero le faltaba el coraje para elegir el día.

Cuando el indicador marcaba 125 Mph, más de 200 km/h, Cristian decidió que estaba al límite y no podía esperar más. Frenó el coche, pero por el brusco cambio de velocidad, este dio una vuelta de 180 grados y se estampó contra una farola. Sintió un fuerte dolor en el hombro y la cabeza comenzó a darle vueltas. Notó mucho cansancio y cerró los ojos. Por fin la ansiedad se había ido y lo dejó respirar con normalidad. Inconsciente, accidentado y solo a las afueras de Londres, había encontrado por fin la paz.

Unos momentos más tarde, sintió un pinchazo en el brazo y abrió los ojos. Una mujer morena le saludó con voz agradable:

—Buenos días, señor, soy el médico de guardia. ¿Me entiende?

Cristian intentó hablar, pero al no encontrar voz, solo asintió con la cabeza. El movimiento le provocó unos fuertes dolores que le indicaron que se había golpeado la cabeza.

La médica comprendió qué le pasaba y le aclaró la situación:

—Su coche se estampó contra una farola. Es una carretera poco transitada; tuvo suerte de que alguien pasó a los pocos minutos de tener el accidente y nos avisó. Tiene mal el hombro y una brecha en la cabeza. Le hemos puesto cinco puntos. Parece que no ha sido un golpe muy fuerte; esperemos que no tenga más consecuencias. ¿Se acuerda de lo que pasó?

Cristian se acordaba de todo: del mal día que había tenido, del coche, la velocidad, el frenazo y por último se acordó de ella. Encontró con dificultad las fuerzas para hablar y dijo:

—Me llamo Cristian Cros y tengo seguro privado. No sé en qué compañía; solo vivo aquí desde hace una semana. Lléveme a cualquier hospital de Londres, mi seguro se hará cargo.

—Desde luego, no se preocupe ahora por eso —le contestó la médica con la misma voz agradable—. Le llevaremos al Hospital General; será bien atendido.

Él asintió y con una mueca de dolor continuó:

—Tengo en Londres una médica particular, por favor, cojan mi móvil y llámenla. Se llama Minerva, encontrarán su número con este nombre.

—Le recomiendo que mantenga la calma —le aconsejó la mujer—. Parece que tiene buen aspecto, creo que no será necesario molestar a su médica.

—Insisto —dijo él—. Y dígale que estoy muy grave para que se dé prisa. Si ella no está presente, les prohíbo que me atiendan.

—Señor Cros, no voy a mentir a una colega. Debemos llevarle a un hospital para asegurarnos de que no hay un traumatismo craneal, pero le aseguro que no está grave —le riñó la mujer—. Y con respecto a prohibirnos nada, le acabo de poner un sedante, así que pronto se dormirá.

Cristian notaba que los párpados le pesaban más de lo normal y se sintió de repente muy cansado. Cerró los ojos y, con sus últimas fuerzas, indicó balbuceando:

—Llámenla, por favor.

El sedante hizo efecto y Cristian se quedó dormido.

La médica suspiró mirando por la ventana; faltaban todavía unos diez minutos para llegar al hospital. El paciente estaba estable y no era probable que aparecieran complicaciones. El tipo había tenido suerte, probablemente el Ferrari que conducía le había salvado la vida. Preguntó a un enfermero por el teléfono del paciente, había decidido cumplir sus exigencias y llamar a su médica desde la ambulancia.

—Buenos días, soy la Dra. Harris, médica de guardia en el Hospital General, y quiero hablar con Minerva —dijo con voz profesional.

—Buenos días, soy la Dra. Minerva Martín, médica residente en el hospital St. Thomas. ¿En qué la puedo ayudar?

—Voy en ambulancia de camino al Hospital General y el paciente que tenemos dice que usted es su médica particular e insiste en que venga cuanto antes. Llegaremos al hospital en unos diez minutos.

—¿Su médica particular? ¿Cómo se llama el paciente? —preguntó Minerva con interés—. ¿Está grave?

—Está sedado y estable, pero hay que hacerle pruebas. Ha tenido un accidente de coche. Se llama Cristian Cros.

A Minerva se le paró el corazón.

—Iré enseguida. Gracias por avisarme.

La ambulancia llegaba diez minutos más tarde al hospital. Cristian se encontraba dormido todavía. La Dra. Harris, tras practicarle un escáner y comprobar que tenía las constantes vitales normales, lo mandó a planta. Después le practicarían las pruebas rutinarias para descartar cualquier otro problema.

51

Cristian abrió los ojos con dificultad; sentía los párpados muy pesados y le costó varios intentos visualizar dónde se encontraba. Al principio solo vio una luz artificial muy chillona y sintió un olor nauseabundo a medicinas y lociones desinfectantes. Las paredes impersonales y blancas, y el dolor en el hombro le indicaron que se encontraba en el hospital.

Se acordó del accidente. Intentó incorporarse y, cuando escuchó un ruido, decidió averiguar cuál era su situación. ¿Tendría alguna lesión grave?

En su campo de visión no había nada, solo un monitor que emitía algún pitido de vez en cuando. Volvió la cabeza hacia el otro lado y se topó con una mujer que le daba la espalda. Estaba mirando unos papeles con interés. La melena suelta color trigo le caía ondeando sobre los hombros y le indicaron a Cristian que se trataba de ella, su amor. La veía con el cuerpo rígido, mirando preocupada su ficha. Cuando se giró, Cristian cerró los ojos de repente; no quería que lo descubriese despierto, todavía no. Minerva se acercó hacia su cama, le tocó la frente con delicadeza y luego la mejilla. Cuando se alejó de nuevo, Cristian volvió a abrir los ojos y sonrió feliz. Le quería, Minerva le quería.

Cristian decidió hacer acto de presencia, así que intentó incorporarse emitiendo un quejido en señal de que sentía mucho dolor. Ella, al advertir que se había despertado, acudió rápidamente y le dijo con voz impersonal:

—Estate tranquilo y no te esfuerces; de lo contrario, te quedarás mucho tiempo postrado en esta cama.

—¿Qué quieres decir? —logró articular él, asustado—. En la ambulancia hablé con la médica y me dijo que parecía que no tenía nada grave.

—Así que te dijo que parecía que no tenías nada grave... —repitió ella y después, con la mirada encendida, le preguntó—: Entonces, si sabías eso, ¿por qué le dijiste a la doctora que me llamara y que me metiera prisas? No me mires con esa cara, ¿acaso pensabas que ella no me lo contaría? ¿Es que quieres acabar conmigo?

Él le contestó con una ensayada sonrisa:

—Me asusté y quería que vinieras. Eres médica, confío en ti.

Ella se acercó a su cama y le dijo dulcemente:

—Confías en mí... ¿Y eso desde cuándo? Hace apenas unos días no quedaste conmigo a solas porque...

—¡Minerva! —le cortó él, en voz baja—. Por favor, estoy dolorido, recuerda que sufrí un accidente. No me vengas con sermones ahora.

—Estás dolorido, claro, siempre gira todo en torno a ti. —Y con rabia contenida le golpeó con la mano el hombro herido. Él chilló de dolor, tocándose el hombro lastimado, pero ella no se inmutó. Con tranquilidad se sentó en el sillón contiguo a la cama, cruzó las piernas y dijo con voz satisfecha—: Ahora sí que estás dolorido. Adelante, puedes quejarte, pero no demasiado; como tú mismo has indicado, soy tu médica particular. Estoy al cargo de tu situación, así que nadie vendrá a ayudarte. Has dormido siete horas seguidas; son las once de la noche, así que vamos a pasar una bonita velada solos: tú y tu medica particular.

Cristian escuchó sin replicar. Era su primer asalto y se merecía todas y cada una de sus envenenadas palabras. Sin poder evitarlo, se sintió dolido por su falta de compasión. Giró la cabeza hacia el monitor y le dijo:

—Si tanto te ha molestado el nombramiento de «médica particular», podrías no haber venido. Pero ya que estás aquí, dime en qué situación estoy.

Ella le contestó en el mismo tono impersonal de antes:

—Tranquilo, no te martirices, que no tienes nada aparte de muy buena suerte. Ese accidente habría podido ser mortal. La brecha de la cabeza te dejará alguna marca por un tiempo y unos breves dolores de cabeza. Te quitará un poco de atractivo, pero confío en que sabrás reponerte y sacar otros de tus encantos. Te han hecho un TAC, el resultado es negativo, no hay nada raro. El hombro está recolocado y te dolerá unos días, nada más. Solo puede que hayas sufrido unas pequeñas pérdidas de memoria.

Cristian se alarmó, volvió la cabeza hacia ella y la fijó con una mirada angustiada:

—¿Pérdidas de memoria?

—Sí, a la vista está que te has olvidado de que soy una mentirosa que no merece tu confianza —contestó ella tranquilamente.

Él volvió de nuevo la cabeza hacia el monitor y dijo en un susurro:

—No he perdido la memoria, Minerva, sé que me dijiste la verdad. —En esta ocasión ella permaneció callada, así que él continuó su discurso sin mirarla—: Investigué a Juan y comprobé por mí mismo todo lo que me contaste. Siento haber tenido que comprobarlo para creerlo; siento no haber confiado en ti desde el principio. Y, por supuesto, siento todo lo que te he dicho y te he hecho desde entonces. Estoy en Londres desde hace una semana, intentando reunir el coraje suficiente para hablar contigo y para suplicarte que me perdones. —Acto seguido se giró hacia ella y le dijo, mirándola directamente a los ojos—: Lo siento mucho, Minerva. Perdóname, por favor.

Ella permaneció quieta con una expresión serena en el rostro. El único indicio de turbación eran sus ojos color tormenta, que no paraban de moverse. Después de un tiempo, le dijo en apenas un murmullo:

—¿Eso es todo? Me has destrozado la vida, me has hecho pasar por un infierno y ahora vienes y me pides que te perdone. ¡Así de fácil!

Él se incorporó, acomodó la almohada y, cuando estuvo medio sentado, alargó la mano y tomó la de ella:

—No pensaba soltártelo así sin más, claro que no, pero llevo una semana con los nervios a flor de piel. No me atrevía a llamarte, y hoy... hoy estaba muy ansioso e iba demasiado rápido, y después del accidente solo necesitaba estar contigo. Lo siento. No me digas nada ahora, estás en tu derecho de estar furiosa conmigo, pero por lo menos sabes que se ha hecho justicia y se ha limpiado tu nombre.

Ella se levantó del sillón, consultó su reloj y dijo en tono profesional:

—Gracias por pensar en mi buen nombre. —Empezó a pasearse furiosa por la habitación y continuó—: Muy bien, te has disculpado, ¡pero de la manera que lo dices, parece que hasta te tengo que dar las gracias! Mira, lo nuestro pertenece al pasado, Cristian, pero si para calmar tu ansiedad necesitas mi perdón, estás perdonado. Yo no soy rencorosa y no me gusta que nadie esté mal por mi culpa. Ahora bien, tampoco soy tonta: que te haya perdonado no significa que haya olvidado lo que pasó. Esta noche me quedaré contigo; mañana a primera hora es muy probable que te den el alta y cada uno retomaremos nuestras vidas.

—Gracias, Minerva. Gracias por perdonarme —le dijo él, agradecido—. No quiero decirte más cosas ahora; no es el momento ni el lugar. Mañana es viernes, si me dan el alta, ¿puedes ausentarte del trabajo hasta el lunes por la mañana y acompañarme a un lugar?

—Cristian, ¿no me has oído? No pienso acompañarte a ninguna parte. Me alegro de que hayas podido comprobar la verdad por ti mismo y que se haya aclarado la situación entre nosotros, pero esto no cambia que estamos a años luz el uno del otro. Si Júnior quiere verme y tú estás de acuerdo, podemos tener un trato cordial por el niño, pero de ti no quiero saber nada. Ahora soy yo la que no confía en ti; estás bien hasta que sufres una crisis y dejas de estarlo.

—Es un lugar muy bonito que sé que te gustaría —insistió él—. Solo serían dos días, sábado y domingo; es para agradecerte que me hayas perdonado. Si después de estos dos días decides que nuestros caminos ya no coinciden, te prometo que respetaré tu decisión. Dos días, Minerva, por favor.

Ella relajó los hombros y dejó de estar en guardia. Estaba meditando una respuesta; era difícil rechazar a un Cristian Cros entregado.

El pecho de él subía y bajaba de forma precipitada, esperando una respuesta.

Ella sacó con gesto profesional una jeringuilla y una bolsa de plástico transparente, y mientras la colocaba sobre un soporte, le dijo:

—Tengo que cambiarte la vía. La que te han puesto al entrar te la has arrancado mientras dormías. No he querido despertarte, pero ahora hay que administrarte más calmantes; al fin y al cabo, hace unas horas te has estampado contra una farola de acero. En cuanto a lo que acabas de decir, lo pensaré y mañana te daré una respuesta.

Acto seguido, sacó de una bolsa estéril un algodón redondo, lo roció con alcohol y tomó la mano de él con suavidad. Cristian levantó las cejas y frunció el ceño, consciente de que iba a sentir dolor, al ver que la mano de ella frotaba la suya en la parte superior para encontrar la vena.

—¿Es necesario el pinchazo o solo te estás vengando? —Luego añadió en voz baja—: no sé si lo sabes, pero no soporto los pinchazos.

Ella sonrió y, cuando encontró un punto que al parecer podía ser el lugar perfecto para agujerearle, le dijo divertida:

—Deja de quejarte, grandullón, eres peor que un niño. Ahora, cuando yo te diga, aguanta la respiración y ya verás que no duele. ¿Entendido?

Él asintió sin ganas y, por el color lívido que adquirió su cara, Minerva supo que las agujas le asustaban de verdad. Sintió compasión, le tomó la mano con delicadeza y le dijo con suavidad:

—Venga, sé fuerte, el pinchazo es necesario, no me estoy vengando. Después de un traumatismo severo, los dolores son muy fuertes y los músculos se pueden endurecer y crearte otros problemas mayores; tengo que ponerte la medicación.

Mientras le hablaba, le insertó una aguja bajo la piel y se la fijó al brazo, asegurándose de que no pudiera volver a arrancársela. La conectó al tubo que salía de la bolsa transparente y la medicina empezó a entrar despacio en el cuerpo de Cristian.

—En unos minutos te relajarás y dormirás, por lo menos, hasta las seis de la mañana. Yo me quedaré contigo; no te emociones, no lo hago por complacerte. Me has nombrado tu médica particular, así que cumpliré con esta función y mañana te pasaré la factura. ¿Todo claro?

—Clarísimo —dijo él, arrastrando las palabras, clara señal de que la medicina surgía efecto—. No sé cuál es tu tarifa; espero poder pagarte.

—Tranquilo, Míster Siete, seguro que podrás permitírtelo.

Él la premió con una amplia sonrisa y se dejó caer en un profundo sueño.

52

Minerva intentó mantener despiertos todos los sentidos. Llevaba doce horas al lado de Cristian y el cansancio le empezaba a pasar factura.

Había sido dura con él, pero notaba cómo poco a poco la maldad se alejaba de ella para dar paso a la Minerva de toda la vida: compasiva y altruista. Sin embargo, no podía ablandarse, tenía que ser fuerte.

Si algo había aprendido después de la ruptura con Cristian, era que en la vida no solucionabas nada con pedir perdón al corazón; dolía igual. Así que debía protegerlo; no podía permitirse volver a ser confiada y soñadora. Sabía que, aun cuando las cosas se habían aclarado y él venía en son de paz, no podía bajar la guardia. Pero no podía negarlo, estaba satisfecha por haber aclarado la situación; había sido como sacarse una molesta espina y ella había quedado por fin libre de culpa.

Le escuchó moverse inquieto en la cama, balbuceando la palabra «no». Era normal que sufriera pesadillas después del accidente. Se acercó a él, le abrazó para que se calmara y le contempló en silencio. A pesar de llevar puntos en la cara, era el hombre atractivo de siempre. Tenía un pequeño hinchazón en el labio que le hacía parecer triste. El pelo corto y los puntos de la sien le proporcionaban un aspecto de tipo duro. El brazo izquierdo lo llevaba vendado y en la mano derecha tenía unos cortes superficiales. Las piernas, por suerte, no habían sufrido ningún daño. Aunque su situación no era grave, Minerva sabía que en los próximos días y tal vez semanas sufriría muchos dolores.

Se levantó de la cama y salió al pasillo para tomarse un café. A través del ventanal vio que estaba amaneciendo.

Hacía tan solo unas horas, Minerva consideraba que su vida estaba completa. En el hospital adquiría cada vez más experiencia y el médico jefe estaba contento con su trabajo. Ganaba bien, por lo que se podía permitir prácticamente cualquier cosa, y vivía en una buena casa, situada en un barrio selecto, y tenía a Laura y a Michel.

Pero cuando la avisaron de que Cristian había sufrido un accidente, su corazón se paralizó por el miedo. Había salido del hospital de manera precipitada y, al ver que no se detenía ningún taxi, corrió varias calles abajo hasta que por fin un coche paró a su lado y la llevó hasta el Hospital General. Tras llegar, la Dra. Harris le contó lo sucedido y le entraron ganas de romper algo por el susto que se había llevado. Aunque, a pesar de no querer reconocerlo ni delante de su conciencia, estaba complacida de que él la hubiese reclamado.

Al regresar a la habitación, y sin saber por qué, Minerva intuyó que iba a ser un buen día.

Él estaba despierto, al verla entrar se le iluminó la cara, y dijo contento:

—Pensaba que te habías ido sin despedirte.

—¿Y sin pasarte la factura? —preguntó ella, fingiendo estar contrariada—. Dime, ¿cómo te encuentras?

—Bien... creo. Me siento un poco débil y me duele la cabeza. Supongo que es normal. Además, quiero ir al baño.

Ella asintió, se acercó y le ayudó a bajar de la cama, enseñándole el baño. Mientras estaba sola en la habitación, se quitó la bata de médico que llevaba puesta y se arregló un poco. Tal vez no se verían en mucho tiempo. Él regresó y, tan solemne como le permitía su aspecto, le dijo:

—Gracias, médica particular. Parece que tienes intención de irte; me imagino que estás muy cansada. ¿Cuánto te debo?

—Cristian — le regañó ella con voz grave—, ya sabes que estaba bromeando.

Él se detuvo un momento.

—Si no lo has hecho por dinero, entonces tendrás que aceptar mi regalo. ¿Vas a venir conmigo?

—Cristian, no puedo... —dijo ella, cruzando los brazos, con un gesto protector—. Ni puedo ni debo.

—Mira, te propongo un trato —planteó él de improviso, y un brillo de emoción destelló en su oscura mirada.

—Cristian, sabes que tus tratos no suelen acabar bien —apuntó ella con cariño.

—Escúchame por lo menos, por favor —le pidió él, mientras cambiaba de posición en la cama y un gesto de dolor aparecía en su rostro.

Ella se preocupó al verle mala cara y le animó con la mirada a que continuara.

—Tengo que ir al lugar del que te hablé. Está decidido desde hace tiempo, pero mira cómo estoy; necesito que me acompañe un profesional. Te pido que seas mi médica personal dos días y, a cambio, yo te daré lo que me pidas. Sin rechistar. Solo dos días. Tú y yo. Como médica y paciente.

—¿Cualquier cosa? —preguntó ella.

—Cualquier cosa —repitió él.

—De acuerdo —claudicó Minerva—. Dos días.

Sostuvieron un tiempo las miradas; el gris tormenta abrasaba el negro carbón. Él fue el primero en desviar la mirada y dijo:

—Perfecto, mañana a las siete de la mañana pasará un chófer a recogerte. Mete ropa cómoda de playa en la maleta.

—¿Playa? —preguntó ella, desconcertada—. ¿En junio, en Inglaterra?

—¿Quién ha dicho que nos quedaremos en Inglaterra? —Y sin desvelar el misterio, añadió—: llévate el DNI.

Ella asintió con la cabeza, giró sobre sus talones y se dirigió hacia la puerta.

Cristian la llamó desde la cama:

—¿No me das un beso antes de irte? Soy un pobre enfermo, postrado en una cama de hospital.

—Un «pobre enfermo» no piensa en viajar mañana a otro país. No te hagas la víctima, Míster Siete, que no te sienta bien. —Y mientras hablaba, se acercó y le besó la frente, diciéndole con cariño—: Que te mejores pronto.

Y salió por la puerta sin mirar atrás.

Cristian se quedó en la cama con una expresión risueña dibujada en el rostro.

«¡Me quiere!», pensó feliz.

53

Al día siguiente, Minerva esperaba puntual delante de su casa. Cristian había dejado el hospital, tal como estaba previsto, y le había mandado un mensaje indicándole que mandaría un chófer para recogerla. Él viajaba antes y la esperaría allí.

Minerva, a pesar del cansancio acumulado, había dormido mal. Estaba enfadada consigo misma: ¡se había rendido! ¿Por qué le costaba tanto mantener un «no»?

Estaba enfadada pero ilusionada. No quería reconocerlo abiertamente, pero se había sorprendido más de una vez sonriendo sin ningún motivo.

Volver con él era imposible; ella lo había perdonado, pero ahora vivían en países distintos y Minerva no tenía intención de regresar a España. No había estudiado seis largos años, sola en Madrid, para tirar su carrera por la borda. Estaba bien en Londres; había comenzado a echar raíces.

En medio de aquellos pensamientos, vio acercarse un coche de color oscuro con ventanas opacas y las luces delanteras encendidas. Al pararse delante de su casa, Minerva se acercó. El chófer, un hombre fornido, de unos cuarenta años, la saludó con educación y la ayudó con su pequeña maleta.

Acomodada en la parte trasera del coche, Minerva pensó que era la primera vez en su vida que no sabía adónde iba y sintió emoción por lo desconocido. Veinte minutos más tarde, el coche se paró en una zona desierta donde se divisaba una pista estrecha. El chófer realizó una llamada y, unos minutos más tarde, vio aterrizar un pequeño avión en la pista.

Hacía mucho aire, por lo que Minerva salió corriendo del coche y se acercó al avión siguiendo las instrucciones del chófer. Nada más subir a bordo le dio la bienvenida un hombre joven y atractivo que se presentó como el comandante Cirose. Le indicó que despegarían enseguida y que el viaje duraría unas tres horas aproximadamente. No le dijo cuál sería el lugar de destino y Minerva tampoco preguntó; era obvio que Cristian lo había dispuesto de aquella manera para mantener la sorpresa hasta el final.

A bordo de la nave se encontraba una azafata: una chica morena, con piel color aceituna y cabello corto y rizado. Le habló a Minerva en inglés, por lo que no pudo situar su origen. Por el color de su piel y la distancia que había que recorrer, Minerva pensó que el destino era algún lugar del Mediterráneo. ¿Pero cuál? ¿Tal vez España?

No lo creía posible, pues no tendría sentido el misterio. Si Cristian mantenía la incógnita es que había algo más. Debía de haber algo más.

Se acomodó en una butaca de piel y escuchó cómo el comandante le indicaba por los altavoces que iban a despegar en breve. Era la primera vez que Minerva viajaba en un avión privado.

Cuando llevaban una hora de trayecto, la azafata le sirvió un delicioso desayuno, formado por cruasanes, zumo de naranja recién exprimido, café y fresas. La mimó durante todo el trayecto, sirviéndole más café y hasta una copa de champán. Minerva pensó que su aventura había empezado de una forma excelente. Se entristeció al pensar que todo lo que traía Cristian a su vida empezaba bien, pero acababa siempre mal.

El avión aterrizó de manera brusca y Minerva no pudo aclarar qué suelo pisaría al bajar. Estaban en algún lugar situado en medio de la nada, rodeado de vegetación escasa y seca. Al levantar la vista se topó con un cielo azul, intenso y resplandeciente.

La azafata la ayudó a bajar y le indicó que debía seguir su trayecto en hidroavión. Estaba claro adónde iba: al fin del mundo.

Eran casi las once de la mañana cuando, al pisar el suelo de aquel país desconocido, Minerva pudo sentir un olor salado muy familiar: el mar estaba cerca. Muy animada, subió a bordo del hidroavión. El piloto, un hombre corpulento y muy moreno, la saludó en un inglés básico, indicándole con los dedos que en veinte minutos llegarían al destino. Una vez en el aire, Minerva pudo divisar a lo lejos el mar y unas islas. Al sobrevolar un pequeño pueblo, el aparato comenzó a perder altura y el piloto le enseñó de nuevo cinco dedos y levantó el pulgar, por lo que ella entendió que solo faltaban unos minutos para llegar al destino final.

El hidroavión descendió lentamente hasta que, de golpe, se dejó caer sobre el agua. Minerva gritó por la sensación de vacío que experimentó y, al ver el extraño baile que el aparato describía al moverse de un lado a otro, pensó que había cumplido el cupo de sensaciones por un año entero.

El piloto la miró divertido y le hizo una señal indicándole que mirara hacia delante. Al hacerlo, Minerva vio que se acercaban a un tramo de tierra, con grandes palmeras y otros árboles desconocidos. Parecía una isleta. Unos momentos después, él apagó el motor y el aparato se detuvo. El hombre abrió la puerta y le indicó con las manos que debía bajar.

Minerva le dio las gracias y bajó a una especie de embarcadero. Mirando al frente, se dio cuenta de que acababa de llegar al paraíso. Un paraíso compuesto principalmente por el azul intenso y translúcido del mar que se juntaba en el horizonte con el cielo, formando una línea común interminable. Minerva sabía lo que era el infinito, pero nunca antes lo había visto con tanta claridad. Debajo del inmenso azul, la vegetación lucía un color verde limpio y puro. En medio de la pequeña isla se encontraba una casa. Era de madera, pintada de color blanco, con grandes ventanales de cristal. Delante de la casa había una terraza compuesta por varios sofás también blancos, una mesa rectangular y un parasol que protegía todo el conjunto. Sobre la mesa, un arreglo floral blanco y verde le daba al conjunto un aspecto de revista. Entre la terraza y el lugar donde se encontraba Minerva, había un sendero. Los márgenes estaban marcados por finas piedras blancas, incrustadas en la suave hierba. Con paso titubeante, Minerva empezó a recorrer el sendero, hasta que, de pronto, se encontró con Cristian.

Este, para no desentonar con el paisaje, también vestía de blanco. Llevaba un cómodo pantalón corto, una camiseta sencilla de algodón y el brazo izquierdo vendado. Tenía buen aspecto; parecía fresco y descansado. Al llegar junto a ella, la premió con una amplia sonrisa y le dijo contento:

—Bienvenida, princesa. ¡Adivina dónde estamos!

Ella dejó la maleta en el suelo, se retiró un mechón rebelde de la cara, se quitó las gafas de sol y le dijo con gesto cansado:

—En el fin del mundo. Llevo desde las siete de la mañana de camino, del coche al avión, del avión al hidroavión y así. El último piloto solo me hablaba con los dedos y las manos. Ilumíname, ¿dónde estamos?

Él le agarró la pequeña maleta y le dijo, mientras se dirigían hacia la casa:

—Sé que el viaje es pesado, yo hice ayer el mismo trayecto, pero te prometo que merece la pena. Vamos, tengo preparado un almuerzo que te va a encantar, y hay limonada fresca. Mientras picamos algo, te desvelaré el secreto.

Minerva le siguió en silencio, pensando que le daba igual dónde se encontrara. Mientras estaba con él, nada más tenía importancia.

54

La sala de espera estaba poco iluminada. Se componía únicamente de dos grandes sofás y una mesa ovalada sobre la cual había unas revistas. Un ambientador eléctrico inundaba la estancia de un aroma sensual de rosas silvestres. Últimamente, Juan visitaba a menudo ese lugar.

Era su único consuelo hasta alcanzar el día de su felicidad. O de su venganza.

Soñaba con ese momento. Cada día y cada noche. No sabía los detalles. Todavía su plan no había tomado forma, pero tenía preparadas algunas piezas. Solo faltaba juntarlas y llevar a cabo su propósito. Tenía intención de viajar pronto a Londres para ver si ella, por fin, le correspondía.

Ya era hora de hacerle ver que él era el hombre de su vida. Era la última oportunidad que Juan estaba dispuesto a darle. De ella dependería su propio futuro. Si era inteligente, tomaría la oportunidad que él le daba, sin pensarlo.

A esas alturas debería apreciar su lealtad y paciencia. Seis largos años de ansia y soledad.

La puerta se abrió y en la sala entró una mujer elegante, con el pelo rubio recogido en un estricto moño y una falsa sonrisa dibujada en la cara.

Le ofreció a Juan una copa y le invitó a pasar a otra habitación. Juan bebió el cava sin apenas respirar y siguió a la mujer. Entró en una estancia acogedora donde se encontraba un ordenador conectado a una gran pantalla. Juan se sentó en un cómodo sillón y esperó para ver las novedades de aquella semana.

La mujer rubia encendió la pantalla y le dijo:

—Aquí le dejo; está en su casa. Tenemos cinco chicas preciosas que acaban de entrar esta semana. Sé que no le gusta repetir. Cuando se decida por una de ellas, solo tiene que apretar el botón verde y le haremos pasar. ¿Otra copa de cava?

Juan asintió con la mirada y se preparó para ver las novedades de aquella semana. Desde que había regresado de Londres, frecuentaba aquel local de prostitutas de lujo con asiduidad. Se sintió tan herido y decepcionado por la actitud de Minerva, que tuvo que encontrar la manera de desahogarse. El local era muy discreto y se disfrutaba de completa privacidad. Para clientes como Juan, que no querían repetir, cada semana ofrecían chicas nuevas.

La primera mujer que apareció en la pantalla era morena. Una belleza clásica, de pelo liso y largo, labios carnosos y ojos oscuros. Por su corta presentación, Juan supo que tenía veintiún años, era portuguesa, hablaba tres idiomas y era muy complaciente. Juan apretó el botón rojo; no quería a alguien complaciente aquel día, sino a una mujer de verdad.

La segunda mujer era colombiana. Toda dulzura y felicidad. Tenía un pelo rizado que le enmarcaba una deliciosa cara redondeada, una sonrisa auténtica y una voz muy personal. Juan supo desde el primer momento que sentiría placer al cambiar la expresión de felicidad de aquel rostro por una de sufrimiento. Se excitó al imaginarse lágrimas saladas sobre sus dulces labios. Sin pensarlo dos veces, apretó el botón verde.

En la pantalla apareció una fotografía grande de la chica y un mensaje que decía: «La dulce Erasia le espera en la habitación número 2». Juan terminó la copa y salió al pasillo para localizar la habitación indicada.

Antes de entrar, se miró en el espejo que había junto a la puerta. Vestía ropa cara y elegante, tenía aspecto cuidado y distinguido, los brazos fuertes se asomaban por debajo de la fina tela de la camisa. Para compensar su baja estatura, llevaba unos zapatos especiales hechos a medida. Había cumplido cuarenta y tres años, pero se mantenía en buena forma. Sabía que causaría una excelente impresión.

La habitación de Erasia estaba decorada en tonos rosados, y ella vestía un *negligé* del mismo color. Le recibió sonriente, sirviéndole otra copa de cava. Juan aceptó la copa y se la tomó despacio mientras admiraba los sensuales gestos de la chica mientras se quitaba la ropa.

Una hora más tarde, dejaba a la chica desnuda, tumbada sobre la colcha rosa de la cama. Ya no sonreía, sino que se tragaba entre suspiros las lágrimas que corrían por su deliciosa cara. Juan sonrió contento y se marchó satisfecho.

En la entrada de su casa le recibió su gato Lufer. Junto a este, se encontraba otro felino de color blanco llamado Nieve, que Juan había adoptado para hacerle compañía al huraño Lufer. Los dos gatos eran físicamente como la noche y el día, y se llevaban peor de lo esperado.

Lufer ignoraba a Nieve y no dejaba pasar ninguna oportunidad para imponerse a la competencia. Nieve, por su parte, sentía la inseguridad del otro y tenía una actitud soberbia. Los dos luchaban por igual para conseguir llamar la atención del amo de la casa y este estaba encantado.

Después de pasar un rato agradable en compañía de sus dos felinos, Juan se encerró en su cuarto y sacó con cuidado una caja del armario. En la caja se encontraban los billetes de avión para viajar a Londres. Los verificó con esmero y se aseguró de que todo estaba en orden. Faltaban solo dos semanas.

También tenía reservada una habitación en un hotel que se encontraba cerca de la casa de Minerva.

Por último, sacó de la caja con gesto estudiado un pequeño revólver de color plateado. Le quitó el seguro, verificó el cargador y simuló un intento de disparo.

Sintió una subida de adrenalina al imaginarse a Cristian Cros delante de su trayectoria y rió por lo bajo al imaginarse la bala volando por los aires para encastrarse, con un gesto seco, en la cabeza del futbolista.

Momentos después, esa imagen se desvaneció y apareció el rostro angelical de su amada. Si Minerva le desconsideraba y no era capaz de aceptarle y entender su amor, era mejor acabar con ella para siempre.

Si no era para él, no sería para nadie. Volvió a colocar la pistola en posición de tiro, como había aprendido en las clases que frecuentaba, y se la imaginó delante de él.

La vislumbró de pie, con la melena enmárcandole la cara, los ojos bañados en lágrimas, las mejillas pálidas, los labios carnosos curvados hacia abajo y formando una expresión de tristeza en su rostro. Poco a poco la tristeza se convertiría en miedo; su mirada estaría aterrorizada y sus labios le implorarían perdón; un perdón que no iba a llegar.

Simuló un disparo rápido, con mano firme, sin dudar.

Juan se estaba preparando para cualquier posibilidad y tomaba todas las precauciones posibles.

Esta vez nada se interpondría en su camino. Nada ni nadie.

55

Cristian estaba contento. Por el momento, su plan tenía bastantes posibilidades de éxito. Allí estaban, los dos solos, pasando una bonita mañana de sábado en una isla paradisíaca.

Decidió que había llegado el momento de desvelarle la sorpresa. El día era resplandeciente, una luz cálida traspasaba la atmósfera y solo se escuchaba el ruido relajante de las olas al romperse en la orilla. De vez en cuando alguna gaviota subía la nota, robando protagonismo al vaivén de las olas.

La mesa estaba repleta de aperitivos griegos: *tzaziki*, una rica crema de yogur griego con pepino; queso *halloumi* a la plancha; *skordalia*, un puré frío de patatas con limón y ajo; ensalada con olivas negras y queso fresco; pasteles de pasta *philo*; diferentes clases de olivas; pasteles dulces con frutos secos y almíbar de azahar, y otros manjares. Minerva probó un trozo de pastel salado y, sin poder aguantar más la curiosidad, preguntó:

—¿A qué viene todo esto? ¿Me vas a contar algo o continuaremos todo el día en este plan, en el que tú no cuentas y yo no pregunto? —Y se quitó la sudadera deportiva con un gesto rápido, quedando vestida únicamente con una camiseta sin mangas, ofreciendo un primer plano muy apetecible.

Cristian se movió nervioso en la silla, se juntó las manos debajo de la barbilla y continuó en tono relajado:

—Estamos en Grecia, en una isla a doscientos quilómetros de Atenas. Sé que para ti esta cultura es especial, así que he decidido comprar una isla, llamarla Minerva y regalártela.

Si ella había quedado impresionada por lo que acababa de escuchar, lo disimuló muy bien. No se entusiasmó, ni cambió la expresión de su rostro. Tal vez en su mirada apareció un pequeño brillo.

El silencio se vio interrumpido por el chillido de una gaviota que voló muy cerca de ellos. Minerva la siguió con la mirada hasta que desapareció de su campo visual. Después pareció acordarse de Cristian y de su isla.

—Así que quieres regalarme una isla griega... —Sujetó con las manos los reposabrazos de la silla y preguntó despreocupada—: ¿Qué fue de las flores y los bombones? ¿Qué intentas hacer? ¿Comprarme o contentar tu conciencia?

—Según mis criterios, las flores y los bombones están sobrevalorados —contestó él, tomando una posición relajada en la silla—. No quiero comprarte; solo quiero agradecerte que me hayas perdonado y quiero que lo hagas de verdad y que olvides lo que ha pasado.

—Cristian, el olvido y el perdón no se consiguen con regalos caros, sino con tiempo. No te agobies, ya te dije que te he perdonado; deja las cosas como están y punto. No quiero tener una isla, gracias.

Él abandonó su silla y se aproximó a ella, se sentó de cuclillas y puso la cabeza sobre sus rodillas.

—La isla es lo de menos, no era mi intención que cobrara protagonismo. No espero impresionarte, ni quiero nada a cambio. Simplemente quería un lugar donde perderme, recomponerme y que tenga algún vínculo contigo. Y quiero que sea tuya. Me he portado muy mal contigo, me arrepiento de todo. Voy a hacer las cosas bien a partir de ahora, pero necesito recompensarte con algo. Acéptala, por favor.

Ella le elevó la cabeza de sus rodillas, le quitó el pelo de la frente con un gesto de cariño y le dijo, mirándolo a los ojos:

—Déjalo ya, Cristian, te lo ruego. Eres muy inestable y cambias de opinión con demasiada frecuencia. Primero sientes la necesidad de hacerme regalos; acuérdate del primer contrato que me ofreciste, el piso, el coche, el dinero... y luego pensaste que por dinero te había engañado y había vendido nuestra historia. Ahora me traes a este lugar y me lo quieres regalar. ¿Por qué y qué vendrá después? Ni necesito ni me impresiona todo esto, lo siento.

Él intentó levantarse, pero se dobló sobre sí mismo con un gesto de dolor. Ella pareció acordarse de su accidente, se levantó con rapidez de la silla y le preguntó preocupada:

—¿Estás bien? Se me olvidó tu accidente. Perdóname, no me gusta ser rencorosa ni sacar la ropa sucia sin necesidad. Vamos a ver tu volante de salida del hospital y dime qué medicación estás tomando.

Él negó con la cabeza:

—No hace falta, estoy bien, luego nos ocuparemos de esto. Ahora siéntate y déjame terminar, por favor.

Ella dudó un momento, pero al ver su mirada decidida, se sentó en la silla:

—Adelante, estás en tu casa.

—No, querida, ya te lo he dicho, estamos en la tuya —le aclaró él, levantando el vaso de *Santal* en señal de brindis.

Ella le imitó, alzó su vaso y mientras le devolvía el brindis, apuntó:

—Pues si estamos en mi casa, cuida tus modales, no vaya a ser que te eche. Aprendí de alguien muy bueno, que me dio una hora para desaparecer.

—*¡Touché!* — Cristian dejó vagar sus ojos por el horizonte.

—No lo he podido evitar, lo siento. —Ella resopló, arrepentida—. No sé qué me ocurre. Pensaba que lo había superado, no debí venir, creo que dos días en esta isla desierta serán demasiado.

Él se levantó de la silla, la tomó de la mano y le dijo, mientras la atría hacia él:

—Ven, vamos a dar un paseo y te enseño la isla.

Ella le siguió sin protestar, se colocó las gafas de sol e intentó soltarse la mano. Él se la retuvo con un apretón y le dijo, suplicante:

—¡No me sueltes la mano!

Ella le miró desconcertada y replicó en tono burlón:

—Seguimos en el cole, pues nada, de la manita. Quien te entiende que te compre.

—No lo decía solo en sentido físico, Minerva —aclaró él—. No huyas, no desaparezcas al mínimo problema, por favor.

Ella paró de andar, se quitó las gafas de sol y le abrasó con su mirada gris tormenta:

—¿De verdad eres tú el que me estás pidiendo esto? ¿De verdad tú me echas en cara que desaparezco al más mínimo problema? ¿Ese es tu maravilloso plan? ¿Pasaremos aquí los próximos dos días de la manita, desahogándonos?

—Seguramente haremos algunas cosas más —dijo él, despreocupado—. No te enfades, venga, vamos a conocer tu isla y a disfrutar de ella.

Ella asintió y, sin poder evitarlo, sonrió. Dejó el enfado volar, inspiró con avidez y se dejó acariciar por la suave brisa del mar. El momento de tensión desapareció por arte de magia y pudieron, por fin, admirar la belleza de aquel fragmento de paraíso.

—Minerva, por favor, no me sueltes —pidió él con cariño.

—Nunca te soltaré, Cristian —contestó ella.

56

Minerva sintió un leve cosquilleo en la piel. Estiró los brazos con pereza y saboreó el estado de trance en el que estaba metida: se encontraba en algún lugar neutro, ni dormida ni despierta. Notó una mano subir por la cadera, metiéndose despacio debajo de su camiseta y tocándole la piel desnuda. Parpadeó y el calor inundó su cuerpo ante aquella sensación tan placentera. La mano siguió avanzando hasta llegar a su pecho, con delicadeza se lo rozó y ella emitió un gemido de placer. El dulce momento fue interrumpido por el chillido de una gaviota que cruzó el silencio e hizo que Minerva abriera los ojos. El espectáculo que tenía delante le cortó la respiración. El cielo estaba teñido de diferentes colores, desde tonos naranjas a rojos y violetas, anticipado el crepúsculo. El sol, en su recorrido hacia el atardecer, filtraba a través de las nubes unos finitos rayos de luz. Al bajar la vista hacia el mar, pudo ver reflejado todo el espectáculo celeste, que adquiría mayor atractivo por el movimiento de las olas.

Con pesar, dejó de admirar el paisaje y giró la cabeza hacia el lugar de donde venía la mano que la tocaba. Estaba tumbada en un enorme baldaquín de verano de color blanco, rodeado por abundante césped y flanqueado en los laterales por pequeñas palmeras. A su lado descansaba Cristian. Estaba despierto y la miraba con intensidad. Ella le apartó la mano con suavidad y dijo:

—Tengo que admitir que esta isla es preciosa. Creo que nunca he visto un atardecer más bonito. Aquí el tiempo parece haberse detenido. ¿Qué hora es?

Él le sonrió complacido y se incorporó:

—Sabía que te gustaría. Ha sido una temporada complicada para los dos. Nos merecíamos un paréntesis en nuestras vidas. Deja que el tiempo transcurra sin medirlo. Mañana por la tarde el piloto que habla con los dedos vendrá a recogernos; hasta entonces podemos disfrutar de la magia de este lugar. Pasa este tiempo conmigo, por favor.

Ella se incorporó también. Su rostro relajado se vio cruzado por una expresión de confusión.

—¿Qué quieres decir? Ya estoy aquí contigo.

—No, no lo estás de verdad. Olvida lo que pasó, por favor, regálame este tiempo y, mañana, si decides que se acabó, prometo respetarlo.

Ella acercó su frente hacia la de él, cerró los ojos y se quedó quieta unos momentos. Podía sentir su respiración en la cara, podía ver la emoción en su mirada. Sus ojos estaban separados por apenas unos milímetros de distancia, el oscuro carbón y el luminoso verde estaban más intensos que de costumbre. Con apenas un susurro, ella dijo:

—No puedo, Cristian, ya no. Me estoy protegiendo de ti. ¿Es que no lo ves?

—Esta vez va a ser diferente, te lo prometo —le aseguró él, mientras le tocaba la cara con delicadeza y se acercaba con su boca a la de ella, rozándole los labios—. Déjame demostrarte que he cambiado.

Ella se apartó suspirando y caminó descalza hasta la orilla. Los pies se hundían en la fina arena y las olas le abrazaban los tobillos en un incansable vaivén. Él siguió sus pasos y tras llegar junto a ella, siguió su discurso:

—Nunca quise hacerte daño, Minerva, tienes que creerme.

—Lo sé —contestó ella sin mirarle—. Pero lo hiciste. Me rompiste en mil pedazos y aún me estoy recomponiendo. Déjame seguir mi camino, no te acerques más a mí, ayúdame a olvidarte.

Unas lágrimas bajaron por su rostro, se las limpió con desdén y le dio la espalda. Él le rodeó los hombros con su brazo sano, apoyó la cabeza en su cuello, inspiró su olor y, tras unos segundos de silencio, declaró:

—Yo no quiero que me olvides, Minerva. Deseo recupérarte y formar una familia contigo y con Júnior —le dio la vuelta despacio y, cuando sus miradas se encontraron, añadió en tono solemne—: Me quiero casar contigo.

Ella apartó la mirada, negando con la cabeza. Después se alejó unos pasos y, al regresar junto a él, le dijo con la mirada encendida:

—¿Pero qué es lo que te pasa? ¿Me quieres volver loca? Cuanto más me alejo de ti, más te acercas tú. Ya sé lo que es: no soportas un «no»; eres capaz de todo con tal de ver que las cosas salen como tú quieres. Pues hazte a la idea: no quiero volver contigo, no quiero tocarte, no quiero besarte, no quiero...

En aquel instante, la boca de él se juntó con la de ella y le ahogó sus palabras. Ella, contraria a lo que había dicho tan solo unos segundos atrás, le recibió hambrienta. Al sentir los labios de él apresando los suyos, la razón la abandonó y se abrió a él. Al sentir su aliento en su cara y reencontrarse con su sabor, emitió un gemido mordiéndole el labio con deseo.

Cuando ya no les quedaba oxígeno en los pulmones, se separaron unos segundos, inspiraron con avidez y volvieron a besarse, esta vez más despacio, sin prisas, saboreando el uno el sabor de otro, dejando el tiempo y el espacio fuera de sus sentidos.

Él fue el primero en separarse, le acarició la barbilla y le dijo:

—Menos mal que no querías besarme. Vamos a la casa. Si estuviera bien, te desnudaría aquí mismo, pero con una mano solo, estoy limitado, lo siento.

—¿Ves cómo me estás volviendo loca? Ya no sé ni lo que digo ni lo que hago, ni me acordaba de que estás convaleciente. Se supone que estoy aquí para ayudarte a recuperarte y aún no he mirado tu volante de salida del hospital.

—Me estás ayudando a recuperarme —contestó él de buen humor, mostrando su adorable hoyuelo—. Tus métodos me sirven. Y mucho.

A continuación le tomó la mano y avanzaron hacia la casa.

—Pronto nos traerán la cena —dijo Cristian, avivando el paso.

—¿En esta isla te traen la cena? —preguntó ella, sorprendida—. ¿Cómo?

Él empezó a reír y replicó alegre:

—En barco. ¿Qué pensabas? ¿Que íbamos de pesca para poder cenar? Te he traído aquí para recuperarte, no para matarte de hambre, princesa.

—Pues mi isla me gusta cada vez más, señor Cros. Al final vas a conseguir que adore más el lujo que a ti.

—¡Eso es imposible! Con mi marca es difícil competir.

—¡Engreído! —rió ella, mientras le volvía a besar en los labios.

57

Cristian apartó el plato, pensando que la cena había sido exquisita. Miró la botella de vino Sauvignon Blanc que se estaba enfriando en la cubitera, rodeado por cubos de hielo. La sacó despacio, admirando su color pajizo verdoso. Al entrar en contacto con la atmósfera, la superficie de la botella se llenó de pequeños círculos de agua que parecían gotas de rocío.

Llenó la copa de ella, después hizo lo mismo con la suya y, al llevársela a los labios, contempló a Minerva a través del cristal. La mirada serena, atrapada por sus largas pestañas, emanaba intensidad; su cara lucía relajada, y la boca estaba llena y sensual. El pelo sedoso, recogido en un moño detrás de la nuca, dejaba protagonismo a la fina línea de su cuello. Su piel, al haber estado expuesta al sol y al aire libre, había adquirido un ligero tono melocotón. El vestido blanco, sencillo y vaporoso, dejaba al descubierto sus redondeados hombros y acentuaba la tersura de su piel. Lo único que ensombrecía su rostro era la expresión seria de su mirada y las cejas ligeramente arqueadas; parecía preocupada.

Minerva, en su interior, luchaba consigo misma, debatiéndose entre sus sentimientos y sus temores. Cristian sabía que le había hecho mucho daño y que ella ya no confiaba en él. Pero también sabía, por su manera de corresponderle a sus besos, que aún tenía sentimientos por él. La atracción que habían sentido el uno por el otro desde el primer momento no había desaparecido, sino aumentado con el paso del tiempo.

¡Ella necesitaba tiempo! Y él sabía que se lo tenía que dar, pero las circunstancias le obligaban a presionarla. En menos de dos semanas, Juan viajaría a Londres y Cristian no podía arriesgarse a que aquel loco tomase represalias contra ella. Tenía que protegerla y para hacerlo necesitaba tenerla cerca. La necesitaba sin más; ella daba sentido a todo y llenaba el vacío de su alrededor.

Cristian lo había intentado todo para poder recuperarla, hasta le había pedido que se casara con él, pero ella todavía no se había pronunciado. Tenía momentos en que la pasión la cegaba y se abandonaba en sus brazos, pero después recuperaba el sentido y volvía a encerrarse en sí misma. ¿Y si al final la razón era más fuerte que los sentimientos?

Asaltado por las dudas y sintiéndose impotente, tomó un sorbo de vino. El sabor afrutado y denso le hizo sentirse más relajado.

—Una moneda por tus pensamientos. Estás muy tenso. ¿Qué te pasa? ¿Te duele mucho? —Una expresión compasiva se asomó a su rostro.

—Sí, me duele mucho que no quieras volver conmigo —respondió él, juntando los labios en un mohín.

Ella se acercó, le besó en la sien con ternura y le dijo:

—No seas niño ni me apliques chantajes emocionales. Agarra un par de botellas y vamos a la playa. Es nuestra última noche, vamos a aprovecharla.

Él se levantó animado de la silla y le preguntó sorprendido:

—¿Un par de botellas? ¿Pero tú desde cuándo bebes tanto? ¿Qué has hecho con la Minerva que yo conocí?

—La Minerva que tú conociste ya no existe —dijo ella, alegre—. Vamos a ver qué podemos encontrar para animar nuestra pequeña fiesta. Me gustaría tomar champán.

Entraron en el salón y Cristian se dirigió hacia un pequeño bar. Ella encontró una cadena musical y sintonizó una emisora de música. En la casa sonaron los acordes de Kygo con su éxito *Firestone*. Minerva empezó a dar vueltas por la habitación riendo. El vestido blanco y vaporoso se levantaba a su alrededor, por encima de los muslos, formando una campana. Era el momento de dejarse llevar y hacer locuras. Cristian sacaba diferentes botellas y se las enseñaba. Primero, una botella de vodka azul, y ella le indicó que no con el dedo índice. Él la dejó en su sitio y sacó otra de coñac. Ella indicó de nuevo que no. La tercera en sacar fue una botella de champán de color rosa. Minerva, al verla, empezó a aplaudir contenta. Cristian la dejó sobre la mesa y siguió buscando. Ella sacó de la cocina dos copas alargadas para el champán y en un plato grande depositó varios trozos de *karidópita,* un delicioso pastel de nueces. Entró de nuevo en el salón y le enseñó el plato. Cristian le dio su aprobación en un estado de humor insuperable. Sacó del bar la cuarta botella: Napoleón III, edición especial. Era la primera bebida que habían compartido en la noche que se conocieron. Ella dejó de reír y asintió con nostalgia.

Prepararon una cesta con las botellas, las copas y el pastel, se hicieron con una manta y se dirigieron a la orilla del mar. Encontraron un rincón con césped, arena y una palmera en medio, y montaron allí su fiesta. Extendieron la manta, riendo, se tumbaron sobre ella apoyados en la palmera y descorcharon el champán. Debido al brazo vendado de Cristian, los honores los hizo ella. El tapón saltó por los aires emitiendo un golpe seco y la espuma del agitado líquido saltó por los bordes de la botella. Llenó las copas con entusiasmo y levantó la suya en señal de brindis:

—¡Por nosotros!

Acabaron la primera copa enseguida y las volvieron a llenar.

Antes de brindar de nuevo, él propuso:

—A partir de ahora, cada uno propone un brindis. Como soy un caballero, te dejo a ti primera. ¡Vamos, sorpréndeme!

Ella se desató el moño y dejó su melena brillar en libertad. Alzó su copa de champán y dijo:

—Por Júnior, nuestro hijo. Es por él que estoy aquí.

Él alzó su copa, brindó, tomó un sorbo y la interrogó con la mirada. Ella dudó un momento, pero los efectos del alcohol la animaron a continuar:

—Acepté venir contigo a este lugar porque me dijiste que a cambio te podía pedir lo que quisiera. Pues ya es hora de que sepas el precio: quiero poder ver a Júnior de vez en cuando. Le extraño mucho.

Él se quedó pensativo unos momentos, acabó su copa y la animó con la mirada para que terminara la suya. Cuando las copas ya estaban vacías, volvió a llenarlas. Alzó la suya y dijo:

—Acepto el trato. Puedes ver a tu hijo cuando quieras. De hecho, llega a Londres en unos días. La próxima semana podrás verle si te apetece.

Fue el turno de ella para quedarse sorprendida:

—¿Júnior en Londres? ¿De vacaciones?

Él jugueteó pensativo con su copa:

—No, no irá de vacaciones. Ahora me toca el brindis a mí. —Alzó su copa y dijo—: Brindo por ti, acabe como acabe nuestra historia, ha valido la pena conocerte.

Ella alzó su copa visiblemente emocionada. Vaciaron de nuevo el líquido rosáceo de un trago y prepararon el último brindis, ya que no quedaba más champán en la botella.

El último brindis de ella, llegó envuelto de emoción:

—Por ti, por darme la oportunidad de sentir mariposas en el estómago. Ha valido la pena conocerte.

Terminaron sus copas, las dejaron en la cesta y se tumbaron boca arriba, mirando el cielo y la multitud de estrellas que lo adornaban. Minerva se incorporó sobre el codo y le preguntó:

—¿Me vas a contar por qué va a estar Júnior en Londres?

—Todavía no —le contestó él, sin darle más detalles.

Ella se levantó de un salto y se dirigió al mar:

—Vamos a bañarnos. Es la primera vez este año; podemos pedir un deseo.

—Llevo el brazo vendado —se quejó él.

—Va —le animó ella—. No te va a pasar nada. No seas gallina.

Y dicho esto, se quitó el vestido y entró en el agua riendo. Él la siguió con la ropa puesta y empezó a reír al escucharla cómo renegaba porque el agua estaba demasiado fría. De repente, la vio desaparecer de la superficie y sumergirse. En unos segundos volvió a aparecer, con el agua bailándole sobre la piel. A Cristian se le encogió el corazón; parecía una diosa renacida del mar, el agua se escurría por su cuerpo mojado dejándole la piel brillante y resbaladiza. Se acercó a su lado. Minerva le abrazó, empapándole y después le atrajo hacia ella. Cristian acarició su piel desnuda y escurridiza, y se fundieron en un beso dulce y salado. Una combinación irresistible. Se zambulleron en el agua un tiempo y entraron en calor. Las olas abrazaban sus cuerpos en un incesante vaivén. Minerva se separó de él y comenzó a gritar, como si fuese una náufraga que necesitaba ayuda:

—¡Estoy feliiiiiiiiiiiizzzzzz!

Cristian se contagió de su entusiasmo y se unió a su grito:

—¡Estoy feliiizzzzzzzzzzz!

Ella se acecó a él y, tras ver que el vendaje de su hombro tenía un aspecto lamentable, le tomó de la mano y le animó a salir:

—Venga, fuera, estás convaleciente.

Salieron corriendo y, tras secarse con una toalla, se enrollaron en la manta. Entre risas y abrazos, se recostaron contra la palmera.

—Hace frío —observó él, al tiempo que le rodeaba el cuello con su brazo sano—. ¿Nos animamos con una copa de brandy?

—Dios, me expulsarán del colegio de médicos—rió ella y estampó un beso en su sien—. Hay que ver lo que estoy haciendo con mi paciente.

—¿Me lo tomo como un sí? —La mirada de Cristian brilló en la oscuridad.

—¿Quién te dice a ti que no? —preguntó ella, de forma retórica.

Cristian sonrió complacido y rebuscó dentro de la cesta. Sacó la botella, tomó un trago de brandy, se acercó a sus labios y, mientras la besaba, dejó pasar a su boca el ardiente líquido. El sabor del brandy se intensificó con el beso y desató la pasión.

La luna era el único testigo. Y desde arriba veía una pareja enamorada y feliz.

58

Minerva sintió un latigazo en la sien. Abrió los ojos con dificultad; sus párpados parecían de plomo. Al notar un fuerte dolor de cabeza, se mareó y volvió a cerrarlos. Se quedó unos instantes quieta y despegó las pestañas despacio. Al principio veía borroso, pero después de unos segundos la vista se le aclaró y advirtió que estaba en la cama. A través del gran ventanal la cegaba una intensa luz.

Estaba completamente desnuda y se notaba la piel tensa. El cabello enmarañado le olía a mar. A su lado se encontraba Cristian. Todavía dormido, ofrecía el mismo aspecto lamentable que ella. Estaba desnudo de cintura para abajo, en la parte de arriba llevaba la camiseta todavía húmeda y del brazo herido le colgaba la venda mojada y sucia.

A Minerva le llegaban *flashes* de la noche anterior. El vino en la cena, el champán rosado, luego el baño en el mar. Recordó que al salir del agua tuvieron frío. Se taparon con la manta y decidieron continuar su fiesta con el *brandy* para entrar en calor. Consiguieron animarse y empezaron a dar rienda suelta a la pasión. Él tomaba el *brandy* en su boca y luego la besaba y le pasaba el ardiente líquido. Lo llamaba «Napoleón con sabor a besos». Luego el Napoleón empezó a pasearse por la piel desnuda de ella y él lo tomaba a sorbos. Lo llamaba «Napoleón con sabor a Minerva». Más tarde, llegó el turno de ella para tomar «Napoleón con sabor a Cristian»; solo de recordarlo a Minerva se le encendió la cara. No sabía cómo terminó la noche ni cómo llegaron hasta la casa.

El cuerpo maltrecho le comenzó a arder. Se levantó de la cama despacio, ahuyentando los recuerdos, y acudió al cuarto de baño. Se lavó la cara y los dientes, y se arregló el pelo. Luego abrió el grifo de agua caliente. Mientras la gran bañera redonda se llenaba, acudió a la cocina y quedó sorprendida al ver que todo el desastre de la cena había desaparecido y en su lugar estaba el desayuno. Se llevó en una bandeja zumo de naranja, café, cruasanes y pan tostado con jamón, y sonrió agradecida al ver en otra bandeja varios sobres de Ibuprofeno. Llenó dos vasos de agua, vació dos sobres de medicamento y se los llevó junto al desayuno al cuarto de baño. La bañera ya estaba llena, miró en una estantería y encontró unas sales de baño y espuma. Cuando el agua estaba llena de burbujas y desprendía olor a lilas, se envolvió en una toalla y acudió al dormitorio para despertar a Cristian.

Dormía plácidamente y tenía una expresión relajada en el rostro. Minerva estaba preocupada por él; sabía que al despertarse tendría dolores. Esperaba que su hombro siguiera bien. Se acercó y le llamó despacio.

Él abrió los ojos y volvió a cerrarlos con una mueca. Minerva sonrió pensando en que él pagaría ahora igual que ella los excesos de la noche anterior. Le besó con suavidad en la sien y le dijo:

—Vamos, Cristian, abre los ojos. Tenemos los dos una enorme resaca; he preparado la bañera. Estoy preocupada por tu hombro.

Él volvió a abrir los ojos despacio, le sonrió y se incorporó. Se tocó la frente con la mano y dijo:

—Me explota la cabeza y me duele todo el cuerpo. ¿Sabes que no me había emborrachado así desde que tenía quince años?

—Vamos, no te quejes. Si te sirve de consuelo, para mí fue la primera vez—. Minerva se levantó vacilante.

—¿Nos vamos a bañar juntos? —preguntó él, sorprendido.

—Sí —afirmó con rotundidad—. Estamos los dos en un estado lamentable y necesitamos un buen baño. Además, esta isla es mágica: han desaparecido todos los restos de la cena y en su lugar tenemos el desayuno. Y lo tomaremos en la bañera.

—¡Vas a bañarte conmigo! —observó él, contento.

—Sí, lo sé —contestó ella, pensativa—. Esta isla está embrujada; no sé qué está haciendo conmigo.

En el cuarto de baño ella le quitó con delicadeza los restos del vendaje, le miró el hombro y añadió:

—Vamos a brindar de buena mañana. He traído Ibuprofeno para que se nos quite el dolor. Toma, este es el tuyo. —Chocaron los vasos y se tomaron la medicina a la vez. Después, ella se quitó la toalla y se metió en la bañera. Cuando estaba rodeada hasta el cuello de burbujas de espuma blanca, él se metió en el agua y se sentó en el otro extremo. Se miraban de frente, expectantes.

—Me siento culpable por lo de anoche. No sé qué me pasó. Recuerdo solo *flashes* —dijo Minerva.

—Yo me acuerdo todo —afirmó él, con una expresión divertida en el rostro—, y te aseguro que no tienes nada de lo que sentirte culpable. Cuando quieras te lo cuento con todo lujo de detalles. Solo de recordarlo me entran ganas de volver a repetirlo.

—¡Cristian!—le regañó ella con cariño—. Cállate y ven aquí conmigo.

Él la obedeció y se sentó sobre ella dándole la espalda. Ella le arropó con sus brazos, buscó el champú y le lavó la cabeza. Él cerró los ojos y disfrutó de la sensación de relax que sentía. Sus dedos se movían expertos, trazando círculos en varios sentidos. Después le aclaró el pelo y con la esponja le enjabonó con gestos suaves la espalda y los hombros. Él emitió un sonido satisfecho y le preguntó:

—¿Haces lo mismo con todos tus pacientes? —ante la mirada confusa de ella, continuó—: ¿Los emborrachas, los metes en el mar de noche, te aprovechas de ellos y después, por la mañana, los mimas en la bañera para que no te denuncien?

Ella sonrió, le dio un beso en la cicatriz de la frente y le contestó con los labios pegados a su piel:

—No, con todos no, solo con los pacientes guapos.

—Tengo que reconocer que tus métodos son eficaces. Ya ni me acuerdo del accidente; es más, le doy gracias. Él te ha traído a mí.

Ella se removió debajo de él y se cambió al otro extremo de la bañera.

— ¡No huyas! —protestó Cristian, molesto por su actitud—. ¿Qué he dicho ahora?

— Nada —contestó ella, evasiva—. Me quiero lavar el pelo.

Acabaron de bañarse en silencio. Envueltos en gruesas toallas, tomaron el café y el resto del desayuno. Después, ella le volvió a vendar el hombro, comprobó que estaba bien y se separaron para cambiarse.

Una vez vestidos, se reencontraron en la terraza. Eran las cuatro de la tarde.

Él vestía informal pero elegante. Pantalón blanco de lino y camiseta gris petróleo. Llevaba puestas las gafas de sol y el pelo corto engominado. Miraba en la dirección del sol y no hablaba. Ella se sentó a su lado y le preguntó titubeante:

—¿Estamos enfadados?

Él la miró de arriba abajo y le contestó distante:

—No lo sé, dímelo tú.

Ella suspiró, se retiró el pelo de la cara y se sentó a su lado.

—Tenemos que hablar. ¿A qué hora nos recogen?

—Dentro de una hora —contestó Cristian, resoplando—. Dime, ¿qué te pasa?

—No me pasa nada, creo que ha llegado la hora de decirnos adiós —dijo ella, tocándose la uñas con nerviosismo—. Una vez que salgamos de la isla regresaremos a la realidad.

—¿Entonces qué ha significado lo de esta noche? —preguntó él, estirando las piernas por debajo de la mesa y cruzando los brazos—. Ha sido premeditado, ¿verdad? Sabías que sería el final, por eso te has comportado así, te has despedido de mí.

Ella se levantó bruscamente de la silla y, abriendo los brazos en señal de impotencia, exclamó:

—¡¿Y qué esperabas?! —se volvió a sentar y, tras un breve silencio, continuó—: Sigo enamorada de ti, es más que evidente, pero con el tiempo te olvidaré. Tú tienes tu vida y yo la mía. Tú vives en Valencia y yo vivo en Londres. Fin de la historia.

—No, Minerva, estás equivocada —dijo él, quitándose las gafas y abrasándola con la mirada—. Tú vives en Londres... y yo vivo en Londres.

—¿Qué quieres decir? —un brillo indescifrable apareció en su mirada.

—Quiero decir —dijo él, mientras se levantaba y se sentaba de cuclillas delante de ella— que estoy hablando en serio cuando te digo que quiero volver contigo. Haremos las cosas de forma diferente, sin secretos, sin miedos. En cuanto comprobé tu inocencia, supe que había sido un cretino y empecé a pensar en cómo conseguir tu perdón. Te fuiste a

Londres por mi culpa y es evidente que aquí has encontrado tu sitio, así que para mí era lógico que no ibas a querer volver. Por eso me cambié de club y me he comprado una casa en Inglaterra; esta semana nos mudamos todos menos mi madre. En unos días será oficial. He retrasado el nombramiento para hablar antes contigo.

Minerva se quedó muda por la impresión. Los colores habían abandonado su cara. Cuando pudo articular palabra, replicó:

—Pero, Cristian, has cometido una locura. Londres sueña glamuroso, pero llueve todo el día y la gente es diferente. Júnior es pequeño, ¿cómo se adaptará?

—Sé cómo es Londres, mi primer contrato importante lo tuve allí, cuando tenía diecisiete años. No me entusiasma volver, me gustaba Valencia, pero la ciudad no me importa si vas a vivir conmigo algún día. Y a Júnior tampoco. Dijo que si era para estar contigo, él se iría a vivir adonde fuera.

—¿Y por qué no me lo has contado hasta ahora? —preguntó ella, molesta—. ¿No crees que era un detalle importante?

—No quería que tomaras una decisión con respecto a nosotros estando presionada. Además, no te sientas obligada a nada. Si quieres estar de nuevo conmigo, hazlo porque quieres, no porque debes. Yo soy mayorcito, he tomado mis decisiones y tendré que afrontarlas, para bien o para mal. En cuanto a Júnior, vas a tenerlo cerca para verle cuando quieras, decidas lo que decidas.

Mientras decía esto, escucharon el motor del hidroavión, señal de que el aparato estaba cerca. Cristian cerró la casa y, cada uno con su maleta, recorrieron el sendero hacia la salida de la isla. Cuando el aparato se dejó caer sobre el agua, ella miró con cariño a Cristian y le dijo:

—Gracias por estos dos días en este sitio tan especial.

—De nada —alargó su mano y le entregó una llave dorada—. Toma, es tuya. Cuando te dije que la isla era un regalo, estaba hablando en serio. Está a tu nombre. Puedes volver cuando quieras. Con o sin mí.

Ella aceptó la llave, se quedó mirándola un tiempo y exclamó:

—Estás loco, definitivamente loco. Ya no me queda ninguna duda.

59

Laura dejó la taza de café sobre la mesa y cortó un trozo de pastel. Jugueteó con la cuchara y sin probarlo lo apartó. Minerva, por su parte, miraba su taza de forma ausente. Laura fue la primera en despertar a la vida y le preguntó con su franqueza de siempre:

—¿Quién se ha muerto esta vez? Llevas cuatro días desaparecida.

Minerva levantó una ceja, mirándola de manera suspicaz:

—Al parecer, en tu entorno también se ha muerto alguien. ¿Qué te pasa?

—Vamos por partes —dijo Laura—. Yo pregunté primero.

Minerva suspiró, tomó un sorbo de café y respondió:

—Es Cristian. Quiere volver conmigo y no sé qué hacer.

—¡¿Cómo?! ¡Dame detalles! —exclamó Laura, exaltada—. ¿Te llamó? ¿Te buscó? ¿Te vino a buscar al hospital? ¡Cuenta!

—Tuvo un accidente y pidió que fuera su «médica personal». Casi sufrí un infarto cuando me enteré de que estaba ingresado. Me quedé con él toda la noche del jueves, por eso desaparecí. Después me pidió que le acompañara dos días a un lugar secreto, como médico y paciente...

—Como médico y paciente, claro —la cortó Laura.

Minerva le lanzó una mirada fulminante y prosiguió:

—A cambio le podía pedir cualquier cosa. Accedí con la intención de pedirle ver a Júnior. No sabes los malabares que tuve que hacer en el hospital para poder escaparme.

—¿Y adónde te llevó? Suena tan romántico que hasta empieza a caerme bien tu futbolista.

Minerva sonrió relajada, luciendo un brillo de emoción en su mirada:

—A una isla, en Grecia —y sacando una llave del bolso, continuó—: Que, por cierto, ahora es mía. Un regalo de nada.

—¡Dios mío! ¡Ríete tú de mis orígenes nobles! —Minerva no pudo reprimir una carcajada al ver la cara de asombro de su amiga. Laura se recompuso y continuó—: ¿Y qué pasó en la isla? ¿Quedan sentimientos?

—Quedan —concluyó Minerva.

—¿Entonces por qué estás preocupada? —volvió a preguntar su amiga, desconcertada—. Deberías estar feliz. La vida os da una segunda oportunidad.

—Porque tengo mucho miedo. Tiene una personalidad muy voluble, no me fío de él. Hace las cosas por impulso y después se arrepiente. Con decirte que se muda a Londres esta semana... Ha cambiado de casa y de club. No tiene paciencia, siento que me está presionando de alguna manera.

—No sé qué aconsejarte, Minerva. Pero, para mí, el hecho de mudarse aquí dice mucho de sus ganas de recuperarte —afirmó Laura, convencida.

—¿Tú crees? —preguntó Minerva, esperanzada.

Su amiga hizo un gesto afirmativo con la cabeza y continuó:

—Si él está aquí, inténtalo. No tienes nada que perder, al contrario. De momento ya tienes una isla, mañana ¡quién sabe!

Empezaron las dos a reír y, más relajadas, tomaron el pastel que estaba sobre la mesa.

—Ya sabemos cómo va lo mío; ahora cuéntame sobre lo tuyo —pidió Minerva, mientras se limpiaba las comisuras de los labios con una servilleta—. Es evidente que algo te preocupa.

Laura se retiró el pelo de la cara, lo recogió con nerviosismo en una coleta y resopló:

—Es un cúmulo de cosas, pero sobre todo estoy preocupada por Michael.

—¿Por Michael? —repitió Minerva como un robot—. ¿Qué le ha pasado?

—Nada. No te enfades por lo que te voy a decir, ¿de acuerdo? —Minerva miró a Laura desconcertada—. Después de la muerte de Giulia, su esposa, y de la de nuestro padre, Michael estuvo muy mal. De hecho, los últimos años han sido bastante duros. Estas últimas semanas lo he visto contento y optimista y... creo que se ha hecho ilusiones contigo. Me da miedo que, en cuanto se entere de que ya no estás disponible, se encierre de nuevo en sí mismo.

Minerva tocó la mano de su amiga con afecto y añadió:

—Laura, yo nunca animé a Michael. Él sabe mi historia y mis sentimientos. Estaba en la cafetería el día del reencuentro y creo que él sabe que no hay nada que hacer.

—Lo sé. Pero él ha encontrado en ti un punto de apoyo y me da pena que ahora lo pierda. Aunque me alegro mucho por ti, ¡claro! Si alguien merece ser feliz, esa eres tú.

—Yo creo que Michael es un hombre hecho y derecho, y que no me necesita para seguir siéndolo, pero, en todo caso, somos amigos y ni tú ni yo vamos a dejar que vuelva a encerrarse en sí mismo y a deprimirse, ¿verdad?

—Eres una buena amiga, Minerva. Te quiero —confesó Laura, agradecida—. ¿Qué haría yo sin ti?

60

Minerva siguió las instrucciones del GPS y se adentró en el exclusivo barrio londinense de Hampstead. Mansiones impresionantes construidas en distintos modelos arquitectónicos le dieron la bienvenida. Cuando el GPS le indicó que faltaban trescientos metros para llegar, el corazón le dio un brinco y empezó a acelerarse. Cuando llegó a su destino, apagó el motor, bajó la ventanilla y respiró aire puro. Las piernas le temblaban como si tuviese que pasar un examen importante. Salió del coche y se quedó mirando la valla y los setos que la custodiaban, sin atreverse a llamar al timbre. Necesitaba serenarse. Cada segundo que pasaba al lado de aquella imponente propiedad le indicaba, muy a su pesar, que no encajaba para nada en aquel entorno. Sintió la tentación de dar media vuelta y regresar a su casa, a la seguridad de su hogar, pero una extraña fuerza la retenía.

Tras consultar el reloj, se percató de que llevaba un cuarto de hora de retraso sobre la hora acordada con Cristian. No le gustaba ser impuntual, así que se armó de coraje y se acercó a la puerta principal. Al pulsar el botón vio una cámara de seguridad girarse hacia ella. Esbozó un intento de sonrisa y esperó. La puerta emitió un clic, se desplazó prácticamente sin hacer ruido y, a través de ella, apareció un portero uniformado. La saludó en español con acento sudamericano. La miró un tanto extrañado al verla de pie y le dijo:

—El señor Cros la está esperando, pero vaya con el coche, hay bastante distancia desde la puerta a la casa. O, si lo prefiere, la puedo acompañar.

Minerva le devolvió una mirada extrañada y, sin pedir más explicaciones, regresó a su coche. Avanzó despacio y, una vez dentro de la propiedad, entendió por qué no podía ir a pie. Era un lugar inmenso, rodeado por jardines verdes y bien cuidados. Enfrente se alzaba una imponente propiedad de varios pisos, repartida en distintas alas asimétricas que daban un toque moderno al clásico inicial. En la parte derecha se hallaba un pequeño bosque y en la parte izquierda, otra propiedad más pequeña. Al llegar delante de la casa divisó un área donde se encontraban varios coches aparcados. Pensó que era un garaje y alineó su Seat León al lado de los demás vehículos. Antes de bajar del coche y con los nervios a flor de piel se miró en el espejo. La sangre había abandonado su cara, por lo que lucía lívida y sin brillo. Los ojos parecían más grandes y más oscuros de lo habitual. Por la emoción del momento las pupilas estaban dilatadas. Los labios formaban una línea recta, ligeramente abultada en la parte de abajo. El cabello liso se esparcía de cualquier forma y parecía resbalarse sobre los hombros rígidos, recogidos en un suéter de cachemira color cereza que acentuaba la palidez de su rostro.

Desde el día que regresaron de la isla no había vuelto a ver a Cristian y ahora, al entrar en su terreno, tenía la sensación de que era insignificante. Bajó del coche y se dirigió a la entrada. De repente, vio la puerta de la casa moverse y, a través ella, apareció en su campo visual un niño moreno con el pelo revuelto y una gran sonrisa dibujada en el rostro. Era Júnior. Descendió los escalones a gran velocidad y al llegar junto a ella se abalanzó sobre sus brazos y la rodeó con fuerza. Minerva le devolvió el abrazo con la misma intensidad.

—Te he echado tanto de menos —dijo Júnior, mientras se acurrucaba en sus brazos.

Ella se emocionó y tuvo dificultades para retener las lágrimas que le escocían en su deseo de correr por su rostro. Sin despegar los labios, le arropó con sus brazos y lo levantó del suelo, dando vueltas con él en los brazos. El niño reía feliz. Levantó la mirada hacia la puerta y vio a Cristian apoyado sobre el marco de la misma, mirándolos. Él también parecía emocionado por la situación. Minerva dejó a Júnior en el suelo y al encontrar por fin la voz, exclamó:

—Me alegro tanto de verte, Júnior. ¡Has crecido un montón! Te veo más alto y, por supuesto, más guapo.

El niño aceptó el cumplido complacido y contestó:

—Claro, pronto cumpliré siete años.

Cristian bajó los escalones y, al llegar junto a ella, le dio un beso en la mejilla:

—Bienvenida. —Y mirando a Júnior, continuó—: Deja pasar a nuestra invitada a la casa, ¿no?

Júnior le miró de reojo y le contestó con superioridad:

—No es nuestra invitada, es mi madre, así que yo cuidaré de ella. Primero le voy a enseñar mi ala.

Cristian se vio sorprendido por la firmeza de Júnior, que en esta ocasión no estaba dispuesto a dejar a Minerva desprotegida. Con Júnior agarrado de su mano, ella se adentró en la propiedad del futbolista.

La entrada de la casa era parecida a una sala de museo. Unas baldosas de mármol relucientes sostenían dos grandes columnas que iban directas al último piso de la casa, ofreciendo amplitud y espacio abierto. Júnior le enseñó en la planta baja la cocina, una gran sala de estar, el comedor, el salón, tres cuartos de baño y la zona del servicio. El primer piso estaba repartido en tres zonas separadas. La zona infantil estaba compuesta por el dormitorio de Júnior, un cuarto de juegos, un cuarto de estudios, dos cuartos de baño y la habitación de Daryna. La siguiente zona pertenecía a Cristian. Un gran dormitorio con baño y jacuzzi incorporado que tenía salida a un balcón enorme. Desde el dormitorio se accedía a un vestidor, donde en fila estaban ordenadas las camisas por colores. Los pantalones estaban enfilados por modelos, desde deportivos, de día o de vestir, hasta llegar al estante de los trajes. Al apretar un botón bajaba desde arriba una especie de ascensor con accesorios como gafas, relojes, cinturones y bufandas. El ala de Cristian se componía de dos dormitorios más, dos cuartos de baño y una sala de estar y un despacho. La tercera ala del primer piso estaba destinada a los invitados.

El segundo y el tercer piso de momento estaban sin utilizar. Los empleados internos vivían en otra casa que tenía la propiedad.

Después de enseñarle la casa, Júnior se llevó a Minerva a su habitación. Cristian intentó quedarse a solas con ella en un par de ocasiones, pero su hijo no lo permitió. No se despegaba de ella en ningún momento. La tenía monopolizada en el cuarto de juegos, jugando con los superhéroes favoritos de Júnior. Cristian se sentó con ellos en el suelo y jugaron un rato los tres. Después de unos cuantos combates con Hulk, Batman y el Capitán América, Cristian nombró ganador a Júnior y puso punto y final al juego.

—Júnior, voy a dar un paseo con Minerva, todavía no ha visto la parte exterior de la casa. Tú sigue jugando, enseguida regresamos.

—No quiero jugar, voy de paseo con vosotros —apuntó el niño con vehemencia.

—Júnior, tenemos que hablar cosas de mayores —insistió su padre.

—Vale —accedió el niño sin ganas—. Pero no tardéis mucho.

Cristian y Minerva bajaron al jardín. Era una bonita tarde de finales de junio, no estaba lloviendo y sobre el cielo se divisaban pequeñas manchas azules.

—Júnior parece más mayor; a esta edad cambian tan deprisa...

—Sí, así es —afirmó él, complacido—. Además, el aire de Inglaterra le favorece, come mucho mejor.

Ella sonrió y, mirándole el hombro, le preguntó:

—Veo que te han quitado el vendaje. ¿Todo bien?

—Sí —contestó él, moviéndolo de arriba abajo—. Al parecer tuve suerte, ha sobrevivido al accidente y a la noche loca de la playa.

Ella se ruborizó levemente y bajó la mirada. Él le tomó la mano, la giró hacia él y le dio un beso repentino en los labios. Firme, suave y corto. Ella levantó la vista, encontrando el deseo en sus pupilas dilatadas.

—Tenía muchas ganas de darte un beso —aclaró él—. Casi me da un infarto por la espera. No se me da bien esperar.

—Cristian, ¿qué voy a hacer contigo? —preguntó ella, intentando permanecer sosegada—. Lo das todo por hecho y no he tomado ninguna decisión con respecto a nosotros. Estoy hoy aquí, en tu casa, por Júnior.

—Lo sé —dijo él, tranquilo—. Perdona. Solo me quería asegurar de que sabes lo que te estás perdiendo.

Ella negó con la cabeza, sonriendo a su pesar.

61

Cristian tomó con dedos expertos los laterales de la corbata, hizo el nudo con precisión y admiró el resultado. La camisa blanca, impecable, resaltaba en contraste con su tez morena y, junto a la corbata azul marino, formaba una combinación inmejorable. La americana en tono gris claro completaba su vestimenta y daba a su aspecto un toque de elegancia. Se preparaba para una noche especial.

Era su presentación oficial en el Chelsea y el acto coincidía con una entrega de premios futbolísticos donde Cristian era finalista junto a otros dos futbolistas de renombre. Además, Minerva también estaría presente. La gala era también una fiesta benéfica en la que Laura, la amiga de Minerva, participaba para recaudar fondos para su fundación.

Era el primer evento al que asistían juntos y Cristian tenía intención de hacerse fotografiar con ella en el *photocall*. La noticia saldría en todos los periódicos y Juan se enteraría de que no tenía nada que hacer en Londres. Se acercaba la fecha del viaje de este y Cristian estaba nervioso. A pesar de que había avisado a Minerva de la inminente llegada de Juan, ella seguía viviendo en su casa y no podía protegerla. Habían acordado una tregua: él ya no le preguntaba sobre su decisión y ella no le decía nada al respeto.

Quedaron en ir juntos al Palacio de los Deportes, donde se celebraba el evento. Laura tenía la obligación de estar presente una hora antes para trámites burocráticos, así que Minerva aceptó ir con él.

Después de unos minutos esperando, la vio aparecer en el marco de la puerta. Por casualidad llevaba puesto un vestido gris perla color claro, y del cuello le colgaba un collar con formas geométricas, en tono azul marino. Casi los mismos colores que él. Al entrar en el coche, el fino raso voló alrededor de su muslo, ella lo atusó con cuidado y enderezó sus hombros, estaba tensa. Él le dio la bienvenida con un beso en los labios y ella se dejó besar sin protestar. Cristian pensó, satisfecho, que el final de su resistencia se acercaba. La noche prometía.

Pisó el acelerador y el coche se deslizó por la carretera sin apenas hacer ruido. Los acordes de la canción *Holding On*, interpretada por Jeremih, uno de los cantantes favoritos de Cristian, sonaban de fondo.

How can one fall, all the time and climb again?
How does one heart feel so lost, to find again?

Se buscaban la mirada a través del espejo. Ella relajó los hombros y alargó la mano hasta tocar la de él. Cristian sonrió, entrelazó sus dedos con los de ella y cambiaron la marcha juntos. Dio mentalmente las gracias a Jeremih por los sentimientos que transmitía la canción.

Quince minutos más tarde, llegaron al Palacio de los Deportes. Cristian, al ser uno de los nominados de la noche, levantó mucha expectación. Se vieron rodeados por la prensa, los *flashes* los cegaron y llovieron preguntas. Minerva intentó alejarse para dejarle el protagonismo a él y no interponerse por el medio. Él estaba bromeando con un reportero, pero al ver que ella se apartaba, alargó su mano y la abrazó por los hombros. Ella se giró y le miró sorprendida y emocionada. Los dos sabían lo que significaba aquel gesto. Después, Cristian le tomó la mano y siguió atendiendo a los reporteros. Su gesto no pasó inadvertido y pronto llegaron preguntas sobre ella. Cristian la miró orgulloso, le dio un beso corto en los labios y dijo:

—Minerva es mi novia y la madre de mi hijo, Júnior. Ahora, si nos disculpa, tenemos que entrar.

Y dicho esto, se alejaron de la prensa.

En la entrada, había mucha gente esperando su turno para ser fotografiada delante del cartel de los premios. El calor era sofocante y el oxígeno escaso, pero el posado era obligatorio, así que no tuvieron más remedio que hacer lo mismo que el resto.

Al llegar su turno, posaron juntos. Él la sujetó por la cintura, sonriendo a la cámara con profesionalidad. A continuación pasaron a la sala de la ceremonia y se sentaron con el resto de jugadores del Chelsea.

Ella le miró agradecida y le dijo en voz baja al oído:

—Qué estrés, estoy al borde de un ataque de nervios.

—Tranquila, lo peor ya ha pasado —la calmó él.

Al poco de sentarse, llegó junto a ellos Laura. Después de formar un poco de revuelo, consiguieron que se sentara al lado de Minerva, revolucionando con su presencia a toda la plantilla de Chelsea. A primera vista, Laura era una mujer muy guapa, refinada y elegante, pero a Cristian le pareció altiva y arrogante. No entendía cómo Minerva había congeniado tan bien con ella. No parecían tener nada en común. Los compañeros solteros de Cristian, en cambio, quedaron embelesados por su belleza clásica y se interesaron enseguida por ella. La situación era casi cómica, pues todos acudían al asiento de Cristian con algún pretexto y pedían conocerla.

Cuando el presentador de la gala anunció que empezaba la ceremonia, Cristian se centró en el escenario. El presidente de la federación, un hombre bajito y con poco pelo, tomó la palabra y presentó a los tres futbolistas nominados.

Cristian se removió inquieto en su asiento al escuchar su nombre. En la sala se escucharon aplausos, que recibió con alegría; tenía que admitir que le gustaba ser aplaudido y que necesitaba el reconocimiento del resto. Ahora solo quedaba ganar; no quería ser un simple finalista, su ego le exigía ser el vencedor.

Y su ego quedó satisfecho.

Cristian Cross fue llamado al escenario para recoger el premio que lo distinguía como el jugador con la trayectoria más regular de la liga europea. Con paso decidido, llegó junto al presidente, le dio la mano y se dirigió al público:

—Gracias a todos por este reconocimiento. ¿Qué puedo decir? ¡Me gusta ganar premios! —El público empezó a reír y Cristian siguió su discurso—. Acabo de empezar una nueva etapa aquí, en Londres, y lo hago con mucha ilusión. Es por ello que me gustaría dedicar este galardón a las personas que lo han hecho posible: a mi hijo Júnior y a una persona muy especial en mi vida, Minerva. —Y alzando el premio dijo con entusiasmo—. ¡Por ellos!

La sala rompió en aplausos y las cámaras tomaron un primer plano de la seductora sonrisa de Cristian.

62

En los alrededores de la gala había mucha gente. Muchos jóvenes querían aprovechar la oportunidad de ver de cerca a sus ídolos. Con un poco de suerte podrían conseguir alguna foto o algún autógrafo. Eran casi las diez de la noche cuando, en las pantallas habilitadas para la retransmisión de la gala, salió el rostro sonriente del futbolista Cristian Cros. Había ganado el premio, dejando a los otros dos finalistas con las manos vacías. Mientras la sala entera aplaudía y el futbolista saludaba satisfecho, entre la multitud, un hombre apretaba los labios en señal de desaprobación. No le gustaba lo que estaba viendo. El hombre dejó de mirar las pantallas y abrió con cuidado su riñonera. Sacó una botella de agua y se humedeció los labios secos. Enroscó el tapón y la volvió a colocar en su sitio. Antes de sacar la mano de la riñonera rebuscó y tocó un objeto alargado y frío. Más animado, cerró la riñonera y centró de nuevo la atención en la gala. En un primer plano, estaban el futbolista y su novia. Él estaba sonriente y ella le miraba orgullosa. Una estampa feliz.

Ella parecía un ángel, envuelta en un vaporoso vestido de raso, color gris pálido. Pero el hombre que la miraba la conocía bien y sabía que no era lo que aparentaba. La mujer no era un ángel, sino un demonio, una traidora.

Las cámaras sacaban ahora un primer plano de ella. Tenía la mirada resplandeciente y una gran sonrisa dibujada en la cara.

El hombre cerró los ojos y, preso de un ataque de ira, notó cómo se le aceleraba la respiración. Empezó a contar despacio hasta diez y consiguió relajarse. Los pies le temblaban por el esfuerzo y se alejó de la multitud en búsqueda de un sitio donde sentarse. Al encontrar un banco, se sentó, volvió a tomar un poco de agua y sacó el móvil del bolsillo. Buscó la aplicación de los mensajes y abrió uno que había recibido dos días atrás. En la pantalla de su móvil las letras bailaban y se burlaban de él:

> He decidido volver con Cristian. Vive en Londres y queremos darnos una segunda oportunidad. No podemos seguir siendo amigos, por lo que esta será la última vez que te escriba. Sigue con tu vida y sé feliz. Minerva.

«¿Así de fácil?», se preguntó con amargura.

Había entrado en su vida y había permanecido en ella mientras le convino. Le había dejado ilusionarse y enamorarse de ella. Había alimentado su llama interior. Había entrado en su cerebro y en su alma, lo había llenado todo con su ser. Hasta que un día decidió marcharse sin mirar atrás y lo había herido como un arma letal. Pero Juan había sabido reaccionar y reponerse; había luchado por recuperarla pensando que solo había cometido un error. Hasta había conseguido separarlos, pero no había sido suficiente. Por su parte, solo había recibido desprecio y humillación.

A pesar de ver recompensado su amor con ofensas, Juan no había renunciado a la esperanza hasta dos días atrás, cuando recibió el fatídico mensaje. Sin perder más el tiempo, adelantó su viaje y decidió llevar a cabo su plan cuanto antes.

«Sigue con tu vida y sé feliz». ¿Cómo podía seguir, cuando no le quedaba nada?

Juan se levantó y dijo en voz baja a una imaginaria Minerva:

—Tengo que salvarte de ti misma.

Llevaba dos noches sin dormir, pensando en la mejor manera de terminar con aquel asunto. Se sentía un animal magullado al que le sangraban las heridas y su sangre pedía sangre para curarse. La duda era a quién sacrificar. Ella era una traidora, una mujer fría que le había utilizado y pisoteado. Merecía sangrar para limpiar sus pecados. Pero Cristian Cros era culpable, también. Antes de irrumpir en su vida y llenarle la cabeza de mentiras, ella era diferente. Era sosegada y dulce, educada y sumisa. Año tras año, día tras día, con paciencia y cuidado, Juan la había mantenido en su terreno. Sin apenas esforzarse.

El día que el futbolista entró en su vida y le dijo que era la madre de su hijo, fue el principio del fin. Él también merecía sangrar para sanar sus pecados.

¿Quién era más culpable de los dos?

Esa era la cuestión que Juan intentaba averiguar. El reloj marcaba casi las doce de la noche y Juan comprendió exaltado que se acercaba la hora. La fiesta estaba a punto de terminar. Dejó la decisión final en manos del destino. Necesitaba la venganza y la necesitaba ya. No podía retrasarla ni un día más.

Si la intuición del momento le pedía enfocar el arma hacia ella, lo haría sin contemplaciones. Sería una liberación para todos. La rescataría de la mentira en la que vivía, del hombre hipócrita al que pensaba que amaba y de ella misma. Su nombre quedaría limpio y Juan la adoraría para siempre como a una diosa. Sería suya de nuevo.

Si el momento le pedía enfocar el arma hacia él, también sería una liberación. Con él había empezado todo. Con él terminaría todo. Ella quedaría libre de sus mentiras y podría recuperarse. Sería suya de nuevo.

El resultado era el mismo.

Juan se sintió frustrado por no encontrar una opción satisfactoria. Se dirigió hacia la valla de seguridad más cercana a la carretera, por donde había planeado huir, sin tener claro el objetivo.

Rebuscó en la riñonera y encontró una gorra de color oscuro. Se la enfundó en la cabeza con un golpe seco y, subiéndose el cuello de la camisa hasta la altura de las orejas, se dijo que había llegado la hora.

Pasó cerca del cordón de seguridad, valoró los ángulos favorables y eligió el sitio perfecto, detrás de un pequeño seto que le ayudaría a camuflarse y a esconderse después. En la acera, a escasos metros, había localizado la boca de un conducto, donde podría deshacerse de la pistola.

El único inconveniente de su plan era la gente en continuo movimiento. Pero Juan confiaba en tener campo libre en el momento de la

salida del ganador de la noche. Sonrió satisfecho imaginándose los titulares de los periódicos del día siguiente.

A lo lejos, oyó vítores y aplausos; los invitados empezaban a salir.
Se colocó con cuidado los guantes y se dispuso a esperar en la noche.

63

La noche siguió con algunas actuaciones y subastas para recaudar fondos para la fundación del St. Thomas. Minerva, a causa de la emoción, no había podido probar bocado y se sentía las mejillas encendidas.

Cristian estaba sentado a su lado, se había quitado la chaqueta y los hombros fuertes y los trabajados pectorales se asomaban por debajo de su camisa. Era increíblemente guapo y seductor. Minerva, como otras muchas mujeres de la sala, no podía apartar la vista de él. Suspiró resignada, pensando que tendría que acostumbrarse al hecho de que las mujeres siempre le iban a mirar y desear. Sabía que había llegado el momento de perdonarle del todo.

Él le había demostrado de varias maneras que ella le importaba. Había sido paciente y le había confirmado a diario que sus intenciones eran serias y que había empezado a cambiar.

Ya no eran simples palabras, sino hechos reales.

Dos días atrás había cerrado las cuentas con el pasado y le había enviado un mensaje a Juan para despedirse definitivamente de él; confiaba que con eso se le pasaran las ganas de venir a Londres a recuperarla, como le había dicho Cristian que eran sus intenciones.

Por otro lado, había conseguido sobrevivir al primer evento social. No iba a ser fácil juntar sus mundos, pero tampoco parecía imposible.

Cuando la gente empezó a abandonar el recinto y se quedaron solos en su mesa, Minerva pudo por fin hablar con Cristian. Se acercó a él en plan seductor y le dijo:

—Señor Cros, creo que está usted muy atractivo esta noche.

—¿Así que me encuentra usted atractivo, señorita Martín? —repitió él, complacido por sus palabras y siguiéndole el juego.

—Me gustaría besarle y quitarle esta camisa impoluta que lleva —dijo ella, abrasándole con la mirada.

—No sé... —dijo él, fingiendo indecisión—. Me tendría que hacer una oferta muy buena para que aceptase.

Ella imitó su gesto y fingió reflexionar, se paseó los dedos con lentitud sobre el colgante con figuras geométricas que llevaba y, al ver su cara de expectación, dijo risueña:

—¿Y si le levanto el castigo y acepto volver con usted con todos los derechos incluidos? Podrá besarme, tocarme, hacerme el amor, regalarme islas y cualquier otra cosa placentera que se le ocurra.

Él la miró con el ceño fruncido, juntó los labios en un mohín divertido y respondió:

—Señorita Martín, me parece una oferta insuficiente, tenga en cuenta que soy mucho más valioso que hace unos días; acaban de premiarme por mi trayectoria profesional. Creo que se le ha pasado por alto ese pequeño detalle.

Ella sonrió:

—¿Y se puede saber qué más se necesita para que «el jugador con la trayectoria profesional más regular de Europa» acepte ser mío?

Él se mordió el labio inferior con un gesto estudiado y le dijo en voz baja, acercándose lentamente hacia su cuello:

—Me gusta mucho el matiz que adquiere esta conversación. Para poder disfrutar de los placeres que te puede aportar este ejemplar, princesa, tendrías que hacerme una oferta más completa. Mira, como me caes bien, te daré algunas pistas sobre las condiciones necesarias para la aceptación de tu propuesta.

A Minerva iba a costarle un mundo no abalanzarse sobre él en ese preciso momento. Por suerte, Cristian se enderezó y con gesto fingidamente serio, retomó:

—La primera, compartir dormitorio en mi casa y esperarme desnuda en la cama cuando regrese de algún viaje. Yo prometo hacer lo mismo. —Miró con cara cómica a Minerva, que parecía no reaccionar y, más serio, añadió—: Ya no quiero vivir en casas separadas, me gustaría que compartiéramos nuestro día a día; te necesito a mi lado, princesa.

Ella no dijo nada y se quedó pensativa unos momentos. Cristian resopló, ella pareció despertar de su mundo y, mirándole con dulzura, le contestó:

—Me gustaría mucho compartir la cama contigo todas las noches, Míster Siete. ¿También da buena suerte *dormir* contigo?

Cristian relajó sus facciones, aliviado, y, al esbozar una sonrisa, el adorable hoyuelo se le asomó en la parte izquierda de la cara. Se tomó su tiempo en contestar y al hacerlo, retomó el tono juguetón y le dijo:

—Vamos por buen camino, Miss Martín, solo nos queda un problema por solucionar. —Ella se removió inquieta en la silla y le escrutó con mirada preocupada—. No estamos casados. —Ignorando la mirada atónita de Minerva, Cristian añadió—: Imagino que sabe que tengo un hijo, así que no podemos compartir cama si no estamos casados.

—Pero qué anticuado eres —resopló ella, estallando en una carcajada—. Seguro que Júnior nos permitirá vivir un tiempo juntos, sin casarnos. Ten paciencia, el mundo no se hizo en un día.

—¡Sabes que la paciencia y yo no hacemos buenas migas! —respondió él, falsamente malhumorado.

—Cristian, tengo otra cosa pendiente que decirte —dijo ella mientras se levantaba y se sentaba en su regazo, rodeándolo con los brazos—: Te quiero.

Él cerró los ojos un momento, disfrutando de las dos palabras mágicas que acababa de escuchar y, al abrirlos de nuevo, se le podía leer en el rostro una expresión de plenitud. Le besó los nudillos, se levantó y, tomándola del brazo, le dijo:

—Vámonos a casa a celebrarlo como se merece. ¡He deseado tanto que este momento llegase! Será nuestra noche, princesa.

Ella asintió con la mirada y se dirigieron sonrientes hacia la entrada. Tardaron bastante en hacer el recorrido hacia la salida, pues a cada paso la gente los paraba para felicitar a Cristian por su premio. Minerva se sorprendió al ver que algunas mujeres se insinuaban descaradamente y a ella la ignoraban por completo. Después de quitarse de encima a las ardientes féminas, Cristian le dijo:

—¿Ves cómo es necesario que nos casemos?

Ella le dio un beso en los labios para desquitarse y contestó malhumorada:

—Lo veo clarísimo.

Nada más salir del edificio, a Minerva la recorrió un extraño presentimiento: sintió que le traspasaba una corriente helada, desde el cerebro hasta los dedos de los pies, lanzándole un aviso de que algo malo estaba a punto de suceder. Sacudió los hombros para ahuyentar aquellos pensamientos y buscó la mirada de Cristian. Este indicaba a los encargados de seguridad que le trajeran el coche. La multitud vitoreaba su nombre. Los *flashes* les cegaron de nuevo y, en medio del bullicio que se formó, sus miradas se encontraron por un momento. En su cara apareció una amplia sonrisa. Cristian la tomó de la mano e intentó abrirse paso para llegar hasta el coche. La gente les apuntaba con los teléfonos para grabar su salida, intentando sacarles fotos. Él tropezó y estuvo a punto de caerse. Le tuvo que soltar la mano y, al recuperar el equilibrio, escuchó un sonido sordo. Ella estaba delante de él y, al mirarla, vio su cara palidecer y el brillo de su mirada apagarse. Su sonrisa de hacía apenas unos segundos se desvaneció y, en su lugar, apareció una expresión de confusión. Se quedó rígida, sin moverse.

Cristian la interrogó con la mirada y al no entender el cambio de su actitud la agarró por la cintura. Nada más tocar su fino vestido sintió en sus dedos un líquido caliente. Al mirar contrariado su mano, vio que estaba enrojecida. El vestido de ella estaba empapado de sangre.

Sin entender todavía lo que estaba pasando, la vio cerrar los ojos y apoyarse en él. La sujetó por los hombros y la llamó varias veces. Ella abrió de nuevo los ojos con dificultad, le miró con un inmenso amor, intentó decir algo, sin conseguirlo, volvió a cerrarlos y se quedó inerte en sus brazos.

64

Juan había encontrado el momento perfecto. Al salir la feliz pareja, se había formado un bullicio indescriptible. La gente se había amontonado cerca de la entrada, empujándose unos a otros con las manos en alto y sosteniendo los móviles para sacar la mejor instantánea para alardear en Facebook. Juan lo tuvo muy fácil. Levantó el brazo en alto, pero no sostenía un móvil ni quería un recuerdo de la pareja. Sostenía una pequeña pistola plateada y tenía sed de venganza.

Solo dudó un segundo acerca de su objetivo. Primero salió por la puerta el futbolista con una sonrisa de autosuficiencia dibujada en su cara. Al aparecer ella, el tiempo se detuvo por unos segundos. Juan la vio radiante, avanzando con paso decidido. Su fino vestido de raso se ondeaba con elegancia alrededor de su esbelta figura. Estaba más delgada y el pelo recogido hacia atrás daba protagonismo a sus redondeados hombros. Por encima del escote cuadrado vio asomarse un pesado colgante de color oscuro. Parecía pisar el suelo sin tocarlo. Al intentar llegar hasta el coche se produjo mucha confusión. Juan se enfureció al ver que ella miraba a Cristian con anhelo y amor, con pasión y deseo. Como nunca le había mirado a él. Al ver el resplandor que desprendía su lenguaje corporal, Juan decidió que no podía soportar ver aquello por más tiempo. Levantó el brazo, fijó su objetivo, apretó el gatillo y disparó.

Un único disparo hizo que la bala atravesara la fina tela de su vestido plateado y su preciosa piel. La vio pararse un momento y quedarse inmóvil, como una estatua, probablemente a causa del dolor. Vio desvanecerse su sensual sonrisa y en su ovalado rostro apareció una expresión de sorpresa.

Juan sonrió al ver la cara de desconcierto que llevaba el futbolista. Se miraba la mano ensangrentada sin entender lo que estaba pasando. Asombrado y confuso, la llamaba. La mancha roja se extendió con rapidez sobre el vestido de ella, por lo que pronto entendió que su amada había recibido una bala. Se enteró él y los cientos de ojos que eran testigos de lo ocurrido. Una mujer chilló entre la multitud indicando que había habido un disparo. Se formó una alarma social impresionante, que permitió a Juan irse sin levantar sospechas.

Al llegar al conducto que tenía localizado, tiró con rapidez la pistola y se marchó con paso apresurado hacia el coche de alquiler que tenía aparcado en la zona. Se permitió mirar atrás una vez más para ver el resultado de sus actos. Él estaba de rodillas pidiendo a gritos un médico y una ambulancia. La camisa blanca estaba empapada de sangre. Ella estaba tendida en el suelo con la cabeza en los brazos de él. Su precioso pelo se había soltado y bailaba alrededor de su cara, ondeando por el viento. El pesado colgante que tan solo unos momentos atrás había descansado sobre sus pechos estaba tirado en el suelo, junto al galardón del futbolista.

Juan sintió una mezcla de regocijo y tristeza. Estaba feliz por haber cumplido su objetivo, por haber salvado a Minerva de ella misma. Con este sacrificio ella dejaba de ser una traidora y le pertenecía de nuevo. Pero, sin poder evitarlo, sintió tristeza. Nunca más la vería sonreír ni llorar. ¿Se había equivocado al sacrificarla a ella?

Al escuchar a lo lejos la alarma de una ambulancia, Juan decidió que había llegado el momento de huir. Sabía que, en cuanto ella estuviera con los médicos, se pondrían a investigar la zona. A través de la luz roja y naranja intermitente de la ambulancia, Juan vio cómo colocaban a Minerva sobre una camilla y la intubaban.

Corrió con rapidez varias calles y, al llegar a un pequeño descampado, encontró el coche. Encendió el motor, pisó el acelerador y se adentró en la oscuridad de la noche. Su destino era Edimburgo, donde tomaría el primer vuelo para Madrid a primera hora de la mañana siguiente.

Había reservado tanto el coche de alquiler como el vuelo con la ayuda de un documento de identidad falsificado. En ninguna parte constaba que había salido de España.

Con un poco de suerte, al día siguiente se presentaría en el trabajo y seguiría con su ritmo de vida habitual. Nadie podía sospechar de él.

Al llegar a un pueblo apartado, paró el coche, tiró los guantes, la gorra y la riñonera, y conservó solo el DNI falsificado.

Se cambió la ropa por una muda nueva que llevaba en el maletero. Al vestir su chaqueta de lana color avellana y la fina camisa de algodón, su aspecto se hizo más respetable. Se colocó unas modernas gafas graduadas que le asemejaban a la foto del DNI falso y sintonizó la radio, buscando una cadena de noticias. Quería saber el estado de Minerva.

Al pensar que podría estar muerta, le cruzó por un momento un sentimiento de pérdida. Ya no volvería a ver sus hermosos ojos llenos de vitalidad. Ni a tocar su piel. Después, se acordó de que la Minerva que él quiso había muerto hacía tiempo, cuando se había convertido en una traidora, y que la que estaba ahora en su lugar era una simple desconocida. Al sintonizar la cadena BBC escuchó enseguida la noticia que esperaba:

La ciudadana española Minerva Martín ha resultado herida de bala esta noche en la salida de un gala deportiva. El pronóstico es, por el momento, reservado.

Minerva Martín, médica residente del hospital St. Thomas, es conocida por ser la pareja del futbolista Cristian Cros, que esta misma noche ha anunciado su fichaje por el Chelsea y ha sido premiado por ser el jugador con la trayectoria más regular de Europa.

Se desconocen los motivos del disparo, aunque no se descarta ninguna hipótesis.

Juan decidió apagar la radio y seguir su camino en silencio. Había cumplido con su objetivo; a partir de ahora podría seguir con su vida.

65

Cristian paseaba la mirada desde el techo agrietado hasta las baldosas cuadradas de color tierra. En el lateral de la habitación había una ventana bastante grande que daba al patio trasero del hospital. Se acercó despacio y miró a través del cristal. Vio algunos ancianos paseando y disfrutando de los primeros rayos de sol de esa mañana de julio. El tiempo se presentaba estable y la temperatura, agradable. Inspiró con avidez, cargándose los pulmones de aire puro y regresó con pesar a la habitación, que olía a medicinas y desinfectante.

¡Odiaba los hospitales!

Se acercó despacio a la cama de Minerva. Llevaba ingresada dos días, desde la fatídica noche en que la dispararon. Cristian recordó con dolor la sensación de impotencia que sintió al verla desplomarse en sus brazos. La ambulancia tardó apenas siete minutos en llegar, pero a Cristian, que veía cómo la vida de ella se escurría poco a poco, se le hicieron eternos. ¡Los siete minutos más largos de su vida!

En el hospital confirmaron que estaba herida de gravedad y que había perdido mucha sangre. La operaron con éxito, pero quedaban por resolver los interrogantes propios de una intervención tan complicada y comprobar las consecuencias de todo aquello. Hasta que Minerva no recobrara el conocimiento, el diagnóstico quedaba reservado.

¡Y todavía no había despertado!

Cristian la miró con ternura. La luz del sol que se filtraba a través de la ventana evidenciaba su palidez. Ver cómo subía y bajaba su pecho al respirar era la única señal de que todavía quedaba esperanza. Le tomó la mano con delicadeza y le besó los nudillos.

—No me sueltes la mano, por favor —le susurró—. Me lo prometiste. Ella iba a salir de esta. Tenía que hacerlo. Ahora que se habían reconciliado y la había recuperado, no podía volver a perderla. No era justo. Las palabras «te quiero» les habían traído mala suerte. La primera vez, cuando él se lo dijo a ella, salió a la luz la exclusiva y se separaron. En esta ocasión, ella le dijo aquellas palabras y, a los pocos minutos, la dispararon.

No se sabía aún quién lo había hecho. La policía peinó la zona, investigó e interrogó a testigos, pero no hallaron nada. No habían encontrado el arma del crimen, ni localizado a ningún sospechoso. Nada.

Cada vez cobraba más fuerza la hipótesis de que el destinatario de la bala era Cristian y que la habían disparado a ella por error. Cristian se sentía culpable por no protegerla y por exponerla.

Se le cruzó por la cabeza la idea de que pudo haber sido el psicólogo; dio a la policía sus datos y estos investigaron, pero sin resultados positivos.

Juan Sánchez no había salido de España, nada lo vinculaba a la noche del disparo, ni a ella. No había amenazas reales, ni tampoco un móvil sólido. Pero un sexto sentido le indicaba a Cristian que había sido él. En esta ocasión había ido demasiado lejos; si era culpable, lo descubriría. No sabía cómo, pero lo haría.

De repente escuchó un pitido. Los médicos le dijeron que tenía que llamarles ante cualquier cambio. Esto podía significar un cambio.

Se acercó con rapidez al monitor y vio que las líneas regulares del aparato al que estaba conectada Minerva cambiaban de forma y realizaban un extraño baile, subiendo hasta muy arriba para caer después con rapidez.

Salió disparado de la habitación y llamó a una enfermera. Esta entró y con tranquilidad miró el gráfico y tastó algunas teclas.

—Lo siento, aún no ha recobrado la conciencia. Estas variaciones son una señal positiva, creo que vamos por buen camino, pero aún no hay nada. Tenga paciencia, váyase a casa a descansar o a tomarse una ducha, lo necesita. Ante cualquier cambio le avisaremos. Esto puede tardar semanas. —Le lanzó una mirada apenada y salió.

Paciencia, paciencia, paciencia... Era lo único que le decía todo el mundo.

Pedían la única virtud que Cristian no poseía. No podía estar sentado sin hacer nada y esperar, ¡maldita sea! A Cristian Cros no se le daba bien esperar.

Quizás era mejor hacer caso a la enfermera e ir a tomarse una ducha y descansar. Al fin y al cabo, él no podía hacer nada por ella. Pero ¿y si al despertar no se acordaba de él? Confiaba en que, con o sin memoria, ella sabría que él era el amor de su vida.

Mientras llamaba a su casa para pedir un coche, escuchó un ruido en la cama de Minerva. Al girarse, se topó de frente con dos ojos color gris tormenta que le miraban confundidos.

¡Minerva había despertado!

Cristian se quedó paralizado, en medio de la habitación, mirándola y sin saber qué hacer.

66

Minerva intentó abrir los ojos, pero no consiguió despegar los párpados. Al segundo intento, las pestañas se separaron lentamente y se encontró con una luz que la cegó sin piedad. Sintió un dolor agudo en la frente, como si el cerebro le fuese a estallar. Probó a incorporarse, pero su cuerpo no le respondió. Intentaba recordar dónde estaba, cuando se encontró en su campo visual a un hombre atractivo, con aspecto cansado y sin afeitar, que la miraba sorprendido. En un primer momento no recordó quién era, pero al sentir su acelerado corazón, Minerva supo que era alguien importante en su vida.

Al ver la mirada preocupada del hombre, ella quiso sonreírle para tranquilizarlo, pero tenía los labios secos y no consiguió alargarlos.

Acto seguido le empezaron a llegar *flashes* y recordó la entrega de los premios. Caminaba feliz, casi sin tocar el suelo. El hombre de la habitación era el amor de su vida y se llamaba Cristian. De repente se acordó de lo que le había pasado. Se dirigía con Cristian al coche, cuando sintió un dolor intenso que le cortó la respiración. Segundos más tarde una sensación de calor le penetró en todo el cuerpo. Las piernas le flaquearon e, instantes después, todo había oscurecido. ¿Qué le había pasado? ¿Cuánto tiempo llevaba en el hospital?

Pestañeó varias veces para llamar la atención de Cristian. Después del bloqueo inicial, este pareció despertar a la vida y se aproximó hacia ella. En un susurro, Minerva le pidió agua. Él le acercó a su boca un vaso y le sujetó la nuca para que pudiese beber. El líquido transparente le refrescó la boca seca y consiguió despegar los labios y llamarle por su nombre.

El rostro de Cristian se iluminó, le besó los nudillos de la mano y le dijo con voz entrecortada:

—Te has acordado de mí... Eso significa que estás bien. Tenía tanto miedo a perderte de nuevo, de que no supieras quién era...

Ella consiguió sonreírle.

—Llamaré al médico. Llevas inconsciente cuarenta y ocho horas. Gracias por no soltarme la mano, princesa. —Y dicho esto salió a buscarle.

Momentos después entró en la habitación el médico encargado de su caso. Le comprobó las constantes vitales, le miró el globo ocular, le pidió que le siguiera con la mirada su dedo índice y, por último, tuvo que mover los dedos de las manos y de los pies. Parecía que estaba todo en regla. No había secuelas aparentes.

Antes de irse, le indicó que estaría todavía ingresada unos siete días y, si las pruebas salían bien, después de ese tiempo le darían el alta.

Cuando se quedaron solos, ella le preguntó despacio, arrastrando las palabras con dificultad:

—¿Se sabe algo? ¿Quién me disparó? ¿Por qué?

—Aún no se sabe nada —le contestó él, levantando los hombros en señal de impotencia—. Están investigando y cobra fuerza la teoría de que te dispararon por error, y que el objetivo era yo...

Ella se tapó la cara con las manos y dijo en voz baja:

—Ha sido él, Cristian. Sé que ha sido Juan.

—¿Por qué estás tan segura? —preguntó él con precaución, y después añadió en voz baja—: Yo también sospeché de él, pero parece que no. No consta que haya salido de España y la policía dice...

—Me da igual lo que diga la policía —le cortó ella, sollozando—. Ha sido él. Le envié un mensaje para despedirme definitivamente de él y la última vez que lo vi, me amenazó.

Él le atusó el pelo con la mano y la tranquilizó, diciéndole:

—No te atormentes; ahora tienes que recuperarte. Si ha sido él, te prometo que lo encontraré. De esta no se va a librar. Casi te mueres por su culpa. Y yo contigo.

Ella se relajó, apoyó su frente en la suya y le preguntó:

—¿Lo sabe mi familia? ¿Júnior? ¿Laura?

Él se levantó, alcanzó varias revistas de un estante y le dijo con forzada alegría, mientras le señalaba una portada donde aparecían los dos juntos en la noche de los premios:

—Princesa, lo sabe todo el mundo. ¡Eres famosa en todo el planeta!

—Y, enseñándole los artículos de la revista, añadió—: Has perdido el anonimato para siempre, lo siento.

—Ya veo —dijo ella pensativa, mirando extrañada la cantidad de artículos que salían sobre ella y el disparo.

—Te mudarás conmigo cuando salgas del hospital; es la única forma de evitar a los paparazis, Minerva. Mi casa está mejor protegida —le indicó él, decidido.

—Me mudaría contigo aunque no hubiera paparazis, Cristian —le contestó ella con dulzura.

—Te ha sentado bien eso de estar inconsciente —bromeó él—. Eres mucho más complaciente que antes.

—No te burles de esto —le regañó ella.

—Tienes razón —se excusó él—, perdona, no lo pude evitar. He pasado tantos nervios que ya no sé lo que digo. He vivido un infierno desde que te desplomaste en mis brazos, princesa.

En ese momento entró una enfermera que indicó que se la tenía que llevar para realizarle algunas pruebas.

—Voy a casa para darme una ducha y cambiarme —le dijo él, al ver que la enfermera desbloqueaba las ruedas de la cama y la empujaba hacia la salida. —Volveré con la familia en una hora.

—¿La familia? —preguntó ella, desconcertada.

—Tu madre, tu hermano y tu cuñado. Están los tres en mi casa.

—¿Mi madre ha viajado en el mismo avión que Héctor y David? ¿Y están todos sanos y salvos?

Él rió y el adorable hoyuelo de la cara hizo acto de presencia.

—Anoche estuvieron los tres aquí. Parece que se han dado una tregua. Están los tres vivitos y coleando. Nos vemos en una hora, ¿de acuerdo? Júnior también vendrá.

Una media sonrisa afloró en su cara mientras la enfermera la sacaba de la habitación.

67

Cristian decidió reforzar la seguridad de su casa. Amplió el radio de las cámaras y contrató una empresa de seguridad privada que las tenía monitorizadas ininterrumpidamente. La mansión del futbolista se había convertido en una fortaleza.

Habían pasado seis días desde que Minerva había sufrido el disparo y la policía no tenía nada. Ningún sospechoso, ningún testigo, ninguna pista. Cristian se había presentado como acusación particular, presionando al juez instructor del caso, pero todos levantaban los hombros en señal de impotencia.

Al día siguiente Minerva dejaría el hospital. Por suerte, la herida de bala había sido limpia y no le había tocado ningún órgano o nervio. Estaba casi recuperada físicamente, pero psíquicamente no estaba bien: sufría pesadillas, tenía que dormir con la luz encendida y estallaba en llanto sin motivo. Los médicos indicaban que era estrés postraumático y un psicólogo la estaba tratando. Cristian sabía que el mejor remedio era que el culpable estuviera entre rejas; así ella podría relajarse y empezar a olvidar.

Cristian preparó la tercera ala del primer piso para ella y dejó los pisos superiores para su propia familia y para los invitados. Quería que Minerva tuviera su propio espacio y que la adaptación fuera natural. No la quería presionar, ni agobiar. Ahora que sabía que quería estar con él, decidió que podía tener paciencia.

Redecoró las tres habitaciones de su zona y mandó traer todas sus cosas personales desde su casa. En la pared del dormitorio principal había colgado el dibujo de Isis y Júnior había pintado un pájaro sobrevolando las olas del mar, que colgaba de la misma pared.

Cuando terminó de inspeccionarlo todo y comprobó que no faltaba ningún detalle, llamó a Marcos, que le contestó en tono alegre:

—Cristian, amigo, ¿cómo va todo?

—Marcos, no va muy bien, la verdad —se quejó el futbolista.

—¿Qué pasa ahora? ¿Minerva no está bien? —preguntó su representante, preocupado—. ¿No le iban a dar el alta mañana?

—Sí, está bien físicamente, pero noto que está asustada. Marcos, tienes que encontrar a quien la disparó. No estaré tranquilo hasta que este asunto se solucione. Pienso en ello día y noche.

—Lo sé, Cristian, y ojalá pudiera ayudarte. Sabes que tengo experiencia como detective privado, pero esto es muy serio. No hay nada que yo pueda hacer.

Cristian resopló desanimado y, después de despedirse, colgó. Tenía que encontrar al culpable, pero no hallaba un punto de partida. Acudió a su despacho y encendió el ordenador. Alguna idea le llegaría.

¡El *hacker*! ¿Cómo no se le había ocurrido antes? Sin pensarlo dos veces rellenó el formulario de nuevo y se lo envió. Después de las formalidades iniciales, el *hacker*, en vez de llamarle, le contestó con un mensaje sorprendente:

```
Sé quién eres y te admiro desde muy pequeño. En un par-
tido en París yo asistí con mi padre. En la salida pa-
saste por mi lado. Yo tengo un aspecto peculiar. Te pa-
raste, me diste la mano y firmaste la camiseta blanca que
llevaba puesta. Aún conservo la camiseta. Aquel día fue
uno de los mejores de mi vida.
```

Cristian leyó el mensaje. No tenía el día para soportar admiración futbolera y no entendió el objetivo de su interlocutor. Arrepentido por haberle contactado, abrió el segundo mensaje que le había enviado:

```
Estarás sorprendido y arrepentido, tranquilo, ahora lo
entenderás todo. Sé lo de tu novia. De hecho, esperaba
tu llamada. Desde aquel día estoy investigando por mi
cuenta, y tengo cosas para ti.
```

Cristian sintió su corazón latir con fuerza. La adrenalina galopaba por sus venas, y casi no podía controlar los dedos para escribir su mensaje:

```
Efectivamente, necesito información, cualquier cosa que
tengas, por muy insignificante que sea… El precio lo po-
nes tú.
```

El último mensaje del *hacker* dejó a Cristian totalmente descolocado. Ahora estaba convencido de que era un adolescente. No esperaba nada a cambio, lo hacía simplemente para agradecerle el gesto que había tenido con él; un gesto que Cristian hacía cientos de veces y que ni siquiera podía recordar, por lo que se sentía todavía más en deuda con él.

En apenas unos segundos, recibió el enlace a una imagen:

```
Aquí tienes el material, está todo explicado, la calidad
de las imágenes no es de las mejores por ser el reflejo
de un espejo, pero te servirá. La imagen está pasada por
una aplicación de identificación de personas que utiliza
la policía y la identidad del sujeto es 70% segura. El
resto lo vas a deducir tú solo. Lo puedes enviar a la
policía si quieres, está libre de cualquier rastreo.
Puedes decir que lo has recibido a través del link que
te mando, no hay problema, no darán conmigo. La dirección
de IP es de una comisaría.
```

Cristian abrió el *link*. En los alrededores del Palacio de los Deportes de Londres, se encontraba un banco que tenía cámaras externas instaladas. El *hacker* había captado la señal de una de las cámaras y había revertido el enfoque hacia un espejo de un coche aparcado en los alrededores. Las cámaras no pudieron captar más allá de quinientos metros, pero la señal que rebotó en el espejo, sí. Más abajo esperaban para ser abiertos cinco archivos *jpg*. Cristian pinchó el primero. Sintió ansiedad. Salía un plano general de la gente y de fondo se reconoció a sí mismo junto a Minerva, momentos antes del disparo. Había otra foto con ella desplomándose. La tercera fue tomada siguiendo la trayectoria de la bala, pero en sentido contrario. Salían varias manos sosteniendo móviles y entre ellas había una enguantada que sostenía un objeto que emitía destellos: la mano del asesino.

En la cuarta foto aparecía el propietario de la mano enguantada. Llevaba una gorra grande que le cubría la cabeza y la frente, y las solapas de la camisa subidas. La foto era bastante borrosa y no aclaraba nada. Cristian soltó un grito ahogado. Tenía la foto, pero no era esclarecedora. Era un hombre de complexión fuerte, no muy alto, pero nada más. Aquel hombre podría ser cualquiera.

Abrió con desgana la quinta foto. Cristian apretó los puños con fuerza, clavándose las uñas en la carne. No era lo mismo tener una sospecha que tener la prueba concluyente. Juan Sánchez, él era el hombre que tenía las manos enguantadas.

Con mano temblorosa, Cristian marcó el número de la policía.

68

La ceremonia civil se celebraba a las dos de la tarde. En la sala habilitada para el evento asistían pocas personas. Sentados en primera fila se encontraban los novios, arropados por algunos familiares y amigos.

Héctor y David habían decidido dar el paso.

Era una boda atípica. David apenas había cumplido veintiún años y Héctor era catorce años mayor, eran alumno y profesor, y eran chico y chico.

Habían pasado dos meses y Minerva estaba prácticamente recuperada. Todavía le quedaban secuelas psicológicas; no era fácil dejar atrás un trauma de aquellas características, pero era una mujer completamente feliz.

Su hermano y Héctor iban a darse el «sí quiero» en unos minutos y ella tenía al lado al hombre de su vida.

Vivían juntos desde hacía unas semanas y compartían lo bueno y lo malo de cada día. Había retomado su trabajo en el hospital, colaboraba con Laura en la fundación y llevaba a Júnior al colegio todos los días. En definitiva, estaba recuperando el tiempo perdido.

Minerva levantó la vista al sentirse observada. Su mirada se cruzó con la de Cristian. Sonrió con complicidad al ver que él le guiñaba el ojo. Había empezado con mucho éxito su temporada en el club londinense. El buen momento por el que estaba pasando se reflejaba en su actitud y en el juego. Tenía lo que había deseado siempre: una familia, y estaba relajado, centrado y feliz. Seguía sufriendo ansiedad y ataques de impaciencia e histeria, pero Minerva, con su entereza y su sentido de la realidad, le bajaba los humos y le tranquilizaba. Tenían roces y discusiones sobre algunos temas, pero ¿quién no?

Minerva había aprendido de los errores del pasado y acompañaba a Cristian a la mayoría de los eventos, a pesar de que todavía le costaba integrarse y acostumbrarse a su mundo. Tenía la vida rodeada por el fútbol: asistía a los partidos que el Chelsea jugaba en casa y acudía con Júnior a sus entrenamientos, animándole desde la grada. Se había convertido, a la fuerza, en toda una experta en fútbol.

La mayoría de los compañeros de equipo de Cristian sabían que era médica pediatra y se había convertido en la pediatra «oficial» de todos los hijos de los futbolistas. Y de algún mayor que otro.

No se quejaba, adoraba su vida. Lo único que añoraba de su vida anterior a Cristian era el anonimato. El hecho de poder salir a la calle vestida con cualquier prenda cómoda y sin preocuparse por estar perfecta. Llevaba muy mal el acoso de la prensa. No podía salir sola de casa, ni ir de tiendas, ni visitar a Laura, ni entrar como una persona normal en el hospital. Los paparazis siempre estaban molestándola con preguntas incómodas e íntimas.

Juan llevaba dos meses en prisión. Las pruebas que el *hacker* había aportado habían sido clave para su detención, aunque el abogado defensor sostenía que eran irrelevantes, por haber sido obtenidas de manera «desconocida». Minerva sabía que aún quedaba lo más difícil: enfrentarse a un duro juicio. No podía entender cómo una persona normal, con cierta posición social, en plena edad adulta, con valores e ideas claras, había sido capaz de disparar un arma. Podía odiarla, estar dolido, ¿pero querer matarla?

La llegada del juez de paz despertó a Minerva de sus pensamientos y se centró en la ceremonia. Contempló a su hermano con cariño. Era tan joven. Cuando fueron declarados unidos en matrimonio y vio su mirada de plenitud, Minerva comprendió que no importaba la edad, el sexo o el momento elegido. Si una persona lo tenía claro, estaba todo permitido.

Júnior estiró la manga de su vestido con timidez. Minerva le dio un beso en la cabeza y le preguntó:

—¿Qué pasa, Júnior?

—No tengo claro una cosa —declaró él niño con solemnidad—: el tío David es un chico y el tío Héctor, también. ¿Se pueden casar dos chicos?

Minerva buscó la mirada de Cristian en busca de ayuda. No se había acostumbrado todavía a las directas preguntas de Júnior, pero el futbolista la animó a que respondiese con franqueza.

—Sí, Júnior —dijo Minerva con tranquilidad—. Se pueden casar dos chicos si están enamorados. En este caso, el tío David y el tío Héctor lo están y por eso se casan.

—Entiendo —dijo el niño, pensativo—. ¡Yo estoy muy contento! Voy a tener un primo o una prima igual que yo.

—¿Y eso por qué? —se interesó su padre.

—¿No os dais cuenta? —replicó el niño, emocionado—. ¡Para tener niños van a necesitar vitaminas de mamá y van a tener que hacer la mezcla de vitaminas en el laboratorio y van a necesitar una barriga como la de Daryna!

Minerva y Cristian se miraron un momento, sin saber cómo responder a la brillante reflexión de Júnior, que ya se había olvidado de ellos y corría a felicitar a sus tíos por el enlace.

Cristian le ofreció la mano a Minerva y entrelazaron sus dedos.

—Nunca me sueltes la mano —le pidió él, con una intensa mirada.

—Nunca te soltaré.

Agradecimientos

El hecho de publicar un libro puede parecer, a primera vista, un acto simple; sin embargo, quién lo ha vivido sabe que no es así. Para que un borrador se convierta en novela se necesita de la ayuda y el apoyo de profesionales del sector editorial, familia y amigos.

Es muy difícil priorizar, así que... ¡allá voy!

Un gracias, enorme, a todo el equipo de Titania y en especial a Esther Sanz, mi editora, por haberse fijado en «Míster 7» y por arriesgarse a publicar una novela escrita por una autora novel. ¡Me siento muy afortunada!

Asimismo, quiero darle las gracias a Berta, mi correctora, por ayudarme a mejorar la novela y sacarle todo el brillo posible. Sin sus valiosas aportaciones esta novela no sería la misma.

Y no puedo abandonar Titania, sin acordarme de Laia, la encargada de promocionar y dar a conocer en las redes sociales a «Míster 7». ¡Gracias!

Quiero agradecer a mi familia por entender mi pasión y dejarme cumplir mi sueño, y en especial a Bianca y Robert por ser la luz de mi universo. Os quiero.

Gracias a mis primeras amigas y lectoras, Ana, Martina, Natalia y en especial a Julia Ruizmo, que me han apoyado y animado en esta aventura. ¡Sois las mejores!

Quiero agradecer a todos mis amigos de Facebook, Twitter, Instagram que de forma desinteresada han compartido, comentado y me han ayudado a dar a conocer a «Míster 7». Gracias, ¡sois geniales!

Y me reservo el mejor para el final, quiero mostrar mi agradecimiento infinito, a ti, querido lector, porque si lees estas líneas, significa que le has dado una oportunidad a mi novela y yo me siento muy afortunada. Sin ti, esto sueño no sería posible.

ECOSISTEMA DIGITAL

NUESTRO PUNTO
DE ENCUENTRO

www.edicionesurano.com

2 AMABOOK
Disfruta de tu rincón de lectura
y accede a todas nuestras **novedades**
en modo compra.
www.amabook.com

3 SUSCRIBOOKS
El límite lo pones tú,
lectura sin freno,
en modo suscripción.
www.suscribooks.com

DISFRUTA DE 1 MES
DE LECTURA GRATIS

1 REDES SOCIALES:
Amplio abanico
de redes para que
participes activamente.

4 APPS Y DESCARGAS
Apps que te
permitirán leer e
**interactuar con
otros lectores**.

iOS